चन्द्रकान्त वानखेड़े

चन्द्रकान्त वानखेड़े का जन्म 15 अक्टूबर, 1951 को हुआ। वे महाराष्ट्र के साहित्य और पत्रकारिता जगत का जाना-पहचाना नाम हैं। 1971 के दौरान वे जेपी द्वारा स्थापित 'तरुण शान्ति सेना' के सक्रिय सदस्य रहे। बाद में छात्र युवा संघर्ष वाहिनी, महाराष्ट्र के संयोजक भी रहे। उन्होंने विभिन्न विषयों पर किताबें लिखी हैं। उनकी आत्मकथा 'आपुलाचीवाद आपणासी' को 'महाराष्ट्र राज्य शासन पुरस्कार', 'पद्मश्री विखे पाटिल पुरस्कार', 'विदर्भ साहित्य संघ पुरस्कार' आदि कई पुरस्कार मिल चुके हैं। इसकी कई आवृत्तियाँ भी प्रकाशित हुई हैं। उनकी अन्य महत्त्वपूर्ण पुस्तकें हैं—'पुनर्विचार', 'एका साध्या सत्यासाठी', 'गांधी का मरत नाही'। 'गांधी का मरत नाही' पुस्तक 'गांधी क्यों नहीं मरते!' नाम से अनूदित है।

वे महाराष्ट्र के चर्चित अखबार 'सकाल' के सम्पादक रहे। और भी कई अखबारों के साथ जुड़े रहे। फिलहाल लेखन कार्य में सक्रिय हैं।

कल्पना शास्त्री

कल्पना शास्त्री महाराष्ट्र की हैं। मराठी भाषी हैं। हिन्दी-मराठी दोनों भाषाओं पर इनका समान प्रभुत्व है। वे समाज सेवा से 17 वर्ष की उम्र से ही जुड़ गई थीं। 25 वर्ष की उम्र में बिहार के निवासी प्रसिद्ध गांधीवादी कुमार शुभमूर्ति से शादी की और बिहार के दलितों के बीच काम करना शुरू किया। इनके काम का मुख्य केन्द्र औरतें और बच्चे रहे हैं। वे 'आयफोर' और 'ट्रेनिंग फॉर चेंज' जैसे पीस ग्रुप और दुनिया-भर में समाज के बदलाव के लिए काम कर रहे लोगों से जुड़ी रही हैं।

उन्होंने कई किताबें लिखी हैं जिनमें 'जर्मनी : यह कैसा विकास', 'हम औरतों के लिए', 'मिथिला की हरिजन औरत', 'बिहार के मेरे पच्चीस वर्ष' प्रमुख हैं। उनकी कई किताबों का मराठी व अंग्रेजी में अनुवाद भी हो चुका है।

सम्पर्क : kalpana.shastree@gmail.com

गांधी क्यों नहीं मरते!

चन्द्रकान्त वानखेड़े

अनुवाद

कल्पना शास्त्री

राधाकृष्ण पेपरबैक्स

मूल मराठी कृति 'गांधी का मरत नाही' का हिन्दी अनुवाद।

राधाकृष्ण पेपरबैक्स में
पहला संस्करण : 2022
तीसरा संस्करण : 2024

राधाकृष्ण पेपरबैक्स : उत्कृष्ट साहित्य के जनसुलभ संस्करण

राधाकृष्ण प्रकाशन प्राइवेट लिमिटेड
जी-17, जगतपुरी, दिल्ली-110 051
द्वारा प्रकाशित

शाखाएँ : अशोक राजपथ, साइंस कॉलेज के सामने, पटना-800 006
पहली मंजिल, दरबारी बिल्डिंग, महात्मा गांधी मार्ग, प्रयागराज-211 001
1, अनंमोल सोराबजी संतुक लेन, धोबी तलाव, मरीन लाइंस, मुम्बई-400 002
वेबसाइट : www.radhakrishnaprakashan.com
ई-मेल : info@radhakrishnaprakashan.com

बी.के. ऑफसेट
नवीन शाहदरा, दिल्ली-110 032
द्वारा मुद्रित

मूल्य : ₹199

GANDHI KYON NAHIN MARTE!
by Chandrakant Wankhede
Translated by Kalpana Shastree

ISBN : 978-93-91950-79-8

मेरे गुरुतुल्य

डॉ. मो. ग. झिटे

संस्थापक एवं संचालक आंतरभारती आश्रम, नागपुर (महाराष्ट्र) को

जिनका सारा ज्ञान और शक्ति,

अन्तिम जन की सेवा में

समर्पित है।

क्रम

अनुवादक की ओर से

गांधी जी पर कई किताबें पढ़ी थीं। लगता था उनके बारे में मुझे अच्छी जानकारी है। उनकी आत्मकथा ने हमारे किशोर वय के मानस को बदल दिया था। गाँव को महत्त्व देने का, छोटे-छोटे उद्योगों को महत्त्व देने का सन्दर्भ मैं समझ चुकी थी। पर चन्द्रकान्त वानखेड़े की किताब मराठी में पढ़ने लगी तो भाषा के प्रवाह के साथ-साथ सामग्री भी बहुत अच्छी लगी।

जिन बातों पर गांधी को आज जरा ज्यादा, पर पहले भी हास्यास्पद बनाया जाता रहा उन बातों के पीछे छुपी नासमझी और झूठ दोनों चीजों को बड़ी ही प्रवाहपूर्ण और दमदार मराठी में चन्द्रकान्त वानखेड़े ने 'गांधी का मरत नाही' में बताया है।

मैं बीमार थी और कैंसर का ट्रीटमेंट चल रहा था। कीमोथेरेपी के इंजेक्शन दिए जा रहे थे। एनसीआई के मनोचिकित्सक ने मुझे बताया कि यह इलाज आठ माह तक चलेगा। आप किसी ऐसी बात में अपना ध्यान लगाएँ जो आपको बहुत रुचिकर व प्रिय हो। मैं इस किताब को पढ़ने लगी और अनुवाद कर शुभमूर्ति और मेरी बेटी को बताने लगी। लिखित अनुवाद को शुभमूर्ति के बड़े भाई, डॉक्टर आशुतोष को भी भेजा। सभी ने हौसला बढ़ाया तो दूसरे कीमो से लेकर आठवें कीमो तक मैंने इस किताब का अनुवाद कर दिया।

राजकमल प्रकाशन को अनूदित सामग्री भेजी तो उनकी ओर से भी इसे प्रकाशित करने का तत्काल जवाब आया। इस तरह यह किताब 'गांधी क्यों नहीं मरते' आज आपके सामने है।

चन्द्रकान्त वानखेड़े महाराष्ट्र के प्रसिद्ध लेखक हैं। गोपाल कृष्ण गोखले से लेकर सावरकर तक गांधी जी का महाराष्ट्र से जो सम्बन्ध है, वह सभी जानते हैं। दलितों के सन्दर्भ में जो गांधी जी ने किया उसे वे अच्छी तरह समझते हैं।

आशा है हमारी आजादी की लड़ाई के इतिहास को समझने में यह किताब हमें मदद करेगी और महात्मा गांधी होने का अर्थ क्या है, इस किताब को पढ़कर अधिक समझ में आएगा।

पुस्तक को प्रकाशित करने के लिए मैं राजकमल प्रकाशन के प्रबन्ध निदेशक अशोक महेश्वरी जी के प्रति आभार प्रकट करती हूँ जिन्होंने व्यक्तिगत रूप से इस विषय में रुचि दिखाई। राजकमल प्रकाशन के सम्पादक मंडल का आभार जिन्होंने इसका ध्यान रखा कि किताब समय से छपकर आ जाए।

—कल्पना शास्त्री

प्रस्तावना

आजादी जिन्हें रेडीमेड मिल गई मैं उस पीढ़ी का प्रतिनिधि हूँ। मेरा जन्म ही हुआ आजादी मिलने के बाद। इस कारण मुझे मालूम ही नहीं था कि आजादी प्राप्त करने के लिए कुछ सहना पड़ता है, किसी बात के लिए जान लगाकर कोशिश करनी पड़ती है, बंधन और आजादी ना होने की आँच सहनी पड़ती है। मैं आजादी का सुनहरा चम्मच लेकर ही पैदा हुआ था।

जैसे मैं, आजादी मिलने के बाद की पीढ़ी का प्रतिनिधि हूँ, उसी तरह गांधी-हत्या के बाद जन्मी पीढ़ी का भी, प्रतिनिधि हूँ। इसी कारण स्वाभाविक है कि महात्मा गांधी को प्रत्यक्ष न देख पाने वाली पीढ़ी का भी प्रतिनिधि हूँ। गांधी को मैंने प्रत्यक्ष नहीं देखा लेकिन वातावरण में उनका प्रभाव मैंने बचपन से अनुभव किया है। जिस माहौल में मैं बड़ा हुआ उसमें पग-पग पर गांधी के लिए आदर महसूस होता था। मेरा घर-परिवार गांधीवादी नहीं था फिर भी परिवार में गांधी का एक प्रतिष्ठित स्थान था।

उन्हें बड़ी आसानी से संतों की सूची में बैठा दिया गया था। बचपन में जिस स्कूल में मैं पढ़ा उसमें भी गांधी के लिए आदर ही महसूस किया जाता था। प्राइमरी स्कूल में गांधी जयंती मनाई जाती थी। उसके उपलक्ष्य में सुबह प्रभातफेरी निकलती थी और हम उत्साह में नारे लगाते थे।

बढ़े चलो रे, बढ़े चलो, गांधी जी की जय बोलो, गांधी जी की जय जयकार आदि।

हमारे बालमन का पोषण ऐसे नारों से हुआ था। पिताजी की नौकरी के कारण इस गाँव से उस गाँव हमारा ट्रांसफर हुआ करता था। प्राइमरी शिक्षा तक तो ठीक ही चलता रहा। फिर ट्रांसफर के कारण हमारी पढ़ाई में नुकसान न हो इसलिए आठवीं कक्षा से मुझे अमरावती में मेरे नानाजी के पास छोड़ दिया गया।

मैं पढ़ाई में होशियार था। अमरावती में उस समय के सबसे अच्छे स्कूल में मेरा दाखिला करवा दिया गया। स्कूल का नाम कुछ और था पर उसे संघ की शाला ही कहा जाता था।

पहले दिन से ही मैं पहले के स्कूल और इस स्कूल के माहौल में फर्क महसूस करने लगा। पहले के स्कूल में अशुद्ध मराठी बोली जाती थी और मला तुला की जगह मले तुले आमतौर पर सुनाई पड़ता था। पर इस स्कूल में शुद्ध भाषा का तुला

मला (तुम्हें मुझे) ही सुनाई देता था। हमारी क्लास में ब्राह्मण बच्चों की संख्या ज्यादा थी। यह उनके टाइटल या नाम से पहचानने में मुझे देर नहीं लगी। अधिकतर शिक्षक भी पांडे, देशपांडे, लेले, गोडबोले, जोशी, कुर्हेकर आदि नामों वाले थे। एक शिक्षक थे गुल्हने जो दाल-भात में चटनी की तरह केवल एक दलित थे।

उम्र के 12-14 वर्षों तक महात्मा गांधी आदर के पात्र हैं, ऐसा संस्कार मन पर पूरी तरह डाला गया था पर इस स्कूल में आने के बाद से इस संस्कार को ठेस पहुँचने लगी।

गांधी आदर का विषय नहीं हैं बल्कि तिरस्कार, मजाक, तुच्छता और प्रचंड द्वेष का विषय हैं, यह इस स्कूल के माहौल में आते ही मैंने अनुभव किया। यह मेरे लिए बहुत बड़ा मानसिक धक्का था।

गांधी के सम्बन्ध में बड़े पैमाने पर आदर और प्रेम इस वाले माहौल से मैं गांधी-द्वेष के माहौल में आ गया हूँ, यह मुझे महसूस होने लगा। गांधी के बारे में 'टकला' शब्द का उल्लेख होता था, और यह उल्लेख करने वाले लोग मेरे क्लास बंधु ही होते थे।

मराठी पढ़ाने वाले शिक्षक तो मराठी पढ़ाने के बदले गांधी विषय ही शुरू कर देते थे। गांधी का टक्कलपन, टकले गांधी की धोती, बकरी, चरखा यह सब उनके लिए मजाक का विषय था।

उसी के साथ-साथ गांधी की अहिंसा को डरपोक वाली अहिंसा कहते हुए वे कहते कि 'रणाविण स्वातंत्र्य कोणा मिला ले' यानी युद्ध के बिना आजादी मिलेगी ही कैसे? वीर रस की कथाएँ कहते हुए वे फिर सावरकर का गौरवपूर्ण उल्लेख करते थे। गांधी के बारे में मौलाना गांधी ऐसा भी उल्लेख होता था। गांधी हिन्दुओं से बड़ा ही गुस्सा करते थे और मुस्लिमों से उन्हें गैरवाजिब ढंग से प्रेम था, यह भी वह हमारे मन में डालते रहते थे।

पहले के माहौल में गांधी की हमारे मन पर जो नायक के रूप में छाप थी उसकी जगह इस स्कूल के माहौल में पग-पग पर गांधी खलनायक के रूप में सामने आ रहे थे और यह आग्रहपूर्वक किया जा रहा था।

गांधी की लंपटता की कहानियाँ भी बड़े चाव से बताई जाती थीं। गांधी कन्धे पर हाथ रखने के लिए दोनों तरफ से लड़कियों का इस्तेमाल किया करते थे, इस बात पर पूरी क्लास जोरों से हँसती थी और मेरा चेहरा कालिख से पुता रह जाता था।

घर में भगवान की जगह पर बना हुआ गांधी का स्थान और पहले के स्कूली जीवन में गांधी का आदर्श स्थान के विपरीत इस नए स्कूल में उन्हें एकदम ही नीच और कमीने के रूप में दिखाया जाता।

गांधी के लिए मेरे मन में आदर तो था पर उनके बारे में मुझे जानकारी तो कुछ भी नहीं थी। वे महात्मा थे, राष्ट्रपिता थे इन सब छोटी-छोटी बातों के अलावा कुछ

भी जानकारी मुझे नहीं थी। इसलिए क्लास में शिक्षक जो बताते, उसका जवाब भी मैं नहीं दे पाता, यह तकलीफ मेरे मन में भरपूर थी।

एक दिन शिक्षक स्कूल में बता रहे थे कि गांधी के बारे में कोई अच्छा बोल सकता इसकी यह सम्भावना नहीं के बराबर है, इसलिए कोई अच्छा लिखेगा ही क्यों? गांधी के ध्यान में यह बात आई और इसलिए उन्होंने खुद पर खुद ही एक किताब लिख डाली 'सत्य के मेरे प्रयोग।' भविष्य में मुझे पता चला कि हमारे शिक्षक कितना सफेद झूठ बोल रहे थे। दुनिया में जितना गांधी पर लिखा गया है, उतना किसी पर नहीं लिखा गया।

मोहनदास करमचन्द गांधी को महात्मा के रूप में सम्मानित किया गया। उन्हें राष्ट्रपिता कहा गया। 20वीं सदी के सर्वश्रेष्ठ व्यक्ति के रूप में उनको दुनिया ने चुना। उनके पुतले दुनिया के अधिकांश देशों ने खड़े किए। जिस व्यक्ति ने ब्रिटिश साम्राज्य के विरुद्ध लड़ाई की उस इंग्लैंड में भी उनका पुतला लगाया गया। जिन कम्यूनिस्टों ने साम्राज्यवाद का दलाल कहकर उनका मजाक उड़ाया उन कम्यूनिस्ट देशों में भी उनके पुतले खड़े किए गए हैं। आज इस समय दुनिया के नक्शे पर थानेदार के रूप में दबदबा रखने वाला अमेरिका भी उनके पुतले खड़े करता है।

ऐसा क्या था उस गरीब अर्धनग्न फकीर में कि अधिकांश लोगों को उसका पुतला खड़ा करने की इच्छा हुई? क्या वह किसी बलवान देश में पैदा हुआ था? या वह किसी ऐसे पद पर था जिसके डर के कारण दुनिया के देशों की मजबूरी हो गई कि उसका पुतला खड़ा करें? पुतले की बात यदि छोड़ भी दें तो गांधी के सम्मान में दुनिया-भर में जितने डाक टिकट निकाले गए हैं उनकी कोई गिनती ही नहीं की जा सकती। आखिर गांधी की इतनी प्रतिष्ठा क्यों?

इसका जवाब है कि बीसवीं सदी के भारत जैसे एक देश ने गांधी के रूप में दुनिया को एक अमूल्य भेंट दी है, ऐसी सारी दुनिया की धारणा है, इसलिए गांधी के पुतले दुनिया भर में खड़े किए जाते हैं।

उनके सम्मान में डाक टिकट का दुनिया-भर में विमोचन होता है। गांधी पर देश-विदेश में असंख्य किताबें लिखी जाती हैं। गांधी पर कोई विदेशी व्यक्ति फिल्म बनाने की सोचता है। उसे दुनिया-भर के लोग आग्रहपूर्वक देखते हैं। इतना ही नहीं एटनबरो की बनाई फिल्म को लोग सर आँखों पर लेते हैं। गांधी फिल्मों में ही क्यों ना हों उन्हें देखने थिएटर की तूफानी भीड़ में तमाम दुनिया-भर के लोग जाते हैं। देसी व्यक्ति भी उन पर फिल्म बनाता है और 'लगे रहो मुन्ना भाई' गांधी के कारण हिट होती है।

गांधी पर लिखी किताबों की ही नहीं गांधी की खुद की लिखी किताबों की बिक्री भी आज दुनिया-भर में बड़े पैमाने पर होती है। यही नहीं हिटलर की जर्मनी में तो इनकी और ज्यादा ही बिक्री होती है। मार्टिन लूथर किंग गांधी के आन्दोलन के बारे

में जानकर उससे प्रेरित होते हैं। नेल्सन मंडेला के लिए भी गांधी उनके आन्दोलन का प्रेरणा-स्थान हैं। अमेरिका जैसे धनाढ्य देश के अध्यक्ष रहे बराक ओबामा कहते हैं कि गांधी के कारण ही मैं अमेरिका का राष्ट्राध्यक्ष हो सका। आइन्स्टाइन जैसे आदमी को लगता है कि गांधी जैसा हाड़-मांस का कोई आदमी प्रत्यक्ष कहीं पृथ्वी पर आकर चला गया, आने वाली पीढ़ी शायद इस पर विश्वास ही नहीं कर पाएगी। इस तरह की प्रतिक्रियाएँ हम गांधी के बारे में सुनते हैं, हम जानते हैं। आखिर यह क्या चमत्कार है?

वर्धा के नजदीक सेवाग्राम आश्रम है। यहाँ गांधी रहते थे। आज गांधी नहीं हैं पर केवल गांधी का विकास यहाँ था इसी कारण देश-विदेश के 4 से 5 लाख लोग हर वर्ष यह आश्रम देखने आते हैं। देखा जाए तो सेवाग्राम कोई प्रेक्षणीय जगह भी नहीं है फिर भी इस जगह को देखने के लिए विभिन्न स्थानों से इतनी बड़ी संख्या में लोग आते हैं, इस पर आश्चर्य होता है। गांधी मन्नत पूरी करने वाला या इच्छा पूर्ति करने वाला कोई भगवान नहीं। ऐसी उसकी ख्याति भी नहीं है। गंडा, तावीज, माला, अंगारा, धूप आदि उसके नाम से दिया जाता है, ऐसा भी नहीं है। गांधी के नाम से सेवाग्राम आश्रम में साधारण-सा प्रसाद भी नहीं बाँटा जाता, फिर भी इतनी बड़ी संख्या में आश्रम को भेंट देने लोग क्यों आते होंगे?

किसी देवस्थान को भेंट देने के लिए लोगों की भीड़ होती है यह समझ में आता है। तिरुपति बालाजी, गजानन महाराज, साईं बाबा, इनके भक्त लोग भीड़ कर सकते हैं, यह समझ में आता है क्योंकि उनसे हर कोई कुछ-न-कुछ माँगता है, कोई चीज माँगनी होती है, कोई समस्या होती है तो वे मन्नत माँगते हैं। पर यही लोग गांधी के आश्रम को देखने क्यों आते होंगे? नतमस्तक क्यों होते होंगे, यह एक अजीब सा प्रश्न है।

गांधी बीसवीं सदी की एक पहेली हैं और 21वीं सदी में भी इस पहेली का कोई जवाब नहीं मिला है।

गांधी के हिस्से में दुनिया-भर का प्रेम आया है लेकिन यह भी एक पहेली है कि इसी आदमी के हिस्से में आत्यंतिक द्वेष और तिरस्कार भी आया। उनकी निन्दा भी कुछ चुटकी भर लोगों द्वारा हुई है। हो सकता है कुछ ज्यादा लोगों द्वारा हुई हो।

पर ऐसा क्यों? इस आत्यंतिक द्वेष की परिणति उनकी हत्या में हुई। हत्या नहीं, वध। हत्या तो मनुष्य की की जाती है, वध राक्षसों का किया जाता है। जैसे गांधी को भगवान मानने वाले थे वैसे ही उन्हें राक्षस मानने वाले भी थे। गांधी को 'महात्मा' दुनिया ने माना पर 'मोहात्मा' बनाने वाले लोग भी एक चुटकी भर तो थे ही।

गांधी की हत्या के बाद, अब इस दुनिया में जीने लायक कुछ नहीं रह गया है, ऐसा बोलने व सोचने वाले लोग निराशा से इतने हतबल हो गए कि उन्होंने आत्महत्या तक कर ली। दूसरी तरफ, गांधी की मृत्यु के बाद अति आनन्द से मिठाई बाँटने वाले लोग भी कुछ तो थे ही। महात्मा गांधी पर जान न्योछावर करने वाले

और उनके शब्दों के लिए जान देने वाले असंख्य लोग थे तो उनकी जान लेने के लिए आतुर लोग भी कुछ थे।

गांधी से जिन्हें प्रचंड द्वेष और तिरस्कार था उनमें से ही कुछ लोगों ने उनकी हत्या की। हत्या करने का उन्होंने कारण भी बताया। सच या झूठ यह बाद का प्रश्न है, पर हत्यारे लोग हत्या का कारण देते रहे। गांधी हत्या को उन्होंने वध कहा। इसका कारण इसी शब्द में अन्तरभूत है। वध राक्षसों का किया जाता है और दुष्ट राक्षसों का वध करना न्यायोचित होता है। और वध करने वाला देव माना जाता है। राक्षसों का वध करने वाला देव, दुष्टों का दलन करने वाला भगवान, दुर्गुणों का नाश करने वाला सज्जन।

एक बार अगर हत्या को वध कह दिया जाए तो जिसकी हत्या होती है उसकी साइड नेगेटिव हो जाती है, और हत्या करने वाले की साइड पॉजिटिव हो जाती है। इसीलिए ये लोग ऊँचा सिर करके गांधी हत्या के कारण बताते रहे।

'गांधी हिन्दू धर्म का द्रोही था, मुस्लिम-प्रेमी था। भारत की अपेक्षा पाकिस्तान से ही उसका प्रेम अधिक था। और यह प्रेम इतना अधिक था कि उसने पाकिस्तान को भारत की ओर से 55 करोड़ रुपए देने के लिए अपने प्राण न्योछावर कर दिए। उपवास किया। गांधी के कारण ही भारत का विभाजन हुआ। अखंड भारत के टुकड़े हुए।' गांधी की हत्या करने वाले लोग इसी तरह से कई बातों को कहते रहे और बहुत सारे लोग इसकी बलि भी चढ़ते रहे। इन बातों को झेलते रहे। मानते रहे। फेंकने वाले लोग अपनी बातें फेंकते रहे यह वे जानें। पर झेलने वाले लोगों ने यह क्यों झेला यह सवाल सचमुच उठता है। इसका जवाब गांधीजन, गांधीस्नेही, गांधीप्रेमी हैं पर वे इस विषय पर कुछ बोले ही नहीं। गांधीप्रेमियों ने इस विषय पर मुँह खोला ही नहीं। वे लोग गांधी की हत्या का कारण देते रहे, और ये लोग उस विषय पर चुपचाप रहे।

गांधी की हत्या क्यों की गई इस विषय पर विस्तार से कुछ लिखा हुआ कुछ नहीं दिखता। पर जगन फडणवीस की लिखी 'महात्मा का अन्त' (महात्म्या ची अखेर) किताब में प्रमुखता से इस विषय पर चर्चा की गई है।

गांधी को क्यों मारा गया यह सचमुच एक पहेली है। कौन थे ये आदमी जो गांधी की जान लेने पर तुले हुए थे? क्यों की उन्होंने गांधी की हत्या? यह पहेली हम इस किताब में सुलझाने की कोशिश कर रहे हैं। यह कोशिश कितनी सफल या असफल रही, इसका निर्णय तो पुस्तक को पढ़नेवाला वाचक वर्ग ही करेगा। और उसी की अदालत में इसका निर्णय भी होगा।

समाज में लोगों से इस विषय पर मेरी चर्चा हुआ करती थी। मैं अपने मुद्दे बताता था। तब आम तौर पर लोगों की प्रतिक्रिया यही होती थी कि यह तो हमने कभी सुना ही नहीं, या हमें किसी ने बताया ही नहीं। अमरावती के 'आम्ही सारे'

प्रतिष्ठान के अध्यक्ष अविनाश दुधे ने 'गांधी क्यों नहीं मरते' विषय पर मेरे भाषणों का आयोजन किया।

भाषण के बाद भी सामान्य प्रतिक्रिया यही होती थी कि यह तो हमने कभी सुना ही नहीं या हमें किसी ने बताया ही नहीं। भविष्य में इसमें और इजाफा होता गया। लोग बोलने लगे कि आप यह सब लिखते क्यों नहीं हैं? 'लिखिए, लिखिए' लोग यही रट लगाते रहे। पर मुझसे लिखना नहीं हो पाता था। इसलिए लिखने का आग्रह करने वाले लोगों ने भी आखिर में इस पर जोर देना बन्द कर दिया कि बोलने से इस मनुष्य पर कोई असर नहीं पड़ने वाला है। कभी-कभी किसी बुरी चीज में से भी कुछ अच्छा निकलता है। 'लिखें-लिखें' इस तरह के आग्रह पर मेरी कोई सकारात्मकता नहीं आ रही है ऐसा ध्यान आते ही 'आम्ही सारे' प्रतिष्ठान ने 'गांधी को समझने के लिए' विषय पर शिविरों की एक श्रृंखला महाराष्ट्र में शुरू की। उन शिविरों को मिलने वाला प्रतिसाद, विशेषकर तरुणों का रिस्पांस बहुत उत्साहवर्धक था। खुद का पैसा और समय खर्च करके ये तरुण इस शिविर में शामिल होते थे। शिविर में जगह की सीमा को देखते हुए और निवास की व्यवस्था देखते हुए अनेकों की शिविर में आने की इच्छा पूरी भी नहीं हो पाती थी और इसी से यह ध्यान में आया कि गांधी को समझने की तरुणों में बहुत तीव्र इच्छा है।

व्यक्तिगत चर्चाओं और व्याख्यानों में मैं जिस गांधी को बता रहा था उसी को पुस्तक रूप में रखूँ, मित्रों का यह आग्रह शुरू हुआ। मनोविकास प्रकाशन के अरविंद पाटकर मेरे पीछे लगे कि मैं लिखूँ। उन्होंने जोर दिया कि किसी तरह मैं लिखना शुरू कर दूँ। इस बात को चार-पाँच साल गुजर गए।

सच हो या झूठ मुझे मालूम नहीं पर जब किसी चीज का समय आता है तभी वह पूरी होती है, ऐसा लोग कहते हैं।

2018 के जून में जलगाँव में गांधी तीर्थ पर एक मीटिंग हुई। मीडिया वॉच की तरफ से एक अंक निकाला जाने वाला था जो 'बा बापू 150' के उपलक्ष्य में था। यह निर्णय अविनाश दुधे ने लिया था जो उसके सम्पादक थे। इसकी रूपरेखा तैयार करने के लिए मीडिया वॉच के सम्पादक मंडल की बैठक गांधी तीर्थ पर हुई। मुझे भी इसका निमंत्रण दिया गया। मैंने वह निमंत्रण स्वीकार कर लिया।

नियोजित अंक की पूरी रूपरेखा बनाने के बाद उन लोगों ने मेरी तरफ रुख किया और कहा कि आप लिखते क्यों नहीं हैं? मैंने आखिर में बहाना बनाया कि मुझे कम्प्यूटर नहीं आता है और मेरे हाथ काँपते हैं। कोई लिखने वाला भी मुझे नहीं मिल पाया है। मुझे लगा कि इस बिन्दु पर यह विषय रुक जाएगा, पर गांधी रिसर्च फाउंडेशन के कार्यकारी अधिकारी भुजंग बोबडे ने तुरन्त घोषणा की कि चन्दू भाऊ का लेखनिक बनने के लिए मैं तैयार हूँ। वे यहीं पर आ जाएँ। उनके निवास, भोजन सब की नि:शुल्क व्यवस्था यहाँ की जाएगी। वे यहाँ जिस दिन से दाखिल होंगे,

निवास के लिए आएँगे, उसी दिन से मैं छुट्टी की अर्जी डाल दूँगा और वे जब तक किताब लिखेंगे तब तक मैं उनका लेखनिक बना रहूँगा, लेखन करता रहूँगा।

भुजंग बोबड़े उम्र 33 वर्ष। जलगाँव में 'गांधी तीर्थ' जिसे भवरलाल जैन ने खड़ा किया है उसके गांधी रिसर्च फाउंडेशन के कार्यकारी अधिकारी अत्यंत व्यासंगी और गांधी जी के अध्येता हैं। दर्जनों किताबें उन्होंने लिखी हैं। अन्तरराष्ट्रीय मान्यता प्राप्त विद्वान हैं। वह मेरा लेखन करने के लिए तैयार होते हैं, तो अब इस बारे में मेरी कोई बहानेबाजी नहीं चलने वाली थी। पुस्तक लिखने के पीछे यह मेरी पृष्ठभूमि है।

मीडिया वॉच के सम्पादक मंडल ने, और भुजंग बोबड़े ने किताब लिखने तक मेरे प्रति जेलर की भूमिका रखी। मनोविकास प्रकाशन भी मेरे पीछे रहा। आशीष पाटिल भी हैं। 'तुम डरो मत हम तुम्हारे पीछे हैं' ऐसा कहते हुए मेरी पत्नी माया वानखेड़े ने भी प्रोत्साहन दिया। इस पुस्तक का हस्तलिखित मसौदा पढ़ने के बाद कॉ. दत्ता देसाई और मित्र रविंद्र पंढरीनाथ, प्रा. प्रमोद मुनघाटे, प्रा. प्रसेंजित तेलंग, हेमंत होटे इन लोगों ने कई सूचनाएँ दीं, और मेरी मदद की।

महात्मा गांधी पर आज तक लाखों लेखकों ने पुस्तकें लिखी हैं। गांधी से दुनिया ने आत्यंतिक प्रेम किया है। उसी तरह गांधी का आत्यंतिक तिरस्कार भी किया गया है। यह तिरस्कार करने वाले लोग संख्या में भले ही कम हों पर भारत में गांधी-विरोधी तिरस्कार का जहर भारतीय जनमानस में फैल गया है। खास तौर पर तरुणों में इसे फैलाने में उन्हें सफलता मिली है। उन्होंने ऐसा क्यों किया? कौन थे वे लोग, जिन्होंने यह काम सतत रूप से किया? गांधी कहाँ उनके काम में अड़ंगा डालते थे? उनके आन्तरिक सपने, आशाएँ-आकांक्षाएँ गांधी के कारण कैसे चकनाचूर होती गईं? और अन्त में गांधी को रोकने के लिए उन्होंने किस तरह से उनका वध किया?

पर आखिर क्यों? इत्यादि प्रश्नों की चर्चा करने का प्रयत्न इस पुस्तक रूप में मैंने किया है। गांधी पर उपलब्ध जो साहित्य है उसमें इन प्रश्नों की उपेक्षा की गई है, ऐसी मेरी धारणा है। मेरे पाठकों का मुझे आशीर्वाद मिलेगा इतनी ही मेरी इच्छा और अपेक्षा है।

—चन्द्रकान्त वानखेड़े

गांधी के पहले का भारत

1818 में जब ब्रिटिश झंडा 'शनिवारवाड़ा' पर फहराया गया, उससे पहले महाराष्ट्र में पेशवा की सत्ता थी। अन्य राज्यों में ब्रिटिशों ने, कहीं राजपूतों से, कहीं जाटों से, कहीं मुस्लिमों से सत्ता हासिल की थी पर महाराष्ट्र एकमात्र राज्य था जहाँ ब्रिटिशों ने पेशवा के हाथ से सत्ता छीनी थी। तत्कालीन विद्वानों की भाषा में कहा जाए तो ब्रिटिशों ने सत्ता चितपावन ब्राह्मणों से ली। इसलिए वह सत्ता चितपावन ब्राह्मणों को ही वापस मिलनी चाहिए और उसका आनन्द भी उन्हें ही भोगना चाहिए, गांधी जी के पहले आजादी का बस यही मतलब था।

लोकहितवादी ने 1 अप्रैल, 1849 में लिखे एक लेख में यह भावना स्पष्ट की है :

"ब्राह्मणों का हाहाकार क्या ईश्वर सुनेगा? कोई बहुत होशियार (ब्राह्मण) पुराने समय का है तो वो कहता है, यादव कैसे मरे? रावण ने क्या-क्या प्रलय किया था? सभी देवताओं को बन्दी बना लिया था। बाद में राम ने रावण की लंका ली या नहीं? पानी पर पत्थर तैरे ही। वैसे ही अंग्रेज कभी-न-कभी डूबेंगे और धर्म की स्थापना होगी और ब्राह्मण सुखी होंगे।"

कुल मिलाकर ब्रिटिशों के हाथों से सत्ता निकलेगी तो वह ब्राह्मणों के हाथों में आएगी। ब्राह्मणों के हाथों में आनी ही चाहिए क्योंकि तभी 'धर्म संस्थापना' होगी। इसका मतलब स्पष्ट है। आजादी किसलिए? ब्राह्मण सुखी हों इसलिए। गांधी जी जब स्वातंत्र्य-आन्दोलन में आए उसके पहले कुल मिलाकर सामाजिक परिस्थिति ऐसी ही थी। उसमें भी एक बहस यह थी कि सामाजिक आजादी पहले या राजनैतिक आजादी पहले। यह बहस चरम पर थी। तिलक 'पहले राजनैतिक आजादी' के पक्षधर थे। पर ऐसा कहने वाले लोग भी थे जो कहते थे 'सामाजिक आजादी' के बिना 'राजनैतिक आजादी' का कोई मतलब नहीं।

इन विचारों की बहस ने घमासान रूप ले लिया था। आगरकर सामाजिक आजादी के पक्षधर थे, इसीलिए तिलक ने उनके लिए 'कुत्ते' शब्द का इस्तेमाल किया था। किसी 'लोकमान्य' नेता ने समाज सुधारकों के सम्बन्ध में ऐसी भाषा का इस्तेमाल किया हो, ऐसा उदाहरण कहीं नहीं दिखता। ऐसे में, उनके अनुयायी भाषा के किस स्तर तक पहुँचे होंगे, इसकी कल्पना की जा सकती है।

धार्मिक कर्मठता के नाम पर अपने अनुयायियों की ब्राह्मणी कर्मठता के फ्रेम में तिलक भी बँधे हुए थे। तिलक के अनुयायियों में ऐसे भी लोग थे जो कहते थे कि दुनिया में एक भी हिन्दू हो तो चलेगा पर वो जनेऊ पहनने वाला और शिखा रखने वाला ही होना चाहिए। इस पूरे सामाजिक माहौल का प्रभाव यह पड़ा कि ब्राह्मण स्वराज्य माँगने लगे हैं इसलिए उन्हें तो शूद्रों पर शासन करना ही चाहिए, लोग ऐसा कहने लगे। अधिकांश लोग, आजादी लेनी है इसलिए समता को नजरअन्दाज कर रहे थे या समता का कारण बताकर, आजादी की कोशिश करने वालों का समय अभी नहीं आया है, ऐसा कह रहे थे। इस तरह ब्राह्मण स्वराज्य की माँग करें और ब्राह्मणेतर लोग सामाजिक कारण बताकर उस राजनीति का विरोध करें, ऐसा एक चलन ही उन दिनों पड़ गया था। किसी भी समाज-परिवर्तन की बात का उन दिनों इतना विरोध होता था कि 'कांग्रेस के राजनैतिक अधिवेशन' में सामाजिक समस्याओं का स्पर्श भी नहीं होना चाहिए ऐसी धमकी 'श्रीधर दाते' जैसे लोग देते थे। अगर सामाजिक समस्याओं को हाथ में लेने के कारण कांग्रेस अधिवेशन के मंडप को छूत लगी तो अछूत हो चुके मंडप को ही हम जला डालेंगे ऐसा डर भी वे दिखाते थे। देश की आजादी के लिए समय पड़ने पर प्राणार्पण करने की तैयारी रखने वाले देशभक्तों को आगरकर व देवधर जैसे समाज-सुधारक धर्मद्रोही लगते थे। वे जिन्दा रहने के लायक नहीं हैं, ऐसा उनका कहना था।

इस सामाजिक परिस्थिति के प्रभाव में, तिलक का भी आना स्वाभाविक था। तिलक का बड़प्पन क्या है? उनका आजादी के आन्दोलन में योगदान। भारतीय असन्तोष के जनक के रूप में उन्होंने ये सम्मान प्राप्त किया। ये बातें हम स्वीकार करते हैं फिर भी उनका जातीय नजरिया टिपिकल ब्राह्मणवादी था, यह हम भूल नहीं सकते।

जिन्दगी के आखिरी हिस्से में मतलब 11 नवम्बर, 1917 को अथणी में हुए भाषण में वे कहते हैं—किसान विधिमंडल में क्यों जाए? क्या उसे वहाँ हल चलाना है? दरजी का क्या काम? क्या उसे विधिमंडल में सिलाई मशीन चलानी है? और

बनिया वहाँ क्या करेगा? क्या वहाँ वह तराजू हाथ में लेगा। ऐसा कहते हुए उन्हें यह सवाल नहीं सूझता कि ब्राह्मण वहाँ क्या करेगा? बाहर की जातिबन्द समाज-व्यवस्था की फिसलन में ऊँच-नीच, छूत-अछूत के प्रभाव में तिलक भी थे। इसे मानने में हमें कोई हर्ज नहीं होना चाहिए।

तिलक से मिलती-जुलती भाषा तिलक के पहले सर सैयद अहमद ने उपयोग की थी। यह जरूर आश्चर्यजनक है। पर उस समय की स्थिति का आकलन करें इसे समझने में मदद मिलेगी। 1888 में लखनऊ में कुछ सम्माननीय मुस्लिमों के सामने बोलते हुए सर सैयद अहमद बोलते हैं—"वायसराय की कौंसिल के सदस्य उच्च सामाजिक श्रेणी के हों, यह आवश्यक है। मैं आपसे पूछता हूँ, एक निचली जाति का, तुच्छ कुल का व्यक्ति, भले ही वह बी.ए. एम.ए, पढ़ चुका हो, उसके पास किसी अधिकार का पद आना और हमारे जीवन और सम्पत्ति पर कानून बनाने का अधिकार उसके पास होना, क्या हम जैसे अभिजनों को यह अच्छा लगेगा? यह तो किसी को अच्छा नहीं लगेगा।"

कुल मिलाकर आजादी किसके लिए, अधिकार किसका, वर्चस्व किसका, तो जन्म के आधार पर जिसे श्रेष्ठता मिली है उनका? या अभिजात जनों का। तब फिर बहुजनों का क्या? अन्तिम आदमी का क्या होगा? इसकी चर्चा भी गांधी के पहले नहीं थी। यह सच हमें भूलना नहीं चाहिए।

महाराष्ट्र के आजादी के आन्दोलन में जो अलग-अलग प्रवाह थे, धाराएँ थीं, फिर वे गरम हों या नरम या अति गरम हों, उन सबका नेतृत्व चितपावन ब्राह्मणों के पास था। इन नेताओं की नामावली सामने लाएँ तो यह बात स्पष्ट हो जाती है। आद्य क्रान्तिकारी, वासुदेव बलवंत फड़के, रानडे, गोखले, आगरकर, रजवाड़े, चिपलूणकर, तिलक, सावरकर, शिवरामपंत परांजपे, रेंड को मारने वाले चाफेकर बंधु, ये सभी चितपावन थे। यह क्या केवल संयोग था?

ब्रिटिशों के हाथों में सत्ता गई ब्राह्मणों के हाथों से, वह सत्ता चितपावन ब्राह्मणों को वापस प्राप्त करनी चाहिए, इस सैद्धान्तिक विचार का यह नैचुरल फल था। जैकसन मर्डर केस में 37 आरोपियों में से केवल एक ब्राह्मण नहीं था। बाकी सभी आरोपी चितपावन ब्राह्मण थे। यह भी इसी सैद्धान्तिक भूमिका का परिणाम था। गांधी के आजादी के आन्दोलन में प्रवेश के बाद इन सभी का ब्रिटिश-विरोध कम होता गया। मुँह तक आया कौर, गांधी हमसे दूर ले जा रहे हैं, इस भावना से ग्रस्त होकर उन्होंने अपनी बन्दूकें ब्रिटिशों की ओर करने के

बजाय गांधी की ओर कर दी। इसलिए हत्या के सन्दर्भ में सभी आरोपियों में से एक को छोड़कर बाकी सारे चितपावन ब्राह्मण थे। यह केवल संयोग की बात तो नहीं हो सकती।

उन दिनों महर्षि विट्ठल रामजी शिंदे, 'पहले राजनैतिक' या 'पहले सामाजिक' इस बहस में न पड़ते हुए, दोनों को साथ मिलकर काम करना चाहिए, इस विचार के थे। उन्होंने 24 मार्च, 1918 को मुंबई में भारत की पहली 'अस्पृश्यता निवारण परिषद' आयोजित की। इस परिषद में लोकमान्य तिलक को आना ही है, ऐसा उनका आग्रह था। तिलक हाँ-ना, कर रहे थे। शिंदे फिर भी अन्तिम प्रयास करते हैं। अन्त में तिलक आने की बात स्वीकार कर लेते हैं, पर वे एक शर्त भी लगाते हैं। मैं केसरी का तिलक नहीं बल्कि व्यक्तिगत रूप से बाल गंगाधर तिलक के रूप में आऊँगा। वहाँ उस परिषद में उनकी उपस्थिति रहती है। 'धर्म जीवन और तत्त्वज्ञान' शीर्षक ग्रंथ में शिंदे उस परिषद का वर्णन करते हैं। सुबह भाषण देते हुए तिलक बोलते हैं, पेशवाओं के समय भी अछूतों से भरी पखाली (जो गाय के चमड़े से बनता था) का पानी ब्राह्मणों ने पिया है। अस्पृश्यता अगर भगवान को मान्य है तो मैं उस भगवान को भी भगवान नहीं कहूँगा। लोकमान्य की इस बात पर जितनी तालियाँ बजीं, उससे लगा कि कहीं मंडप ही न गिर जाए। पर आगे शिंदे कहते हैं कि उसके बाद अस्पृश्यता निवारण का घोषणा-पत्र लेकर मैं तिलक का हस्ताक्षर लेने उनके पास गया तो वे हिचकने लगे। एक बार तो वे तैयार भी हो गए, पर दादासाहेब करंदीकर ने बाधा पहुँचाई। अन्त में लोकमान्य तिलक ने भावविभोर होकर मेरे कन्धों पर दोनों हाथ रखे और विनती करने लगे कि आप इंग्लैंड से वापस आने तक इस आग्रह को छोड़ दीजिए।

जाति की सीमारेखा लाँघने की तिलक कोशिश करते हैं, पर उनके अनुयायी उन्हें इसकी इजाजत नहीं देते। यह बात इस घटना से स्पष्ट होती है। शायद इसीलिए 'बनिया तेलियों का नेता' कहकर उनका मजाक भी उड़ाया जाता था। तिलक के बारे में सनातनी ब्राह्मणों का विचार अच्छा नहीं था। दामोदर हरी चापेकर कहते हैं तिलक न तो सुधारक हैं न ही स्वधर्मनिष्ठ हैं। कुल मिलाकर तिलक पसोपेश में पड़ गए लगते हैं। व्यापक हुए बिना आजादी का आन्दोलन व्यापक नहीं होगा इसकी समझ उन्हें पूरी तरह है। पर व्यापक होने की प्रक्रिया में मेरे अनुयायी मुझे छोड़ दें तो? इस दहशत में भी वे हैं। तिलक के अनुयायी जैसे उनकी शक्ति के स्रोत थे वैसे ही वे उनकी कमजोरी भी थे।

वेदोक्त या पुराणोक्त इस बहस की पृष्ठभूमि में एक बार शाहू महाराज ने प्रबोधनकार ठाकरे से अपना दुख व्यक्त किया था। तिलक हों या गोखले सभी के पैट्रियाटिज्म में ब्राह्मण वर्चस्व का एक 'रिजर्व कम्पार्टमेंट' है। उसे कोई न छुए। रिजर्व कम्पार्टमेंट को छूने की वीरता और हिम्मत आने वाले समय में गांधी ने की। यह महाभयंकर पाप उन्होंने बार-बार किया। ऐसी पक्की धारणा वर्णवर्चस्ववादी लोगों की बन चुकी है।

मेकिंग ऑफ महात्मा

ऐसा कहा जाता है कि महान व्यक्तियों के पैर पालने में दिखाई देते हैं। पर गांधी के बारे में यह बात झूठ साबित होती है। महानता की बात तो छोड़िए महानता का नाखून भी कहीं दिखाई नहीं देता।

छोटी उम्र में उनकी असाधारण बुद्धि कहीं चमकी हो, ऐसा भी कहीं दिखाई नहीं देता है। उनमें नेतृत्व क्षमता भी कुछ विशेष है, ऐसा भी दिखाई नहीं देता। क्रीड़ा क्षेत्र में और स्कूली शिक्षा के दौरान वक्तृत्व स्पर्धा में भी उनका कोई प्रभाव पड़ा हो, दिखाई नहीं देता। पढ़ने-लिखने में भी असाधारणता नहीं दिखती।

मैट्रिक की परीक्षा में उन्हें बिलकुल सामान्य 39 प्रतिशत मार्क मिले थे। अन्य क्षेत्रों में भी वीर बहादुर जैसा कुछ नहीं, बल्कि डरपोक, अँधेरे से डरने वाला, साँप-भूतों से डरने वाला, मोहनदास ऐसी अवस्था में बहादुर बनने के लिए मांसाहार करना चाहिए, बाल उम्र का दोस्त शेख मेहता यह बोलता है, इसलिए सबसे छुपाकर मांसाहार करने वाला गांधी।

उम्र के 27 वर्ष तक अति सामान्य यह मोहनदास करमचन्द गांधी। कौन कहता है महान व्यक्तियों के पैर पालने में दिखाई देते हैं। गांधी के बारे में ऐसा कुछ दिखाई नहीं देता। बाद में यही गांधी दुनिया में महात्मा के रूप में पहचाना जाता है। मोहनदास करमचन्द गांधी से लेकर महात्मा गांधी तक की यह यात्रा यदि हम देखें और देखें कि उसके पीछे एक संयोग है उससे हम आश्चर्य में पड़ जाते हैं।

बचपन खत्म हुआ जवानी आई। परदेश में शिक्षा लेते-लेते ब्रिटिश संस्कृति के अनुरूप रहना है, उनके अनुसार ड्रेस, नृत्य सूट, कोट आदि पहनना है, ऐसा उन्हें लगता है। आईने में देखकर 10-15 मिनट अच्छी तरह बालों में कंघी करके सजना-धजना तो है ही।

पर यहाँ भी परदेश जाते समय माँ को दिए वचन का ईमानदारी से पालन करना है, यह थोड़ी बात थी, बाकी सब साधारण। असाधारण क्या है?

1869 में जन्मे मोहनदास करमचन्द गांधी बाईसवें वर्ष में बैरिस्टर होकर भारत वापस आते हैं। मुंबई में वकील की प्रैक्टिस करने के लिए अर्जी देते हैं। प्रैक्टिस चले इसके लिए संघर्ष करते हैं। वकील का यह व्यवसाय भी किसी बड़े ध्येय के लिए नहीं, अपने परिवार के पालन-पोषण के लिए। शिक्षा के लिए लिया गया कर्ज वापस करने के लिए। लेकिन वर्ष-दो वर्ष बाद भी वकालत नहीं चलती। इसलिए राजकोट जाकर कोशिश करते हैं। संघर्ष करते हैं। वहाँ भी असफलता मिलती है। अन्त में लाचार होकर बैरिस्टर हुआ यह आदमी डाक्यूमेंट्स लिखने का हल्का और दूसरे दर्जे का माना जाने वाला काम करता है। पर इस काम में उसका मन नहीं लगता। हताश-निराश मोहन स्कूल में टीचर के पद के लिए आवेदन देता है। वह स्वीकार नहीं किया जाता। भारत में उनके सारे दरवाजे बन्द हो गए हैं। बैरिस्टर गांधी पूरी तरह चिन्ता में है।

ऐसी स्थिति में 1893 में दक्षिण अफ्रीका का दरवाजा थोड़ा-सा खुलता है। पोरबन्दर के मेमन पीढ़ी की ओर से, दादा अब्दुल्ला एंड कम्पनी की ओर से उन्हें पत्र आता है, उसमें गांधी से पूछा जाता है कि वे दक्षिण अफ्रीका जाने के लिए तैयार हैं या नहीं। दादा अब्दुल्ला और कम्पनी का एक केस कोर्ट में है।

उस केस में गोरे वकील को अंग्रेजी के अलावा कोई भाषा नहीं आती और दादा अब्दुल्ला एंड कम्पनी को उसकी भाषा समझ में नहीं आती। कम्पनी की अपेक्षा है कि वकालत से ज्यादा वे अनुवाद व दुभाषिए का काम करें। यानी फिर एक दूसरे दर्जे का काम। पर कहते हैं मरता क्या नहीं करता। गांधी तुरन्त हाँ कह देते हैं।

प्रश्न उठता है कि गांधी अगर दक्षिण अफ्रीका नहीं गए होते तो क्या वे भारत में महात्मा बन सकते थे? भारत के रथी-महारथियों पर अपना प्रभाव डाल सकते थे? उस स्पर्धा में टिक सकते थे? भारत की जाति-व्यवस्था, वर्ण-व्यवस्था के नीचे दबा हुआ समाज! उसके प्रभाव में यहाँ बड़े होते लोग! यहाँ व्यक्ति कितना भी बड़ा हो, उसने कितनी भी बड़ी छलाँग लगाई हो, जाति और वर्ण की सीमा रेखा के बाहर वह नहीं जा सकता।

ऐसी स्थिति!

गांधी परदेश पढ़ने गए तो जाति के दबाव के कारण उन्हें अपनी शुद्धि करवानी पड़ी। इस माहौल में गांधी कितना बड़ा हो सकता था? गांधी के लिए भारत में सभी दरवाजे बन्द होना और उसी समय असहाय स्थिति में दक्षिण अफ्रीका जाना, यह कैसा संयोग है?

खुद से पहचान उनकी वहीं होती है और वहीं वे महात्मा होने की दिशा में बढ़ने लगते हैं।

उनके अन्दर के महात्मा के लिए पोषक-संरक्षक भूमि दक्षिण अफ्रीका में पहले से थी।

गांधी के जन्म से पहले से ही दक्षिण अफ्रीका में 'छोटा भारत' नाम की यह प्रयोगशाला गांधी के लिए तैयार हो चुकी थी।

1860 से भारत के विभिन्न प्रान्तों से लोग—मजदूर, कामगार—दक्षिण अफ्रीका पहुँच रहे थे। उनमें दक्षिण अफ्रीका के तमिल-तेलुगु लोग भी शामिल थे। बिहार व पूर्वोत्तर भारत के हिन्दीभाषी भी थे। विविध जाति-धर्म-भाषा प्रान्त के भारतीय लोग परिस्थिति का शिकार होकर दक्षिण अफ्रीका में इकट्ठे हो रहे थे। एक तरह से वहाँ छोटा भारत ही तैयार हो चुका था।

कभी-कभी लगता है कि क्या गांधी के जन्म से पहले से ही उनके महात्मा बनने की संहिता लिखी जा रही थी? भारत में गांधी के लिए सारे दरवाजे बन्द हो जाना, उनका दक्षिण अफ्रीका जाना, वहाँ रहते हुए तीखे रंगभेद से उनका सामना होना और काम खत्म होने के बाद तुरन्त वापस आने का अवसर न मिलना, इन सबसे हम चक्कर में पड़ जाते हैं।

दक्षिण अफ्रीका में 1893 में गए बैरिस्टर गांधी 1 वर्ष बाद अपना काम खत्म करके भारत लौटने की तैयारी में हैं। उन्हें विदाई देने के लिए नाताल के किनारे सिडेनहैम में अनेकों सम्मानित भारतीय गांधी के साथ 1 दिन बिताने को आमंत्रित किए गए हैं। वहीं लोग गांधी का ध्यान अखबार के एक समाचार की ओर आकर्षित करते हैं।

उसमें भारतीयों को वोट देने के अधिकार से वंचित करने के लिए एक विधेयक लाने की सूचना है। स्वाभाविकत: वहाँ सभी भारतीय हैं, तो उस बात पर चर्चा होती है।

उस समय गांधी की टिप्पणी थी : "हमारी शवपेटी पर ठोंकी हुई यह पहली कील है।" ऐसी परिस्थिति में क्या करना चाहिए, सेठ अब्दुल्ला उनसे पूछते हैं। उसी समय वहाँ उपस्थित एक मेहमान हस्तक्षेप करता है। गांधी को अपना भारत जाने का कार्यक्रम एक महीना आगे बढ़ा देना चाहिए। उनके उदर-निर्वाह के लिए हम ज्यादा से ज्यादा कोर्ट के केस देंगे। सभी के आग्रह के कारण गांधी माह भर के लिए दक्षिण अफ्रीका रहने को तैयार हो जाते हैं। प्रत्यक्ष में वे वहाँ 20-21 वर्ष रहते हैं। वहीं पर वे बनते हैं, वहीं पर वे बनाए जाते हैं।

हाईस्कूल में पढ़ते समय स्कूल में जाँच के दौरान कोई गोरा अधिकारी जाँच करने आता है। विद्यार्थियों को वह एक सवाल देता है जिसे उन्हें हल करना है। गांधी उस सवाल का जवाब गलत लिख रहे हैं, ऐसा शिक्षक देख लेता है। वह इशारा करता है कि सामने बैठे लड़के की कॉपी से नकल कर लो। मोहनदास इसे अनसुना कर देते हैं। शिक्षक को लगता है कि शायद मेरा इशारा मोहनदास को समझ में नहीं आया है, इसलिए वे उन्हें पैरों से कोंचते हैं। फिर इशारा करते हैं। शिक्षक के इस तरह प्रत्यक्ष बताने पर भी गांधी नकल करने से इनकार कर देते हैं।

यह साधारण बात तो निश्चित ही नहीं है। गलत काम करने से इनकार करने की जड़, उसका रसायन गांधी जी में बचपन से ही था, यह स्पष्ट दिखाई देता है। पिता एक संस्थान के दीवान थे। उनका आर्थिक-सामाजिक स्तर समाज में निश्चित ही काफी ऊँचा रहा होगा। एक बार वे अपने किसी गरीब मित्र को आम का रस खाने के लिए घर बुलाने की बात घर में बोलते हैं। भोजन करते वक्त खाना खाते वक्त उनका वह मित्र साथ में नहीं होता। मेरा मित्र गरीब है, इसलिए उसे जान-बूझकर मेरे साथ खाने के लिए नहीं बुलाया गया, ऐसा मोहनदास को लगता है। आम का रस उन्हें बहुत पसन्द है फिर भी वे उस वर्ष आम के रस और आम का बहिष्कार करते हैं।

बचपन का यह निग्रह बड़े होने पर एक घटना में दिखाई देता है। डॉक्टर मर्ज के अनुसार कस्तूरबा को नमक नहीं खाने के लिए बोलते हैं। खाने में नमक ना हो तो उस खाने में कोई स्वाद ही नहीं, यह सोचकर कस्तूरबा डॉक्टर की बात अस्वीकार करती हैं। डॉक्टरों ने उन्हें काफी समझाया, पर कस्तूरबा मानने को तैयार नहीं। ऐसे समय गांधी उन्हें समझाने लगते हैं। कस्तूरबा कुछ गुस्से में बोल देती हैं...

'दूसरों को ऐसा बोलना बहुत आसान है।' बस उसी क्षण गांधी अपने आहार में नमक बन्द करने का निर्णय लेते हैं। कस्तूरबा, गांधी के इस निर्णय के लिए खुद को अपनी दोषी महसूस करती हैं। वह गांधी से अपनी गलती के लिए माफी माँगती हैं और गांधी को मनाती हैं कि आप अपना निर्णय वापस ले लीजिए। पर अपने निर्णय पर अडिग रहना गांधी का एक विशेष गुण है और उसकी झलक थोड़ी-बहुत बचपन में दिखाई देती है।

पिता बीमार होते हैं तब मोहनदास नाटक देखने जाते हैं। नाटक देखना उनका शौक है। घर आते हैं तो देखते हैं कि पिता वेदना से पीड़ित हैं। पिता को मेरी

आवश्यकता थी और मैं नाटक के लोभ को नहीं रोक पाया, पीड़ित पिता को छोड़कर चला गया, यह सोचकर गांधी जी को बड़ा ही मनस्ताप होता है। किसी निर्णय का वे बड़े ही मन से पालन करते हुए दिखते हैं।

गांधी के परदेश जाने को लेकर उनकी माँ का विरोध रहता है। दूसरे देश में गांधी का चाल-चलन बिगड़ेगा। अपने रीति-रिवाजों को भूल जाएँगे, मांसाहार-शराब आदि का सेवन करेंगे और किसी परस्त्री के मोहपाश में अटकेंगे, माँ को इन्हीं बातों का डर है।

गांधी अपनी माँ को आश्वस्त करते हैं और वचन देते हैं कि मैं इनमें से कोई भी चीज नहीं करूँगा और इस वचन का पूर्णतः पालन करते हैं। शाकाहारी भोजन खाने की निरन्तरता इंग्लैंड में बड़ी ही परेशानी भरी होती है। पर गांधी अपने निग्रह पर अडिग हैं। ये सभी गुण गांधी में शुरुआत से ही हैं, ऐसा दिखाई देता है।

उनके पिता के अन्तिम दिन थे। गांधी मन से उनकी सेवा करते थे, पर जिस रात उनका निधन हुआ उस रात वे पिता की सेवा तो कर रहे थे लेकिन उनके दिमाग में पत्नी से शारीरिक सम्बन्ध के विचार तूफान मचा रहे थे।

वे पिता की सेवा छोड़कर कस्तूरबा के कमरे में चले जाते हैं और उसी रात उनके पिता का निधन हो जाता है। इसकी चुभन गांधी को जिन्दगी भर रहती है। लेकिन अपनी नितान्त व्यक्तिगत बात को लोगों के सामने कहने के लिए एक बेहद बहादुर मन की जरूरत होती है।

बचपन में किसी भी परिणाम की चिन्ता किए बगैर पिता के सामने की गई अपनी गलती की स्वीकृति, उनके जीवन की छोटी आवृत्ति थी। बाद में लोगों के सामने खुलेआम पिता के निधन के समय मैं किस तरह से कामातुर था, यह बताना उसी आवृत्ति का विस्तृत और व्यापक रूप था।

बचपन में पिता को अपने अपराध की स्वीकृति देते समय जैसे उन्होंने उसके परिणामों की चिन्ता नहीं की, उसी तरह बड़ा होने पर भी अपनी निजी बात कहने में उन्हें डर नहीं लगा। बचपन का प्रसंग तो थोड़ा छोटा भी कहा जा सकता है, पर महात्मा बनने के बाद इस तरह की बात लोगों के सामने स्वीकार करना और इसमें डर नाममात्र को ना होना, यह आश्चर्य लगता है।

बनी हुई इमेज को जरा भी धक्का ना लगे इसकी चिन्ता करने में महान लोगों की सारी महानता खर्च हो जाती है, पर गांधी अपनी इमेज, अपनी छवि की जरा भी परवाह नहीं करते थे।

यह बात अत्यंत साधारण-सी लगती है। मैं यह बताऊँगा तो लोगों को क्या लगेगा, मेरे बारे में वे क्या सोचेंगे, उन पर बुरी प्रतिक्रिया तो नहीं होगी? नेता लोग इस बारे में बड़े ही जागरूक होते हैं। यहीं से लोगों का अनुनय करने की शुरुआत होती है और इसी में से एक अलग समाज कारण की पैदाइश होती है। और कुछ हो ना हो अपने अनुयायियों का अनुनय करने की राजनीति तो पैदा होती ही है। तिलक के बारे में तीव्रता से ऐसा लगता है। यदि अनुयायी ही छोड़कर चले गए तो नेता, नेता कैसे रहेगा।

करंदीकर की बात मानकर तिलक शिंदे के सामने बढ़ाए हुए घोषणा-पत्र पर अपना हस्ताक्षर नहीं करते। गांधी ऐसी किसी भी राजी-नाराजगी की परवाह नहीं करते।

अपनी छवि के मोहपाश में बँधे भी वे दिखाई नहीं देते।

उम्र के 37वें वर्ष में गांधी ने ब्रह्मचर्य व्रत पालन करने का संकल्प लिया और अपने स्वभाव के अनुसार उन्होंने उस पर अमल भी किया। पर उम्र के 65वें-66वें वर्ष में उन्हें वीर्यपात होता है। यह बिलकुल व्यक्तिगत बात कोई किसी को क्यों बताएगा? पर महात्मा हो चुका गांधी यह बात दुनिया के सामने रखता है।

खुलेआम लेख लिखता है। वह कहता है आप लोग मुझे महात्मा समझते हैं मैंने ब्रह्मचर्य व्रत का ईमानदारी से पालन किया, पर यह महात्मा अभी भी अपनी वासना से मुक्त नहीं हुआ। यहाँ अगर उन्हें चुभन है तो अपनी खुद की नजर की।

अगर मैंने लोगों को यह नहीं बताया तो यह उन्हें ठगने जैसा होगा, ऐसा उन्हें लगता है। बचपन का बीज यहाँ वृक्ष के रूप में दिखाई देता है। कोई मुझे देखे या ना देखे, उनकी नजर में मेरी गलती आए या न आए, पर मेरी नजर से मेरी गलती नहीं छूटनी चाहिए। और उस गलती को लोगों की नजरों में लाने का काम भी मेरा ही है। अन्य लोगों के सन्दर्भ में परम सहिष्णु गांधी अपने लिए अत्यंत कठोर एवं असहिष्णु हैं।

गांधी का सबकुछ उलटा ही था। दूसरे की पहाड़ जैसी गलतियों को वे एक छोटे दाने बराबर मानते थे। इसके विपरीत अपनी छोटी-छोटी गलतियों पर यदि हम आवरण डालते हैं तो इन गलतियों का चोर बड़ा और बड़ा होता जाता है, एक दिन यही कब्जा जमा लेता है। थानेदार बन जाता है। इस बात की संवेदना गांधी को थी।

जब वे दक्षिण अफ्रीका में थे, बोअर युद्ध के समय और झुलू विद्रोह के समय उन्होंने भारी हिंसा देखी थी। बन्दूक की गोलियों से हुए जख्मों को धोया था। चाबुक की मार से खुले जख्मों को बाँधा था। गोरे मजबूत लोगों द्वारा काली चमड़ी वाले

लोगों पर अत्याचार देखे थे। ऐसे सभी पौरुषी अत्याचारों पर उनके मन में बेहद तिरस्कार था। इन सब अत्याचारों का सम्बन्ध उन्होंने सेक्स से जोड़ा था। इसलिए उम्र के सैंतीसवें साल में ही उन्होंने ब्रह्मचर्य का व्रत लिया। जिसका मन शुद्ध है वही शक्तिमान बन सकता है।

इसलिए भारत की स्वतंत्रता के बाद हुए विभाजन के बाद दंगों के तूफान में वे निकल पाते हैं, और जहाँ-जहाँ असफलता मिले उसे अपने ब्रह्मचर्य पालन में कमी के रूप में देखते हैं। यह गलत है या सही, इस बात पर चर्चा हो सकती है। हम इसके लिए पूरी तरह आजाद हैं।

नोआखाली के दंगों के दरमियान ब्रह्मचर्य व्रत के जो प्रयोग उन्होंने किए, इस बात पर उनके मित्रों में प्रचंड मतभेद और बेचैनी थी। गांधी की ईमानदारी पर उन्हें शंका नहीं थी। ज्यादातर साथियों का विरोध था यह सब खुलेआम बोलने पर। गांधी हर बात को सबके सामने से बोलते थे। जबकि अनुयायियों को यह बात नितान्त व्यक्तिगत लगती थी। उस कलुषित, प्रदूषित माहौल में लोग इसे किस तरह लेंगे, गांधी के मित्रों को यह डर लगता रहता था।

पर गांधी को बिलकुल ही डर नहीं था। ना उन्हें अपनी इमेज का डर था ना ही लोग क्या कहेंगे इसका। आज भी इन हिन्दुत्ववादी प्रयोगों पर गन्दी और जहरीली आलोचना करते हैं। वे इन प्रयोगों पर जो मन में आए वह बोलते हैं। पर वे यह भूल जाते हैं कि अगर गांधी ये बातें बताते ही नहीं तो?

अपने सार्वजनिक जीवन में उन्होंने जनता से कोई भी बात नहीं छुपाई। हमें उनके खुले मन से बताई चीजों की कम-से-कम प्रशंसा तो करनी ही चाहिए। अपनी ही प्रतिमा के पिंजरे में गांधी ने कभी अपने आप को बन्द नहीं किया। प्रतिमा-भंजन के डर से किसी बात की स्वीकृति टाल दी हो ऐसा भी उन्होंने कभी नहीं किया। बचपन में की हुई स्वीकृति अलग तरह की थी, पर महात्मा का ठप्पा लगने के बाद खुद ही उसको हटाना और जिन्दगी-भर अपने आप को छीलते रहने का जो निरन्तर अविरत काम गांधी ने किया, उसे भी अलग से समझने और पढ़ने की जरूरत है।

भारत में प्रतिमा-पूजा होती है, ऐसे समय अपनी प्रतिमा को तोड़ने वाला गांधी भी लोगों को उतना ही पूज्य लगता है।

अहिंसा के पुजारी के रूप में गांधी की प्रतिमा है। इस प्रतिमा को तोड़ने वाली भूमिका मैं किसी को मांसाहार की अनुमति देकर कैसे लूँ, यह सवाल गांधी को परेशान नहीं करता। अहिंसा के पुजारी गांधी ने प्राणी-हत्या के विरोध की भोली

भूमिका नहीं ली। आश्रम में असाध्य रूप से बीमार तड़पते बछड़े को गोली मार देने की पेशकश की। अहिंसा का पक्षधर हूँ ऐसे में, सेना में भारतीय लोगों की भर्ती कैसे करूँ ऐसा सवाल गांधी को परेशान नहीं करता था।

भूतकाल में मैंने एक भूमिका ली, वह भूमिका मैंने बदली। भूमिका बदलने पर लोग क्या कहेंगे, ऐसा दबाव गांधी ने कभी महसूस नहीं किया।

पाकिस्तान यदि इस तरह से व्यवहार कर रहा हो तो भारत के पास युद्ध के सिवा कोई पर्याय नहीं, यह भी गांधी कहते हैं। इससे कई लोगों को बड़ा ही धक्का पहुँचता है। पर गांधी इसकी परवाह नहीं करते। गांधी के प्रवाह को कोई बंधन नहीं रोक पाया और गांधी ने भी खुद को उस बंधन में कोशिश करके बँधने नहीं दिया।

गांधी नाम का तूफान

गांधी जब दक्षिण अफ्रीका गये बिलकुल अलग थे और जब 1915 में भारत लौटे तब पहले की तुलना में पूरी तरह अलग थे। दक्षिण अफ्रीका गये गांधी पूरी तरह अगतिक थे। असहाय, हताश और आत्मविश्वास विहीन। भारत लौटे हुए गांधी यशस्वी थे। आत्मविश्वास से भरे हुए। निष्प्रभ गांधी प्रभावशाली होकर भारत लौटे थे। दक्षिण अफ्रीका जाते समय गांधी की स्थिति ऐसी थी कि उनकी खुद से खुद की पहचान नहीं थी। भारत लौटे हुए गांधी की खुद से पहचान हो चुकी थी। तब दुनिया जिन्हें नहीं जानती थी, अब जानने लगी थी। गांधी में जो बदलाव आया था, वह बोलने और बर्ताव में भी महसूस हो रहा था। उनके कपड़ों में भी यह बदलाव दिखाई दे रहा था।

यूरोपियन वेश वाले गांधी भारत लौटे थे बिलकुल गाँव की वेशभूषा में। काठवाड़ी वेशभूषा में।

गांधी, गोखले को अपना राजनीतिक गुरु मानते थे। महाराष्ट्र में गोखले और तिलक में खासी तनातनी थी। गोखले नरम दल के तो तिलक गरम दल के।

गांधी जैसे ही भारत लौटे, उनके बारे में चर्चा चलने लगी कि गांधी नरम दल के हैं या गरम दल के।

पर गांधी के बारे में तिलक का विचार बहुत महत्त्व का है।

गांधी का अपना तीसरा ही पंथ है, ऐसा तिलक का कहना था। गांधी के बारे में तिलक का विचार कुछ भी हो, पर तिलक के अनुयायी गांधी को तिलक का दुश्मन मानते थे। गांधी गोखले के शिष्य हैं मतलब तिलक के शत्रु हैं उनका यह समीकरण था। पर सवाल यह उठता है कि वे गोखले के शिष्य हैं तो गोखले के अनुयायियों ने भी उन्हें स्वीकारा या नहीं?

ऐसा लगता नहीं। गोखले की इच्छा थी कि सर्वेंट्स ऑफ सोसाइटी का काम गांधी स्वीकार करें। गांधी की भी यही इच्छा थी। पर गोखले के अनुयायियों ने इन दोनों की इच्छापूर्ति ना हो इसका पूरी तरह से ध्यान रखा।

वर्ण-वर्चस्व और वर्ग-श्रेष्ठता के प्रभाव में रहे महाराष्ट्र के लिए गांधी की छोटी जाति बार-बार आड़े आ रही थी। यह भी उतना ही सच है।

महाराष्ट्र में सत्ता ब्राह्मणों के हाथ से गई थी और वह उन्हें ही मिलनी चाहिए, सत्ता-भोग उन्हें करना चाहिए, इस सैद्धान्तिक बनावट के विचार में गांधी कहीं बैठ नहीं पा रहे थे।

राजनीतिक आजादी पहले हो या सामाजिक आजादी, बहस में किसी एक की साइड ना लेते हुए गांधी दोनों तरफ रहते थे।

आजादी के ऐसे अलग-अलग हिस्से भी हो सकते हैं वे यही मानने के लिए तैयार नहीं थे। इसलिए सामाजिक आजादी का पक्ष ले रहा है, राजनीतिक आजादी वाले उसके खुद-ब-खुद दुश्मन बन गए, और सामाजिक आजादी वाले गांधी से इसलिए दूर हो गए कि वे राजनीतिक आजादी के हामी हैं।

गांधी के पहले राजनीति मुख्यत: मुंबई, कोलकाता और मद्रास—इन तीन महानगरों के इर्द-गिर्द घूम रही थी और दिल्ली, इलाहाबाद, पुणे, लाहौर इत्यादि शहरों में राजनीतिक जागरूकता की शुरुआत हो चुकी थी।

गांधी भारत आए और शुरुआत में ही उन्होंने चंपारण जैसे पिछड़े इलाके से अपना काम शुरू कर दिया। शोषणग्रस्त किसानों की समस्या को सामने रखा।

एक तो बिहार जैसा पिछड़ा प्रान्त, उस पर चंपारण जैसा पिछड़ा हिस्सा और उसके बाद किसानों का पिछड़ा वर्ग। महानगरों तथा उच्च वर्णों की राजनीति को गांधी ने सीधे गाँव में और अन्तिम आदमी तक ला छोड़ा। 1916 के लखनऊ अधिवेशन में गांधी उपस्थित थे। नरम और गरम दल को मिलाने की कोशिश भी गांधी ने इस अधिवेशन में की।

इस अधिवेशन के बारे में डॉक्टर राजेन्द्र प्रसाद ने अपनी किताब में लिखा है कि शायद यह पहली घटना थी जब किसानों के दुख की कहानी किसानों की ओर से सुनने का अवसर कांग्रेस की महासभा को मिल रहा था।

चंपारण के नील की खेती करनेवाले किसानों का दुख राजकुमार शुक्ल ने लखनऊ अधिवेशन में गांधी के कहने पर सबके सामने रखा था। राजेन्द्र प्रसाद ने अपनी किताब में इसका सन्दर्भ सहित उल्लेख किया है।

'आजादी किसलिए तो ब्राह्मण सुखी हो इसलिए' एक ओर ऐसा मानने वाले लोग थे। दूसरी ओर गांधी बोलते थे कि आजादी किसके लिए? किसानों के लिए, अन्तिम व्यक्ति के लिए, मेहनत करने वालों के लिए। ऊँचे वर्ग के लोगों के लिए

इस बात को सहना बड़ा ही कठिन था। सामाजिक सवालों को कांग्रेस के राजनीतिक मंच पर उठाने की छूट नहीं मिलनी चाहिए और अगर मिलती है तो हम उस मंच को जला देंगे। ऐसा भी कुछ लोग बोलते थे। कारण कि गांधी के आगमन के बाद कांग्रेस के मंच से अस्पृश्यता जैसे सामाजिक सवालों की भी चर्चा खुलेआम होने लगी थी।

एक भंगी की बेटी या चमार की बेटी अगर भारत के सर्वोच्च पद पर बैठती है, तब मुझे संतोष मिलेगा, ऐसा गांधी जी बोलते थे। यह बात तो जैसे किसी चिंगारी से आग लगने जैसी थी।

कुछ लोग तो यही मानते थे कि ब्रिटिश जाएँगे तो हम शासक बनेंगे। पर यह मानने वाले गांधी को दुश्मन समझते थे। गांधी के अनुसार किसान को राज्य का शासक बनना चाहिए। लोकतंत्र में किसान ही राज्य का शासक होना चाहिए। इसीलिए गांधी उन दिनों उच्चवर्णीय लोगों के दुश्मन हो गए थे।

गांधी भारत में आए और कोचरब आश्रम की घटना ने तहलका मचा दिया। उस आश्रम में गांधी ने एक अछूत पति-पत्नी को रहने की अनुमति दी थी। इस प्रश्न पर आश्रम में तो तूफान उठा ही पर पूरे वातावरण में और अहमदाबाद में भी तहलका मच गया। इस प्रश्न पर मगन लाल की पत्नी आश्रम छोड़कर चली गई थी। कस्तूरबा भी आश्रम छोड़ने के कगार पर पहुँच गई थीं।

आश्रम को आर्थिक मदद देने वालों ने भी कह दिया था कि उस अछूत जोड़े को आप बाहर निकालिए अन्यथा हम आपको आर्थिक मदद देना बन्द कर देंगे। गांधी को उन्होंने धमकाया था। पर घर और बाहर किसी का विरोध गांधी ने नहीं माना, और उस अछूत जोड़ी को अपने आश्रम में ही रहने दिया।

जो आश्रम छोड़ना चाहते हैं वे आश्रम छोड़कर जा सकते हैं, जिन्हें आश्रम को मदद नहीं करनी है, वे बन्द कर दें। पर किसी भी स्थिति में यह जोड़ी आश्रम छोड़कर के नहीं जाएगी, ऐसा उन्होंने स्पष्ट कर दिया था।

दो व्यक्तियों की तुलना हमें नहीं करनी चाहिए पर सामाजिक प्रश्न पर तिलक और गांधी का दृष्टिकोण एक दूसरे से पूरी तरह अलग था। तिलक राजनीतिक आजादी के पक्ष में थे और सामाजिक आजादी के विरोधी थे। गांधी राजनीतिक आजादी के पक्ष में थे पर सामाजिक आजादी के भी उतने ही बड़े पक्षधर थे।

विट्ठल रामजी शिंदे के आग्रह पर लोकमान्य तिलक, अस्पृश्यता निवारण परिषद में जाते हैं। पर उस परिषद के घोषणापत्र पर वे हस्ताक्षर नहीं करते क्योंकि उनके अनुयायी दादासाहेब करंदीकर उनका विरोध करते हैं।

गांधी अछूत जोड़े के मुद्दे पर कभी हार नहीं मानते। अपने अनुयायियों के विरोध की भी परवाह नहीं करते। आश्रम को मदद करने वालों की आर्थिक बहिष्कार की धमकियों से भी वे नहीं डरते।

गांधी के प्रति द्वेष, तिरस्कार, घृणा और उनका उपहास महाराष्ट्र में सबसे अधिक हुआ। पुणे में भी बहुत ज्यादा हुआ। इसका बीज गांधी के सामाजिक दृष्टिकोण में ही है। इसी बीज का रूपान्तर उनकी हत्या में हुआ है। कारण लोग कुछ भी बताएँ। पर असली कारण यही है।

कोचरब आश्रम में अछूत जोड़ी को प्रवेश देने को लेकर जितना हंगामा हुआ उतना ही हंगामा बनारस हिन्दू विद्यापीठ के उद्घाटन के समय गांधी के कारण हुआ।

4 फरवरी, 1916 को गांधी ने जो भाषण दिया वह बड़ा ही हलचल पैदा करने वाला था। विशेष बात यह कि 'कान और आँखें खुली रखते हुए मुँह बन्द रखने' की गोखले की सलाह का समय समाप्त हो चुका था। बनारस हिन्दू विद्यापीठ पंडित मदन मोहन मालवीय के अथक परिश्रम का फल था। इसमें एनी बेसेंट मैडम ने भी मदद की थी। कार्यक्रम में राजे-रजवाड़े, जागीरदार बड़ी संख्या में उपस्थित थे। उन्होंने बड़े-बड़े दान विद्यापीठ को खड़ा करने के लिए दिए थे। गांधी ने अपने भाषण में सबसे पहले अंग्रेजी पढ़े-लिखे लोगों को टारगेट किया जो वहाँ मौजूद थे। उसके बाद वे सोने के जेवरों से सजे हुए राजाओं, संस्थानिकों आदि इज्जतदारों पर बिगड़ पड़े।

गांधी ने कहा कि उनके शरीर पर शोभा देने वाले जेवर किसानों के शोषण से उनके पास आए हैं। गांधी ने उन्हीं लोगों के सामने इस चमकीले दिखावटीपन का विरोध किया, 'आपकी मुक्ति केवल किसान ही कर सकता है। वकील, डॉक्टर, जमींदार आपकी मुक्ति नहीं कर सकते।' यह सुनकर वहाँ मौजूद सारे लोग अवाक् हो गए।

गांधी को यह भाषण रोकने के लिए कहा गया और सभा को समाप्त करने का प्रयास किया गया। पर गांधी रुके नहीं। उलटे उन्होंने उस दौरान हुए लॉर्ड हार्डिंग पर बम से हमले की बात की और उनके चारों ओर बने सुरक्षा कवच की आलोचना की। उन्होंने कहा कि इतनी कड़ी सुरक्षा में जिन्दा मौत की तरह रहने से तो मर जाना अच्छा है।

रोकने पर भी गांधी नहीं रुके, गांधी नाम का ये तूफान अब रोकने से रुकने वाला नहीं था।

इस कार्यक्रम से ये बातें पूरे भारत में पहुँच गईं। उच्च वर्ग और उच्च वर्ण के अभिजनों के फ्रेम में अटकी हुई राजनीति को गांधी ने पूरी तरह तोड़-मरोड़ दिया। गांधी अपनी राजनीति किसान, श्रमिक व अन्तिम आदमी तक ले जाने वाले हैं, इस बात के भी संकेत इस भाषण में थे।

आजादी किसकी? किसके लिए? केवल जन्म पर आधारित वर्णश्रेष्ठ वालों की आजादी की बात को गांधी ने हटा दिया और आम आदमी की आजादी तक अपनी बात पहुँचा दी। इस दिशा में गांधी और आगे जाने वाले थे, इसकी झलक मिल चुकी थी और धर्म के ठेकेदार इसी कारण गांधी पर हमला करने वाले थे।

परस्पर विरोधी आरोप भी गांधी पर खूब हुए। हिन्दुत्ववादियों ने गांधी को जिन्दगी भर हिन्दू-द्वेषी कहा और मुस्लिमों का पक्षपाती कहा। दूसरी तरफ मुस्लिम लीग उसी समय गांधी को कट्टर मुस्लिम-द्वेषी और हिन्दुओं का पक्षपाती कहती रही।

एक ही आदमी हिन्दुत्ववादियों के लिए हिन्दू-द्वेषी और मुस्लिमों के लिए मुस्लिम-द्वेषी कैसे हो सकता है?

'गांधी हत्या' के बाद इंक्वायरी के लिए स्थापित हुए 'कपूर आयोग' के सामने गवाही के रूप में अलवार संस्थान में बड़े पैमाने पर लगाए गए पोस्टर पेश किए गए थे। उन पोस्टरों पर लिखा था : महात्मा गांधी के शरीर के टुकड़े करके उन्हें कौवों और कुत्तों को खिलाया जाए। जिस अलवार संस्थान में ये पोस्टर लगे थे उस संस्थान के प्रधान डॉ. खरे थे और वे हिन्दू महासभा के नेता भी थे। खरे साहब का कहना था कि हिन्दुओं का सर्वनाश करने में मुस्लिम औरंगजेब सफल नहीं हो पाया इसलिए उसने हिन्दू गांधी के रूप में जन्म लिया है।

गांधी को लेकर तिरस्कार और घृणा इतनी बढ़ गई थी कि ऐसी भाषा में पोस्टर लगाए गए। और इस घृणा का कारण यही कि मुस्लिम-प्रेम की खातिर उन्होंने हिन्दुओं का सर्वनाश किया। जिस मुस्लिमों के प्रति उनके प्रेम का जिक्र किया जाता है उन मुस्लिमों का क्या कहना था?

जेड, सुलेरी, जिन्ना के निकटस्थ लोगों में से थे और मुस्लिम लीग के नेता थे। अपनी किताब 'माय लीडर' में वे कहते हैं कि गांधी का उद्देश्य मुसलमानों का हिन्दूकरण करना था।

जहाँ गांधी को हिन्दुत्ववादी, मुस्लिम पक्षपाती कहते हैं वहीं जिन्नावादी मुस्लिमों को लगता था कि तिलक और सावरकर से ज्यादा खतरा मुसलमानों को गांधी से है।

एक तरफ राजनीतिक लोग उन्हें संत मानते थे—ऐसा संत जिसने राजनीति में अध्यात्म को लाकर पूरी राजनीति को बिगाड़कर रख दिया है। दूसरी तरफ ऐसे धार्मिक लोग भी थे जो उन्हें धर्म को डुबाने वाला कहकर छाती पीटते रहते थे।

सबसे पहले गांधी का चरित्र लिखने वाले धर्मगुरु जोसफ डॉक ने 1909 में कहा था, "गांधी किसी एक धर्म के प्रशंसक हैं ऐसा मुझे नहीं लगता। उनके विचार क्रिश्चियन धर्म से इतने मिलते हैं कि उन्हें हिन्दू धर्म को मानने वाला कहना गलत हो जाएगा। इसके बावजूद उनके आचार-विचार पर हिन्दू धर्म का इतना प्रभाव है कि उन्हें इसाई धर्म वाला भी कैसे कहा जा सकता है!

इस बात से स्पष्ट होता है कि गांधी को किसी चौखटे में बैठाना सम्भव नहीं है। अपने को वैचारिक बादशाह मानने वाले गांधी के समकालीन बादशाहों का असली दुख है।

यदि उन्हें धर्म के बाहर के फ्रेम में बैठाएँ तो वह भी सम्भव नहीं है। जाति का फ्रेम हो या देश का, वह भी उन पर सटीक नहीं बैठता है। राजनीति का परम्परागत फ्रेम लगाएँ तो भी यही समस्या आती है। वे संत तो लगते हैं पर संतों की चौखट में भी वे नहीं बैठते।

कोई भी बात हो अगर वह अपने फ्रेम में बैठे तभी उसे स्वीकारना है, अन्यथा उसे अमान्य कर दिया जाता है। ऐसा ही चलता आया है। गांधी के सम्बन्ध में इसी पैमाने को लागू किया जाता है।

थिओसोफिस्ट एनी बेसेंट गूढ़वादी विचारधारा की मानी जाती हैं। पर अब एनी बेसेंट के पंथियों को गांधी ही गूढ़वादी लगने लगे। उसमें भी गांधी ने अपना गूढ़वाद धर्म और अध्यात्म के क्षेत्र तक सीमित नहीं रखा, उसे राजनीति में भी लाए। परिणामस्वरूप गूढ़वादी पंथ को भी गांधी गूढ़ लगते थे।

सबसे बड़ा गूढ़ तथ्य यह कि ऐसे गूढ़ व्यक्ति के पीछे सामान्य जनता पागल थी। उनके पीछे जनसागर उमड़ा आता था। वहीं गांधी-विरोधियों के साथ जनता नहीं के बराबर रहती थी। यह और भी बड़ा और विचित्र गूढ़ था।

गांधी के पास मैजिक है लॉजिक नहीं, ऐसी आलोचना करने वाले बुद्धिवादी नेता भी गांधी के नेतृत्व से अभिभूत हो गए थे। इस बात को ध्यान में रखते हुए भी हम कह सकते हैं कि मैजिक और लॉजिक समझते हुए अच्छे-अच्छों की हालत खराब हो जाती थी।

देखा जाए तो गांधी के बारे में एक हाथी और चार अन्धों की कहानी ठीक-

ठीक लागू होती है। गांधी भोले और संत प्रवृत्ति के हैं पर राजनीति में गलती से आ गए हैं। राजनीति धूर्त और चालाक लोगों की होती है, यह गांधी का काम नहीं है। जितनी जल्दी वे राजनीति में टाँग अड़ाना बन्द करेंगे उतना ही उनका भी और राजनीति का भी भला होगा। ऐसा भी मानने वाला एक वर्ग था। उसी तरह गांधी को 'पक्का धूर्त, राजनीति करने में प्रवीण' ऐसा भी लोग मानते थे।

गांधी आखिर था क्या? हिन्दुओं का पक्षपाती या मुसलमानों का?

गांधी अगर किसी के पक्षपाती थे ही तो मनुष्यता के पक्षपाती थे, जाति, धर्म, भाषा, प्रान्त, देश, ऐसे किसी भी फ्रेम को वे नहीं मानते थे। उनके बंधन में बिना बँधे, बंधनों के परे जाकर केवल मनुष्य पर प्रेम करने वाला वह व्यक्ति था।

गांधी की अहिंसा के बारे में तो कुछ बोलना ही बेकार है। उनके विरोधियों का यही झुनझुना हमेशा बजता रहता था कि युद्ध के बिना आजादी कैसे मिलेगी?

गांधी के नेतृत्व में आजादी के आन्दोलन का नारा था, "चरखा चला-चला के लेंगे स्वराज लेंगे।" इसकी आलोचना करते हुए उनके विरोधी कहते थे, "छुहारा चबा-चबा के लेंगे स्वराज लेंगे।"

भोपटकर खुद को तिलक का पक्का अनुयायी कहते थे। गांधी के कट्टर विरोधी। महाराष्ट्र में गांधी के बारे में कड़वा बोलकर धन्य होने वालों की संख्या कम नहीं थी। महात्मा को 'मोहात्मा' कहने वाले, यही भोपटकर थे। वर्ण भेद को वे 'वरण' (मराठी में वरण यानी दाल) भेद कहते थे। उनके अनुसार हिन्दू धर्म में जातिभेद और वर्णभेद है ही कहाँ! चातुर्वर्ण्य तो प्रकृति के नियमों के अनुसार है!

देखा जाए तो गांधी ने मानव-समूह को संघर्ष का एक अभिनव और सुसंस्कृत साधन दिया, जिसका नाम है सत्याग्रह। मानवीय इतिहास में इसे सुवर्णाक्षरों में लिखा जाएगा। 'सत्याग्रह' इस दुनिया को दी गई गांधी के मस्तिष्क की सबसे बड़ी देन है। लेकिन गांधी विरोधियों ने इसका मजाक उड़ाया। अकेले गांधी के कारण हिन्दुस्तान के विविध समाज-समूह एक जगह एकत्रित हो गये, ऐसा कोई अन्य नेता नहीं कर पाया।

जिन्हें वर्ण वर्चस्व व वर्ण श्रेष्ठत्व को दंभ है, उनके पेट में इस बात से दर्द होना स्वाभाविक है।

'पहले राजनैतिक आजादी या सामाजिक आजादी' इस बहस में पहले राजनैतिक आजादी कहने वाले और तिलक के नेतृत्व में चलने वाले लोग, गांधी-नेतृत्व में चलने वाले आजादी के आन्दोलन से दूर होने लगे या उदासीन हो गए। कुछ लोगों

ने आजादी की उस लड़ाई का विरोध करने में ही अपनी बहादुरी समझी क्योंकि उनके विचार से गांधी की आजादी सामाजिक प्रश्नों से कलुषित हो चुकी थी।

एक तो गांधी छोटी जाति से थे। दूसरे उन्होंने कांग्रेस के राजनैतिक मंच को सामाजिक प्रश्नों से अछूत जैसा कर दिया तो जैसे पूरा आजादी का आन्दोलन ही अछूत हो गया। ऐसी लड़ाई में मदद करने का पाप हम क्यों करें? इस लड़ाई का विरोध करके क्यों न पल्ले पुण्य प्राप्त करें, इसी उद्देश्य से राष्ट्रीय स्वयंसेवक संघ कि स्थापना हुई।

1920 में तिलक का निधन हुआ और आजादी के आन्दोलन का नेतृत्व महात्मा गांधी के पास आया। 1920 के कांग्रेस अधिवेशन में एक प्रस्ताव स्वीकार किया गया कि छुआछूत प्रथा हिन्दू धर्म पर एक गहरा कलंक है।

कई लोग जो मानते थे कि कांग्रेस केवल राजनैतिक संस्था है उन्हें यह बात अच्छी नहीं लगी। उसके 4-5 वर्षों बाद ही राष्ट्रीय स्वयंसेवक संघ की स्थापना कोई केवल संयोग नहीं है, क्योंकि गांधी अब वर्ण श्रेष्ठत्व को ही डायनामाइट लगाने के लिए निकल चुके थे।

31 जुलाई, 1920 को बीच रात तिलक का देहावसान हुआ और 1 अगस्त को गांधी का असहयोग आन्दोलन शुरू हुआ। क्या यह संयोग था? पता नहीं। तिलक के निधन की जानकारी मिलते ही गांधी सरदारगृह की ओर दौड़ते हैं। उनके अन्तिम संस्कार विधि पर काफी चर्चा-विमर्श चल रहा होता है। हिन्दू शास्त्रीय पद्धति से ही उन्हें ले जाया जाए, ऐसा सुझाया जाता है। दादा साहब खापर्डे से गांधी की अच्छी-खासी गरम बहस भी होती है।

लोकमान्य का मृत शरीर नीचे लाया जाता है। गांधी मृत शरीर को कन्धा देने सामने आते हैं। कोई उन्हें रोकता है—आप ब्राह्मण नहीं हैं इसलिए कन्धा न दें। गांधी रुकते हैं, बड़े ही असहज होते हैं। कुछ समय नीची गर्दन किए कुछ सोचते हैं और फिर मन में निर्णय लेते हैं। फिर तिलक के पार्थिव शरीर को कन्धा देते हैं और रोकने वाले उस व्यक्ति को कहते हैं, "लोकसेवक की कोई जाति होती है, ऐसा मैं नहीं मानता।"

यहाँ तक हमें गांधी की बात समझ में आती है। गांधी ब्राह्मण नहीं थे पर हिन्दू तो थे। यह कहकर धर्म के ठेकेदार खुद को समझा लेते पर गांधी तो यहाँ भी नहीं रुकते। वे शौकत अली का हाथ पकड़कर लाते हैं और तिलक के पार्थिव शरीर को कन्धा देने के लिए कहते हैं।

गांधी कन्धा देते हैं तिलक जाति के परे चले जाते हैं। शौकत अली को कन्धा देने के लिए कहते हैं और तिलक जाति के साथ-साथ धर्म के भी परे चले जाते हैं। यह था गांधी का दृष्टिकोण।

हिन्दू धर्म की चतुर्वर्ण व्यवस्था में शूद्रों का स्थान सबसे नीचे की सीढ़ी पर है। माना जाता है कि उन्हें ऊपरी वर्णों की सेवा करनी चाहिए। कष्ट व श्रम को स्वीकार करना चाहिए। फिर भी समाज में उनका स्थान नीचे रहेगा। पिछले जन्म के पाप के कारण इस जन्म में वह शूद्र हुआ। अगर उसे अपने जन्म को सार्थक करना है, तो सेवा के साथ किसी भी फल की अपेक्षा नहीं रखनी होगी। जिस तरह वेदाध्ययन में 100 प्रतिशत आरक्षण ब्राह्मणों का है उसी तरह श्रम करने में 100 प्रतिशत आरक्षण शूद्रों और अतिशूद्रों का है।

समाज में शूद्रों की कोई प्रतिष्ठा नहीं। उन्हें सम्पत्ति रखने का अधिकार नहीं है, पर उनके द्वारा उत्पादित चीजों का उपयोग करने में कोई अछूतपन नहीं है। उन्होंने जो धन-धान्य पैदा किया है, वह भी अछूत नहीं है। उनके श्रम से मन्दिर बनाए जाते हैं वे भी अछूत नहीं हैं। पर उनके मन्दिर प्रवेश से भगवान जरूर अपवित्र हो जाते थे। पानी के किसी भी पात्र को छूने पर पानी अछूत हो जाता था।

पेशवाओं के काल में शूद्र जब रास्तों पर चलते थे तब अपनी कमर में झाड़ू बाँधते थे। गले में मटके बाँधते थे। उनके कदमों से अस्वच्छ हुई धरती उन्हें झाड़ू लगाकर साफ करनी होती थी, और उनके थूक से अपवित्रता फैलेगी इसलिए वे गले में बँधे मटकों में ही थूक सकते थे।

उनकी छाया से छूत होती थी इसलिए जिस वक्त दिन में उनकी छाया बड़ी होती है, उस समय उनका बाहर निकालना मना होता था।

ऐसे पेशवाओं के कब्जे से निकलकर सत्ता ब्रिटिशों के हाथ में आई।

1818 में ब्रिटिशों के हाथ में सत्ता चली गई और धर्म डूबने लगा। ब्राह्मण दुखी हुए। उन्हें सुखी करने के लिए आजादी का आन्दोलन शुरू हुआ। तिलक के हाथ में नेतृत्व था तब तक सब ठीक था। फिर गांधी खलनायक की तरह आया, और तिलक के निधन के बाद तो सारा जंगल ही उसी का हो गया।

1916 में कांग्रेस के लखनऊ अधिवेशन में गांधी जी का प्रोत्साहन पाकर एक सामान्य किसान ने मंच से अपनी दुख-भरी कहानी बताई। किसान तो शूद्र है, वह कांग्रेस के मंच पर चढ़ता है?

1917–18 के दरमियान गांधी कहते हैं कि जब तक चमार या भंगी की बेटी

भारत के सर्वोच्च पद पर नहीं बैठती तब तक मुझे सन्तोष नहीं होगा। वे कहते हैं कि आजादी का अर्थ मेरे लिए यही है। जिन शूद्रों को पैरों तले होना चाहिए गांधी उन शूद्रों को सर पर बैठाने का प्रयास कर रहे थे।

1920 के अधिवेशन में तो अति ही हो गई। कांग्रेस के राजनैतिक मंच को सामाजिक समस्याओं की छूत न लगे, ऐसा मानने वालों को बड़ा मानसिक धक्का लगा है। अस्पृश्यता हिन्दू धर्म पर कलंक है ऐसा प्रस्ताव खुद गांधी रखते हैं और वह सर्वसम्मति से पारित हो जाता है। गांधी बोलते हैं श्रम न करने वालों को अन्न नहीं, जो खुद मेहनत किए बिना दूसरों के श्रम पर जी रहे हैं, उन्हें मिल्कियत न मिले।

गांधी के विचार से जो मेहनत करके पसीना बहाता है पृथ्वी पर उसी की मिल्कियत होनी चाहिए।

गांधी का श्रम-प्रतिष्ठा का सिद्धान्त पूर्वस्थापित दर्शनशास्त्र को उलट-पलट देता है। उनके कथन का मर्म बहुतों को समझ में आ गया है। पर जिनके लिए गांधी ने इतनी कोशिशें कीं उनके ध्यान में अभी भी कुछ नहीं आ पा रहा है। या ध्यान में लाया नहीं जा रहा है। यही है इस महात्मा का दुर्भाग्य।

गांधी वर्ग-समन्वयवादी थे। उनका जोर हृदय-परिवर्तन पर था, ऐसा कहा जाता है। इसी आधार पर कहा जाता है कि वे संघर्ष टालने पर जोर देते थे। लेकिन गांधी की तो पूरी उम्र ही संघर्ष में बीती। इस क्रान्तिकारी गांधी को दुर्लक्षित करना हमारे लिए नुकसानदेह है। हाँ, गांधी का रास्ता संघर्ष में भी संवाद रखने वाला है यह हम नहीं भूल सकते।

कांग्रेस संगठन में वोट देने के अधिकार की एकमात्र कसौटी 'शारीरिक श्रम' होनी चाहिए, बेलगाव के कांग्रेस अधिवेशन में गांधी का यह प्रस्ताव नामंजूर कर दिया गया। लेकिन गांधी इसके लिए प्रयत्नशील रहे।

बिना मेहनत किए किसी की सहायता लेना मानवीय सम्मान को शोभा नहीं देता है। तरुण मजबूत कद-काठी के लोग यदि पराश्रयी, अनार्जित धन पर जीते हैं तो यह अनैतिक है, ऐसा गांधी कहते थे। एक तरफ तो श्रम करने वालों की समाज में प्रतिष्ठा नहीं है, गांधी उसे दिलाने के लिए कोशिश कर रहे थे। दूसरी ओर उनकी कोशिश थी कि जिन्हें जन्म के आधार पर अपनी श्रेष्ठता का अहंकार है, उन्हें उनका स्थान दिखाया जाए।

उन्होंने आम आदमी से तादात्म्य स्थापित किया, अपने सादा रहन-सहन के द्वारा। शूद्र और अतिशूद्र से तादात्म्य पाने के लिए उन्होंने जब भी अवसर मिला

भंगी का काम किया। कोर्ट में जब उनसे पूछा जाता था कि आप कौन हैं तो इसके जवाब में वे बुनकर मजदूर कह सके अपनी पहचान बताते थे। उन्होंने कभी अपनी पहचान बैरिस्टर के रूप में नहीं दी। उनकी सारी कोशिशें शूद्रों व अतिशूद्रों को सम्मानित व प्रतिष्ठित करने के लिए ही थीं।

श्रम पर उनका जोर केवल नैतिक कारणों से नहीं था। उसके आर्थिक, सामाजिक और राजनैतिक पहलू भी थे। वर्णाश्रम व्यवस्था में श्रम करने वालों को शूद्र कहा जाता था। यही कारण है कि वे श्रम के मुद्दे पर जोर देते रहे। इस तरह वे सामाजिक और राजनैतिक न्याय देने की कोशिश करते थे। दूसरी तरफ उन्होंने चरखे के प्रतीक द्वारा इस देश में उपलब्ध श्रमशक्ति और पूँजी के तालमेल को भी प्रतिष्ठित किया।

ऐसी समझ गांधी के बारे में बना दी गई है कि गांधी मशीन के विरोधी थे। और इसी कारण विकास-विरोधी भी। यह एक गलतफहमी है। उनका आग्रह बस इतना था कि किसी भी यंत्र का उपयोग करना हो तो अन्तिम आदमी को मन में जरूर रखना चाहिए।

उनका यह आग्रह यंत्रविरोधी नहीं, यंत्रविवेकी था। भारत से और मानव जाति से प्रेम करने वालों को खुद से यह सवाल जरूर करना चाहिए। क्या हमारी गरीबी और दैन्य-दरिद्रता कम करने के लिए साधन और तकनीक को व्यावहारिक ढंग से संगठित कर सकते हैं? बड़े उद्योगों के कारण उत्पादन और उसका वितरण मुट्ठी-भर लोगों के पास केन्द्रित हो जाता है। उसी के कारण एकाधिकार और ठेकेदारी पनपने लगती है। गांधी को इससे घृणा थी। 'मास प्रोडक्शन' या 'प्रोडक्शन बाय मास', उनका सवाल यह था। आज भारत महाशक्ति बनने की ओर अग्रसर है, लेकिन दूसरी तरफ किसानों की आत्महत्याएँ भी बढ़ रही हैं। विकास की दर बढ़ रही है पर बेकारी भी उतनी ही बढ़ रही है। अन्न से कोठियाँ भरी हुई हैं, पर आदिवासी क्षेत्रों के लोग कुपोषण से भी मर रहे हैं। पूँजी बढ़ रही है पर आदमी के पास काम नहीं है। तो सवाल यह है कि हम बेकारों के हाथ तोड़ दें या उन्हें काम दें? ऐसे और भी ज्वलंत सवाल हैं।

गांधी का कहना था कि विकास की अवधारणा को आयात नहीं किया जा सकता। हर देश की परिस्थिति, वहाँ की साधन-सम्पत्ति, भौगोलिक आकार, उपलब्ध पूँजी और श्रमशक्ति को ध्यान में रखकर ही देश के विकास की कोई परिकल्पना की जा सकती है।

जिस देश में कैपिटल का अभाव हो लेकिन श्रम शक्ति काफी हो, उस देश में पूँजी का उपयोग ज्यादा करें और श्रम शक्ति कम लगाएँ, तो वह सही नहीं होगा। यही बात समझाने के लिए उन्होंने चरखा और खादी को प्रतीक के रूप में इस्तेमाल किया। बेशक चरखा चलाकर आजादी नहीं मिलती पर हजारों-लाखों लोग जब चरखा चलाते हैं तो उससे पैदा होने वाली ताकत आजादी प्राप्त करने के काम आ सकती है।

एक आदमी ने गांधी से पूछा, आपके इकोनॉमिक्स की परिभाषा क्या है? इसका जवाब देते हुए वे कहते हैं—'टू कन्वर्ट द वेस्ट इनटू वेल्थ।' यानी जो बेकार है, उसका सम्पत्ति में रूपान्तरण करना ही मेरे अर्थशास्त्र की व्याख्या है।

गांधी के अर्थशास्त्र के अनुसार यदि सोचा जाए तो देश में क्या-क्या बेकार है? इस देश में परती जमीन है, वर्षा का पानी बेकार जा रहा है, वर्षा होती है और पानी समुद्र में चला जाता है। देश में उपलब्ध सूर्य-शक्ति बर्बाद हो रही है। मनुष्य के हाथ बेकार हैं, उनकी बुद्धि और श्रमशक्ति बेकार पड़ी है। इन सबका सम्पत्ति में रूपान्तरण करना, उसी तरह हर चीज का नियोजन करना, यही उनका आग्रह था। क्या हम इसे गांधी का पागलपन कहेंगे?

इससे ठीक विपरीत आज के अर्थशास्त्र का मतलब है 'सम्पत्ति को बेकार' में रूपान्तरित करना। सम्पत्ति का कचरा करना ही आज के अर्थशास्त्र की और विकास की दिशा है। कचरे में से सम्पत्ति का निर्माण करना, गांधी का यह विचार और सम्पत्ति को ही कचरा बनाने के विरोधाभास को देखें। कचरे को भी सोना करने के गांधी-विचार को ही हमने जैसे कूड़ा समझकर ही फेंक दिया है।

गांधी की अहिंसा

'अहिंसा'—यह अत्यंत प्राचीन हिन्दू शब्द है, जो बौद्ध और जैन दर्शन में भी मिलता है। यह शब्द गांधी से भी जुड़ा हुआ है। गांधी का इस शब्द से अटूट रिश्ता है लेकिन गांधी अहिंसा को लेकर एकतरफा आग्रही नहीं थे। हिंसा करने वाला बहादुर होता है और अहिंसा का पक्षधर डरपोक, ऐसा मानने वालों ने अहिंसा शब्द का उपयोग गांधी के डरपोकपने को दिखाने के लिए किया है।

पर गांधी की अहिंसा डरपोकों की अहिंसा नहीं थी, और यह साबित करने के लिए किसी की गवाही की आवश्यकता नहीं है। दक्षिण अफ्रीका में रहते समय बोर युद्ध में प्रत्यक्ष युद्धभूमि पर हुआ खूनखराबा गांधी ने सेना की सेवा करने के दौरान देखा और अनुभव किया था। उसी तरह जुलु विद्रोह के समय भी उन्होंने हिंसा की क्रूरता का प्रत्यक्ष अनुभव किया था। 1857 की 'ब्रिटिश विरोधी सेना की आजादी की लड़ाई' कहें या विद्रोह, वह भी उन्होंने निश्चित ही पढ़ा होगा। 1857 के विद्रोह में सेना ने सीधे ब्रिटिश साम्राज्य से लड़ाई की थी और हार गई थी। इस सशस्त्र विद्रोह को जिस तरह से ब्रिटिशों ने कुचला और अपना साम्राज्य मजबूत किया, यह उन्होंने बोर युद्ध और जुलु विद्रोह के समय भी देखा और समझा था।

ऐसी परिस्थिति में भारत की आजादी की लड़ाई प्रचलित शस्त्रों से नहीं लड़ी जा सकती इसका भान गांधी को अच्छी तरह हो गया था। एक-दो ब्रिटिश लोगों की हत्या करके ब्रिटिश साम्राज्य से लड़ना असम्भव है, इसकी समझ गांधी को थी।

उनके भारत आने से पहले तिलक ने कहा था कि सशस्त्र क्रान्ति की सफलता का आश्वासन आठ आने भी हो तो भी बचे हुए आठ आने के लिए जुआ खेला जा सकता है। लेकिन मुझे मालूम है कि असफलता कम-से-कम 15 आने मिलेगी, इसलिए इस कोशिश में लगना बेकार है।

तिलक के सामने हिंसा का यह मुद्दा मूल्यों से सम्बन्धित नहीं था, वह

व्यावहारिक ढंग से सोच रहे थे। गांधी के लिए वह एक मूल्य भी है और व्यावहारिक भी है।

देश को आजादी प्राप्त करना है पर यहाँ देश है कहाँ? जो है वह जात-पाँत आदि की सीधी-आड़ी लाइनों से टूटा हुआ है। ब्रिटिश 'हाउस ऑफ कॉमंस' के सदस्य रेम्से मैकडोनाल्ड ने 'द मेकिंग ऑफ इंडिया' नाम की किताब लिखी थी। उसने ब्राह्मणों के बारे में लिखा है कि : 'उनके अनुसार भारत का मतलब वे खुद और उनकी जाति है।' ऐसी अवस्था में देश को एक करना और आम आदमी के दिमाग में यह बात डालना पहली चुनौती थी कि आजादी का मतलब मुट्ठी-भर और चुटकी-भर लोगों की आजादी नहीं है। आम लोगों की आशा और आकांक्षा आजादी की लड़ाई में प्रतिबिम्बित हो, यह करना उनके लिए बड़ी चुनौती थी। मूल्य के रूप में जरूर गांधी ने अहिंसा का पक्ष लिया है पर शोषक व्यवस्था उसी तरह कायम रहेगी और अहिंसा भी कायम रहेगी, ऐसा मानने का भोलापन गांधी में नहीं था।

पहले महायुद्ध के समय तिलक, एनी बेसेंट और गांधी, ये तीनों वहाँ हैं। इस विश्वयुद्ध में सरकार की मदद करनी चाहिए और वह भी बिना शर्त, गांधी इस विचार के थे। इसके लिए देश के आम आदमी सेना में भर्ती हों तो शस्त्र चलाने की शिक्षा अपने आप प्राप्त हो जाएगी, ऐसा गांधी का कहना था।

मतलब एक ओर अहिंसा का पक्ष लेना और दूसरी ओर, लोग सेना में भर्ती हों, यही वे बता रहे थे और इसी प्रचार में रात-दिन लगे हुए थे।

तिलक, एनी बेसेंट, यह करते तो अचरज नहीं होता, पर अहिंसा के पुजारी ने ऐसा किया इस पर आश्चर्य होता है। सेना में भर्ती के विचार पर सब एक हैं, पर एनी बेसेंट और तिलक का कहना है कि हम शर्त के साथ मदद करेंगे; कि गांधी बिना शर्त लोगों को सेना में भर्ती होने का कहकर ब्रिटिशों की मदद कर रहे हैं। तिलक और बेसेंट से उनका सवाल था कि आप अपनी शर्त लगाते रहेंगे और वहाँ विश्वयुद्ध समाप्त हो जाएगा। देश के आम आदमी को शस्त्र चलाने का अवसर नहीं मिल पाएगा।

पंडित मालवीय को भी वे पत्र लिखते हैं। सेना में जाने से भारतीय लोग बहादुर बनेंगे, हथियारों का उपयोग करना सीखेंगे। शरीर के बल का पूरा विकास हो, यही अहिंसा को समझने की पहली शर्त है। ऐसा भी स्पष्टीकरण वे इस सन्दर्भ में देते हैं।

इस देश का आम आदमी सेना में जाएगा तो हथियार चलाना सीखेगा, प्रशिक्षण होगा। लेकिन किसलिए? यह सवाल उठता है।

23 जून, 1918 को नडियाद से गांधी ने सेना में भर्ती का आह्वान करने वाला एक पत्रक निकाला था। उसमें लिखा था कि हमें शस्त्र चलाने की कला अगर तेजी से सीखनी है तो सेना में भर्ती होना हमारा कर्तव्य है। बहादुर और डरपोक, पुरुषार्थविहीन व्यक्ति में दोस्ती होना सम्भव नहीं। हमें सब तरफ डरपोक कहा जाता है। इससे हमें यदि छुटकारा चाहिए तो हमें हथियार चलाना सीखना ही होगा।

यानी गांधी के अनुसार शस्त्र चलाना सीखना है इसलिए जरूरी कि हमें कोई डरपोक न कहे, इसकी कोई सम्भावना न रहे।

बात यहीं समाप्त नहीं होती। 1925 में ब्रिटिश शस्त्रबन्दी कानून लागू करते हैं और आम जन के पास रखे सभी हथियारों को ले लेते हैं। गांधी अपना गुस्सा व्यक्त करते हैं। अंग्रेजों ने भारतीयों पर हथियारबन्दी कानून लागू करके उन्हें पुरुषार्थहीन बनाया है, यह उनकी राजनीति के तौर-तरीके का एक काला अध्याय है, ऐसा वे कहते हैं। भले ही मेरा विश्वास सशस्त्र आन्दोलन में ना हो फिर भी जिस अहिंसा धर्म का मैं पक्षधर हूँ, उससे इसकी विसंगति स्पष्ट है। अगर इस काले कानून को रद्द करने के लिए कोई आन्दोलन शुरू होता है तो मैं उसमें सहभागी जरूर होऊँगा।

ऐसे समय वे लोग सामने नहीं आए जो बाजा बजाते रहते थे कि युद्ध बिना आजादी किसे मिली है? उन्होंने कुछ कहा हो इस बात का उल्लेख इतिहास में नहीं है। वे तो गांधी के नेतृत्व में शुरू होनेवाले आजादी के आन्दोलन से दूरी ही बनाए हुए थे।

1918 में सेना में भर्ती की कोशिश, 1925 में शस्त्रबन्दी कानून का विरोध और 1930 में उन्होंने वायसराय के सामने जो 11 माँगें पेश कीं, जिनमें यह भी था कि इस देश की जनता को हथियार रखने का अधिकार होना चाहिए, इन सब बातों पर विचार होना बहुत जरूरी है।

गांधी महात्मा थे, महामानव थे, अहिंसा के पुजारी थे, राष्ट्रपिता थे, ये शब्द घिस-घिस कर थोथे हो चुके हैं। पर इन सब शब्दों की भीड़ में हम भूल जाते हैं कि वे स्वतंत्रता संग्राम के सेनापति थे और एक बहादुर योद्धा भी।

हिंसा और अहिंसा की बहस में वे निश्चित रूप से अहिंसा के पक्षधर थे लेकिन आजादी के आन्दोलन में हिंसा का समर्थन करने वालों को वे अछूत नहीं मानते थे। आजाद हिन्द सेना के जो सैनिक पकड़े गए थे, उनके बारे में और अन्य सैनिकों के बारे में वे कहते हैं कि शस्त्र की ताकत से रक्षा करने की परिकल्पना

से मैं सहमत नहीं हूँ, फिर भी शस्त्र पर विश्वास रखने वाले लोगों की देशभक्ति को मैं नजरअन्दाज नहीं कर सकता।

यह हुआ गांधी के बारे में।

सुभाष बाबू और गांधी की आपसी दुश्मनी के बारे में हमेशा बढ़ा-चढ़ाकर हमें बताया जाता है, पर यह भी सच है कि अन्तिम शरणागति स्वीकारने से पहले नेताजी ने आजाद हिन्द सेना को अन्तिम विदाई दी थी और भारत में जाने के बाद अहिंसा का सिपाही बनकर गांधी के आदेशानुसार काम करने के लिए कहा था। गांधी के दुश्मन यह सब भूल जाते हैं, क्योंकि तरह-तरह की गलतफहमियाँ बनी रहें, यह उनके लिए ज्यादा सुविधाजनक है।

इंग्लैंड का इंडिया हाउस हिंसा का पुरस्कार गिरोह बना हुआ है, यह गांधी को मालूम था। वहीं से सारी चीजें संचालित होती हैं और बाहर बम विस्फोट होते हैं। लंदन में ही मदन लाल धींगरा ने सर कर्जन वायली को मार दिया था। उसका सूत्रधार भी इंडिया हाउस में है, इस बात से भी वे अच्छी तरह परिचित थे। इंडिया हाउस पर सन्देह किया जा रहा है, यह भी वे जानते थे। वहाँ अंग्रेज गुप्तचर भी लगातार नजर रखे हुए थे।

उस जगह पर कुछ लंदनवासी भारतीयों ने 1909 में दशहरा मनाने की सोची। वे चाहते थे कि उस कार्यक्रम में कोई भारतीय नेता आए। लेकिन कोई भी भारतीय नेता सन्देह के घेरे में लिपटे इंडिया हाउस जाने के लिए तैयार नहीं था। गांधी उनका निमंत्रण सभी बातें जानते हुए भी स्वीकार करते हैं और एक विनती करते हैं कि होटल से खाना मँगाने के बजाय हम खुद खाना बनाएँगे। सभी भारतीय नेताओं ने इस निमंत्रण को अस्वीकार कर दिया था और अब गांधी की विनती ना स्वीकारें तो कहीं वे भी हमारे कार्यक्रम में आने से मना कर दें तो? इस डर से लोग गांधी की विनती मान लेते हैं।

गांधी उस कार्यक्रम के अध्यक्ष हैं फिर भी समय से पहले ही कार्यक्रम में पहुँच जाते हैं। रसोईघर में जाकर काम माँगते हैं और सब्जी काटने का जो काम मिलता है, उसे करते हैं। कार्यक्रम का नियत समय बीतने लगता है, पर गांधी अभी तक नहीं पहुँचे। सावरकर के साथ-साथ कार्यक्रम के आयोजक भी बेचैन हो जाते हैं। संयोग से उनमें से एक रसोईघर में जाता है और गांधी को पहचानता है। गांधी को देखकर वह आश्चर्यचकित हो जाता है।

तात्पर्य यह है कि हम सन्देह के घेरे में क्यों आएँ, ऐसा सोचकर जहाँ कोई जाने को तैयार नहीं, वहाँ गांधी चले जाते हैं। कोई परवाह नहीं करते।

मदन लाल धींगरा ने जो किया वह उन्हें पसन्द नहीं फिर भी वे इसे जाहिर नहीं करते। सावरकर की देशभक्ति, त्याग व धीरज की खुलेआम तारीफ करते हैं। रास्ते अलग हैं इसलिए उन्होंने कभी किसी को अछूत नहीं माना।

गांधी पर अनेक लांछन लगाए गए। झूठे आरोप लगाकर उन्हें कठघरे में खड़ा किया गया।

गांधी का विरोध मतलब उनके नेतृत्व में लड़े जा रहे आजादी के आन्दोलन का विरोध। यह विरोध भी क्यों? इसलिए कि गांधी का आग्रह था कि आजादी मुट्ठी भर अभिजनों के लिए नहीं है, सर्वजन के लिए है। बहुजनों का शामिल होना उनके लिए आजादी की लड़ाई में जरूरी था, यह भी कि उनकी इच्छाएँ, आकांक्षाएँ इस आन्दोलन में प्रतिबिंबित होनी चाहिए। 'आजादी मेरे लिए भी है', उन्हें ऐसा महसूस होना जरूरी था, तभी तो वे शामिल होते। महात्मा गांधी ने यही किया। आम आदमी को आन्दोलन में शामिल किया। उनका सहयोग लड़ाई में होगा तभी वे सत्ता के भी हिस्सेदार होंगे, यह समझ गांधी को स्पष्ट थी। इसलिए किसान हों, कामगार हों, स्त्रियाँ हों, ये सब लड़ाई में शामिल हों, इसके लिए गांधी ने पूरी कोशिश की।

उनकी यह कोशिश जन्मजात वर्ण-वर्चस्व के अहंकार से ग्रस्त लोगों को पसन्द आये, यह सम्भव ही नहीं था। परन्तु उनकी प्रमुख कठिनाई यह थी कि इसका विरोध हम खुलेआम कैसे करें? अगर ऐसा किया तो हमारा संकीर्ण विचार लोगों के सामने स्पष्ट हो जाएगा, इसलिए हमारे विचार स्पष्ट भी न हों और हम विरोध भी कर सकें, इसलिए उन्होंने देशभक्ति का मुखौटा राष्ट्रवाद के नाम से धारण किया। उनके इस मुखौटे का आवरण इतना छोटा पड़ जाता था कि चेहरा ढक जाता है पर दाँत खुले रह जाते थे।

राष्ट्रवाद का आवरण हटाते ही हिन्दुत्ववाद सामने स्पष्ट दिखने लगता था और उस हिन्दुत्ववाद को थोड़ा-सा खरोंचने पर ब्राह्मणों का हित खुलकर सामने आ जाता था। यही उन लोगों की दिक्कत थी। इस दिक्कत को गांधी ने बहुत बड़े पैमाने पर बढ़ाया था। श्रम न करने वाले चोर हैं, ऐसा गांधी ने कहा था। फिर चोर कौन हुआ, यह बताने की जरूरत ही नहीं थी। हम प्रतिष्ठित लोग जी सकें इसके लिए आज तक हजारों की संख्या में ग्रामीण लोगों की मृत्यु हुई है। अब वे जी सकें, इसके लिए हमें मरना चाहिए, गांधी के इन वाक्यों का क्या मतलब था? हम प्रतिष्ठित हैं

क्योंकि निचले कहे जाने वाले लोगों की मौत के कारण ही हमारी प्रतिष्ठा है। अब हमें उनके लिए मरना है। गांधी ने इस तरह से आजादी के आन्दोलन का सम्पूर्ण आशय ही बदल दिया। वे तो हमारी सेवा के लिए ही जन्मे हैं, हमारी सेवा करने में ही उनके जन्म और मृत्यु दोनों सार्थक हैं, यह पारम्परिक सोच थी। अब गांधी कह रहा है कि वे हमारे लिए आज तक मरते आए हैं, अब हम उनके लिए मरें।

गांधी ने आम आदमी को मुख्य प्रवाह से जोड़ा, इतना ही नहीं वे उसे आजादी के आन्दोलन के केन्द्र में ले आए। इस तरह शुरू से केन्द्र में रहते आए लोगों को गांधी ने स्थान-भ्रष्ट कर दिया है, लोगों ने इस तरह सोचा। गांधी वकील के काम को और नाई के काम को समान रूप से महत्त्व देते थे। बौद्धिक काम और भंगी के काम में कोई फर्क नहीं करते थे। उलटे वकील के व्यवसाय को मूल रूप से वे अनीति का व्यवसाय कहते थे।

उस समय मुख्य रूप से कौन वकील थे? दादासाहेब खापर्डे की प्रतिक्रिया बड़ी ही स्पष्ट है। वे कहते हैं—यह आदमी तो ब्राह्मणों के पेट पर ही लात मार रहा है। यह हमारी जान ही ले लेगा। वास्तव में ऐसा नहीं था, फिर भी विशिष्ट वर्ग का विचार ऐसा यही था। समय बीतने के साथ-साथ गांधी का सामर्थ्य बढ़ता गया तो इन लोगों के ये विचार दुराग्रह में बदलते गए। गांधी की ताकत बढ़ गई है, हम कमजोर होते जा रहे हैं। गांधी के रास्ते जाना भी नहीं है पर उसका विरोध करने की ताकत भी हममें नहीं है। उनकी यह हताशा-निराशा गांधी से द्वेष व घृणा में रूपान्तरित होती गई जिसका अन्त उनकी हत्या में हुआ।

इस हत्या का कोई ठोस कारण देना पड़ेगा, यह सोचकर कारण बताने की दयनीय कोशिशें भी की गईं। यह सब आवरण के नीचे छुपाना भी है और गांधी को आरोपी बनाकर पिंजरे में भी खड़ा करना है। उन पर कीचड़ उछालना है। उन पर अनेक लांछन लगाना है।

यह धन्धा पहले भी था और आज भी अविरल रूप से चल रहा है।

मजबूरी का नाम महात्मा गांधी, यह वाक्प्रचार कैसे और कहाँ से आया? कौन इसे लाया, यह हम नहीं बता सकते पर वह इतनी गहराई में चला गया है कि इसकी हम कल्पना नहीं कर सकते। इस वाक्य पर हँसने वालों की भी कोई कमी नहीं है, इस हद तक वह गांधी से जुड़ गया है।

गांधी का नेतृत्व इस देश ने स्वीकारा, यह केवल उनकी मजबूती के कारण। गांधी का नेतृत्व स्वीकारना देश की मजबूरी थी, ऐसा हम कह सकते हैं। पर वह

गांधी की मजबूरी कैसे हो सकती है? और तब मजबूरी का नाम महात्मा गांधी कैसे कहा जा सकता है? पर कहा गया और आज भी कहा जाता है। कांग्रेस को भी गांधी का नेतृत्व स्वीकारना पड़ा, कभी स्वेच्छा से तो कभी बिना इच्छा के।

पर यह अगर कांग्रेस की मजबूरी है तो गांधी मजबूर कैसे और किस अर्थ में?

ब्रिटिश साम्राज्यवादियों को गांधी ने यहाँ से भागने को मजबूर किया, उनके विरुद्ध लड़ने के लिए गांधी ने सामान्य आदमी को इस योग्य बनाया। आम आदमी की 'सामूहिक वीरता' गांधी ने जगाई जिससे दुश्मन भी हारने पर मजबूर हो गया।

गांधी के सारी दुनिया से अलग तरीकों के कारण, उन्हें छोड़ दें या उन्हें पकड़ें, यह भी ब्रिटिशों की समझ से परे था। ब्रिटिशों की ऐसी स्थिति थी कि "अगर पकड़ते हैं तो काटता है छोड़ दें तो भाग जाता है।" इन सब परिस्थितियों में गांधी मजबूर कैसे?

जिन्दगी-भर जिन्होंने गांधी से द्वेष किया, उनका तिरस्कार किया, उनके खिलाफ नफरत का माहौल बनाया, उस सबके परिणामस्वरूप गांधी की हत्या हुई। और हत्या करने वालों को इतनी खुशी हुई कि उन्होंने मिठाइयाँ बाँटीं। पर कुछ ही समय बाद प्रातः प्रार्थना में वे ही लोग गांधी का नाम लेने लगते हैं तो मजबूरी किसकी हुई? गांधी की या उन हत्या करने वालों की?

दुनिया में गांधी के पुतले खड़े किए गए, उनके नाम पर देश-विदेश में टिकट निकाले गए। उन पर असंख्य किताबें लिखी गईं, पढ़ी गईं। उनके नाम से दुनिया-भर के विश्वविद्यालयों में स्वतंत्र अध्ययन पीठ बने हुए हैं। यह मजबूरी उनकी है या गांधी की? सामर्थ्य का नाम ही महात्मा गांधी था और है।

फिर भी मजबूरी का नाम महात्मा गांधी कहने वाले कौन लोग हैं? ये वही लोग हैं जिनके हितों को खतरा पहुँचा था और ऐसे लोग अन्त में सफल हुए। यह सत्य हमारे सामने है।

मेरे गाल पर कोई एक चाँटा मारे तो मैं दूसरा गाल उसके सामने करूँ, यह भी गांधी के नाम पर प्रचारित है। ईसा के इस वाक्य को गलत अर्थ में प्रचारित करके लांछन गांधी पर लगाया गया। इसमें उनके विरोधी सफल भी हुए। गांधी का व्यक्तित्व ऐसा नहीं है, इसके बावजूद यह वाक्य गांधी से जोड़ दिया गया।

कुल मिलाकर गांधी की जीवन-यात्रा को देखें तो उन्होंने अन्याय का प्रतिरोध सिखाया है। अन्याय सहने की शिक्षा उन्होंने नहीं दी। अन्याय का प्रतिकार करने के गांधी के रास्ते अलग थे, यह बात अलग है। उसमें द्वेष और हिंसा का स्थान नहीं

था। पर उस कारण कोई एक गाल पर थप्पड़ मारे तो मैं दूसरा गाल उसके सामने करूँगा ऐसा माना भी जाए तो भी ऐसा गांधी ने कैसे कहा, यह सवाल हमारे सामने आता है। 'लगे रहो मुन्ना भाई' फिल्म में संजय दत्त से गांधी के बारे में ऐसा ही वाक्य बुलवाया गया है।

लेकिन यह फिल्म गांधी द्वेष से नहीं गांधी प्रेम से बनाई गई थी। फिर भी ऐसा वाक्य उनके मुँह में डाला गया है। इस सवाल का हल मुझे मिला। गांधी का वाक्य यही है, पर उसका सन्दर्भ अलग है। हरिजन यात्रा के दरमियान गांधी ने ऐसा बोला था। उन्होंने कहा था कि हरिजनों पर सवर्णों ने आज तक जितना अत्याचार, अन्याय किया है, उसके बदले हरिजन अगर मेरे गाल पर एक थप्पड़ मारते हैं तो मैं दूसरा गाल सामने कर दूँगा। इस वाक्य का सन्दर्भ यह था। बताने वाले ने उसका सन्दर्भ गायब कर दिया और प्रचारित कर दिया।

गांधी कमजोर, डरपोक कभी नहीं थे। यह वाक्य ही सन्दर्भ को छोड़कर उपयोग में लाया गया है। इस वाक्य को उनके व्यक्तित्व का एक हिस्सा बना दिया गया है। जानबूझकर बोला गया यह झूठ प्रचारित हो गया जो अन्दर गहराई तक चला गया है। इसके कारण गांधी के विचारों की तीव्रता, क्रान्ति दर्शन, व्यवस्था के खिलाफ विरोध, बहुजनों के बारे में उनकी कृतित्व और उसका क्रम, सेनापति के रूप में उनका नेतृत्व, आदि चीजों पर आवरण चढ़ता गया। गांधी-द्वेषियों को यही चाहिए था लेकिन दुर्भाग्य से गांधी-प्रेमी भी इसका शिकार हुए हैं।

एरंडेल तेल पीने वाले आदमी जैसे चेहरे वाले उनके जो अनुयायी हैं उन्होंने तो इस नासमझी को बढ़ाने में और मदद ही की है। ऐसी बातें गांधी-विरोधी फुसफुसाहट के रूप में उपयोग में लाते थे। गांधी की बकरी काजू-बादाम के अलावा कुछ नहीं खाती थी, यह भी इसी तरह का फैलाया गया झूठ है। सूट-पैंट वाले बैरिस्टर गांधी से धोती वाले महात्मा गांधी तक की उनकी पूरी यात्रा के प्रभाव को गांधी-विरोधी खत्म करना चाहते हैं। इसीलिए ऐसी बातें प्रचारित की जाती हैं कि उनकी बकरी काजू-बादाम ही खाती थी।

अगर ऐसी बात है तो गांधी की सादगी, उनकी धोती और उनका आश्रम-जीवन सब ढोंग सिद्ध हो जाता है। जिस देश में गरीबों के पास पर्याप्त खाना नहीं है उसी देश का गरीबों का मसीहा अपनी बकरी को काजू-बादाम खिलाता है, ये जहरीले असर वाली बातें गांधी-प्रेमियों के ध्यान में नहीं आईं।

गांधी के विचारों से भी ज्यादा गांधी के आचरण ने पूरे देश को प्रभावित किया। 'बोले तैसा चाले त्याची वंदावी पाउले' (जो बोले वही करे ऐसे व्यक्ति को हमें नमन करना चाहिए) इस तरह के संस्कार हमारे देश के जनमानस में हैं। गांधी खुद सादगी से रहता है पर उसकी बकरी काजू-बादाम खाती है, इन बातों ने बहुत भ्रम पैदा किया और जनमानस में इसका जहर फैला।

गांधी सामाजिक जीवन में बेहद मितव्ययी थे। दक्षिण अफ्रीका में उन्होंने टॉलस्टॉय आश्रम स्थापित किया। इसके लिए लगने वाली ग्यारह सौ एकड़ जमीन हरमन कैलनबाख ने खरीदी और उसे गांधी के सुपुर्द कर दिया। टॉलस्टॉय आश्रम से जोहान्सबर्ग शहर करीब 21 किलोमीटर है, पर यह दूरी आश्रमवासी पैदल ही पार करते हैं। कई बार जाते-जाते आश्रमवासियों में शर्त लगती थी कि यह दूरी कौन ज्यादा जल्दी पार करेगा। एक बार इस दौड़ में कैलनबाख ने भाग लिया। कन्धे पर झोला लटकाकर वे स्पर्धा को जीतने के इरादे से निकल पड़े। कन्धे पर जो झोला था उसमें नाश्ते का डिब्बा भी रखा हुआ था। पर डिब्बा निकालो और खाना खाकर उसे फिर वापस झोले में डालो इसमें समय लगेगा, इसलिए झोले में से डिब्बा निकाले बिना वे किसी दुकान में रुककर खाना खाते हैं और शर्त जीत जाते हैं। गांधी जी को जब यह पता चला तो वह कैलनबाख पर गुस्साते हैं। यह साहबीपन क्यों? अगर डिब्बा साथ है तो होटल में क्यों खाना? यह कहकर वे उन्हें डाँटते हैं। ग्यारह सौ एकड़ जमीन देने वाला भी गांधी की मितव्ययिता और आचार-विचार से छूटता नहीं है। ऐसे आदमी की बकरी काजू-बादाम खाएगी?

महादेव भाई देसाई उनके अपने बच्चे की तरह थे। गांधी का निवास उस समय मुंबई के मणि भवन में था। मुंबई के फोर्ट विभाग में 'मुंबई क्रॉनिकल' का मुख्य कार्यालय था। गांधी इस अखबार के लिए जो मुखपत्र लिखते थे, उसका मजमून महादेव भाई मणिभवन से लेकर फोर्ट के ऑफिस में पहुँचाते थे। इस सब में महादेव भाई को काफी चलना पड़ता था। दिन में एक नहीं बल्कि कई-कई फेरे लगाने पड़ते। एक बार महादेव भाई विक्टोरिया बग्घी में बैठे और आठ आना खर्च करके टपाक-टपाक करते हुए मणिभवन पहुँचे। यह सामाजिक पैसे का दुरुपयोग है, कहकर गांधी ने उन्हें डाँट पिलाई।

महादेव भाई तो गांधी के बच्चे की तरह के हैं, पर जब गांधी का अपना प्रत्यक्ष बेटा आश्रम में आता है तो पुत्र-प्रेम की खातिर माँ कस्तूरबा ने उसे कुछ विशेष खिलाया-पिलाया। लेकिन आश्रम में सभी के लिए एक ही नियम है। वह भंग

हुआ। गांधी ने उन्हें डाँटा ही नहीं, बल्कि सार्वजनिक रूप से लेख लिखकर इस पर अपना मत व्यक्त किया।

सामाजिक सम्पत्ति और धन के बारे में इतना कठोर और पारदर्शी रहने वाला गांधी क्या बकरी को काजू-बादाम खिलाएगा?

हिन्दुत्ववादियों ने अपने गांधी-द्वेष के कारण ऐसी बातें कहीं, इसका अचरज नहीं क्योंकि उनके एकाधिकार, उनके वर्चस्व को ही गांधी ने तोड़ दिया था। गुस्से में वे कुछ से कुछ बोलें, यह समझ में आता है। पर जिस बात की न जड़ है न ही चोटी, ऐसी बातें लोगों ने कैसे बर्दाश्त कीं इसका अचरज लगता है। एक ही समय मूर्ति-पूजा और मूर्तिभंजन दोनों कैसे किया जाता है, इसका अनुभव मैंने आपातकाल के समय किया।

जेल में हमारे साथ राष्ट्रीय स्वयंसेवक संघ के कार्यकर्ता सुबह की प्रार्थना करते थे जिसे वे प्रात:स्मरण बोलते थे। उसमें गांधी का उल्लेख ईश्वर के समकक्ष आता था। प्रात: विधि खत्म होते ही महात्मा गांधी उनके लिए शैतान हो जाता था। दिन-भर उनकी आलोचना भी वे लोग खुलकर और भरपूर किया करते थे।

उनकी बातों में शहीद भगत सिंह, सुखदेव, राजगुरु, इन सबका जिक्र आता था। वे कहते थे इन्हें फाँसी मिली तो उसे रोकने के लिए गांधी ने क्या किया? और बोलने का ढंग ऐसा होता था जैसे इन लोगों को फाँसी ब्रिटिश सरकार ने नहीं, गांधी ने खुद दी हो। मतलब क्रान्तिकारियों को फाँसी देने वाला जल्लाद गांधी ही था, ऐसा उनकी आक्रामकता से लगता था। देखा जाए तो आजादी की लड़ाई और राष्ट्रीय स्वयंसेवक संघ, दोनों का आपस में जरा भी सम्बन्ध नहीं है। और अगर कुछ सम्बन्ध है भी तो वह है आजादी की लड़ाई का विरोध करने का।

1942 के आन्दोलन के समय श्यामा प्रसाद मुखर्जी की ब्रिटिशों से की गई चिट्ठी-पत्री उपलब्ध है। वे यह साफ-साफ लिखते हैं कि इस लड़ाई को नेस्तनाबूद कर देना चाहिए। इसके लिए आपको किसी मदद की जरूरत हो तो हम उसके लिए सहर्ष तैयार हैं। सारा देश ब्रिटिश-विरोध में गांधी के नेतृत्व में लड़ाई कर रहा था और ये देशभक्त, ये ब्रिटिशों की मदद कर रहे थे, और यही आज देशभक्त देशभक्ति के प्रमाण-पत्र बाँट रहे हैं।

भगत सिंह से उन्हें कोई प्रेम था, ऐसा कहीं भी दिखाई नहीं देता। और दिखने का कोई कारण भी नहीं है क्योंकि भगत सिंह व उनके साथी ब्रिटिश-विरोध में लड़ते हुए जान की बाजी लगा रहे थे, जबकि ये लोग ब्रिटिशों का पक्ष ले रहे थे।

इसलिए इन लोगों में इन क्रान्तिकारियों के सम्बन्ध में प्रेम पैदा हो। इसकी रत्ती-भर भी सम्भावना नहीं है। ऊपर से भगत सिंह कम्यूनिस्ट विचारधारा के थे। इसका मतलब परम पूज्य गोलवलकर गुरुजी के दृष्टिकोण से देखें तो दुश्मनों की विचारधारा के। आजादी के बाद इन लोगों का क्रान्तिकारी भगत सिंह के ऊपर इतना प्रेम क्यों उमड़ रहा है?

कारण स्पष्ट है। नाथूराम गोडसे की गोली से मरा हुआ गांधी आज भी जिन्दा है, इसलिए जिसके-तिसके कन्धों पर बन्दूक रखकर उन्हें मारने का प्रयास भी चल रहा है। गांधी को मारने के लिए आज भी उन्हें भगत सिंह का कन्धा उपयोगी लगता है। अगर ऐसा नहीं होता तो भगत सिंह और उनके साथियों की फाँसी रद्द हो, इसके लिए गांधी ने क्या किया, यह पूछकर बार-बार जनमानस में संभ्रम पैदा करने की कोशिश नहीं की जाती।

और जनमानस में संभ्रम इतना अधिक पैदा किया गया है कि लोगों को लगने लगा है कि गांधी ने फाँसी की सजा रुकवाने के लिए वाकई कुछ नहीं किया। बल्कि फाँसी की सजा हो जाए, यही कोशिश उन्होंने की। एक बार हम यह मान भी लें कि भगत सिंह के लिए गांधी ने कुछ नहीं किया, तब भगत सिंह के लिए राष्ट्रीय स्वयंसेवक संघ के लोगों ने क्या किया? उनका इतना प्रेम क्यों उमड़ रहा है?

इतिहास में ऐसा कोई उल्लेख नहीं कि राष्ट्रीय स्वयंसेवक संघ ने फाँसी के विरोध में एक शब्द भी बोला हो या सर संघ चालक ने वायसराय को कोई पत्र लिखा हो या फाँसी के विरोध में और कोई कार्य किया हो। कोई विरोध, कोई प्रदर्शन, कुछ नहीं। संगठन के स्तर पर छोड़ भी दें तो संघ के किसी कार्यकर्ता ने भी भगत सिंह को फाँसी ना हो, इसके लिए कुछ किया हो, ऐसा दिखाई नहीं देता। इतनी बड़ी घटना पर इन लोगों की एक सीधी-सी प्रतिक्रिया भी इतिहास में कहीं दिखाई नहीं देती। और यही लोग पूछते हैं कि गांधी ने क्या किया। ऐसा क्यों?

कारण फिर स्पष्ट है कि इन्हें भगत सिंह के कन्धे पर बन्दूक रखकर गांधी को फिर से गोली मारनी है। क्योंकि मरने से पहले गांधी ने देश के लोगों को वचन दिया था कि अपनी कब्र में भी मैं चुप नहीं बैठूँगा, और आपको भी चुप नहीं बैठने दूँगा।

क्या यह कब्र के गांधी को चुप कराने का प्रयास चल रहा है? भगत सिंह के कन्धे का उपयोग जिस तरह किया जाता है उसी तरह सुभाषचन्द्र के कन्धों का उपयोग भी किया जाता है। खुद सुभाषचन्द्र का इस बारे में क्या कहना है, वह यहाँ

बताना उपयुक्त होगा। 1920 से 1942 तक की आजादी की लड़ाई पर आधारित 'दि इंडियन स्ट्रगल' पुस्तक में यह बात लिखी हुई है। सुभाष बाबू कहते हैं, "गांधी जी डिड ट्राय हिज बेस्ट टू सेव भगत सिंह" और यही सही है। सत्य को छिपाया जा सकता है, पर उसके प्रकाश को नहीं ढका जा सकता।

1931 में गांधी-इरविन करार हुआ। इस करार के अनुसार सविनय अवज्ञा आन्दोलन में बन्दी बनाए गए कैदियों को छोड़ने का मुद्दा था। हिंसा, तोड़फोड़, आगजनी आदि आरोपों के बारे में ब्रिटिश सरकार कठोर थी और उस पर बहस के लिए भी तैयार नहीं थी। फिर भी अपनी चर्चा में गांधी ने भगत सिंह, सुखदेव और राजगुरु की फाँसी की सजा रद्द करने की विनती वायसराय से की। यह सरकार के हित में है और किस तरह से है, आदि बातें इरविन को बताकर समझाने की बार-बार कोशिश की। एक बार नहीं, दो बार नहीं, छह-सात बार। भगत सिंह व उनके साथियों की फाँसी की सजा खारिज हो इसके लिए पत्र-व्यवहार किया। इरविन एक बार चिढ़ भी गए। चिढ़कर उन्होंने गांधी से पूछा—हिंसक कार्यों में प्रत्यक्ष भाग लेने वालों का पक्ष आप कैसे लेते हैं? गांधी ने इस पर जवाब दिया—यहाँ हिंसा-अहिंसा का कोई मुद्दा ही कहाँ आता है? मैं देश के लिए प्राण देने को तैयार हिम्मती बहादुर लोगों को बचाने की कोशिश कर रहा हूँ।

हिंसा के मुद्दे पर क्रान्तिकारियों और गांधी के बीच मतभेद हो सकते हैं, थे भी। लेकिन वे एक-दूसरे के दुश्मन नहीं थे, जैसाकि राष्ट्रीय स्वयंसेवक संघ द्वारा चित्रित किया जाता है। यह बिलकुल ही गलत है। उन दिनों राष्ट्रीय स्वयंसेवक संघ और हिन्दुत्ववादियों की दिक्कत यह थी कि वह गांधी की आजादी की लड़ाई का विरोध कर रहे थे, क्योंकि जैसे आजादी गांधी चाहते थे, उसमें वर्ण श्रेष्ठता का उनका एकाधिकार खत्म हो रहा था। पर यह वह कह नहीं पा रहे थे और सह भी नहीं पा रहे थे। इसलिए आजादी के आन्दोलन की बदनामी करना और गांधी का चेहरा कैसे कड़वा और काला किया जाए, यही कोशिश उनकी अखंड रूप से चलती रही।

देश में किसी ने भी ब्रिटिश-विरोधी कार्य किया हो उसने वह हमारी ही प्रेरणा से किया, ऐसा दिखाने के लिए इनका फुसफुसाहट-आन्दोलन हमेशा चलता रहता था। भगत सिंह व साथियों की फाँसी की सजा रद्द हो इसके लिए गांधी ने क्या किया, इस तरह के प्रश्न पूछ-पूछ कर इन लोगों ने गांधी का उनके जीवित रहते तो पीछा किया ही, मरने के बाद भी उनको नहीं छोड़ा।

पर अब समय आ गया है कि उनसे सवाल पूछे जाएँ। उनसे पूछा जाए कि भगत सिंह की फाँसी की सजा करवाने के लिए तुम लोगों ने क्या किया?

गांधी के नेतृत्व में चल रहे आजादी के आन्दोलन से सम्बन्धित हिन्दुत्ववादियों की स्ट्रैटेजी त्रिसूत्रात्मक थी। गांधी और कांग्रेस के फैसलों में शामिल ना होते हुए उनका मजाक उड़ाना, इस तरह कहीं आजादी मिलती है, ऐसा कहते हुए उनके हर कार्य की खिल्ली उड़ाना।

वे कहते कि अस्पृश्यता निवारण और आजादी **का** भला क्या सम्बन्ध? झाड़ू का, भंगी के काम का, मरे हुए जानवरों की चमड़ी निकालने का, उसकी फिनिशिंग करके जूता-चप्पल बनाने का, इस सबका आजादी से क्या सम्बन्ध ? चरखा, तकली, खादी, इस सबका आजादी के साथ क्या सम्बन्ध ? और, अहिंसा और आजादी का तो कोई सम्बन्ध है ही नहीं!

युद्ध के बिना स्वतंत्रता किसे मिली, यह झुनझुना तो उनका बजता ही रहता था, पर इसके लिए वे कोई कोशिश नहीं करते थे। और कोई उन्हें लड़ने को कहे तो वे यह कहकर प्रत्यक्ष संघर्ष से दूर रहते कि अंग्रेजों से लड़ने के लिए हमारे पास पर्याप्त ताकत नहीं है। हिंसक संघर्ष कोई अगर कर रहा हो तो वे ये ढोल पीटते कि इसमें हमारे ही विचारों की विजय है और गांधी का पराभव है।

भगत सिंह का और इन लोगों का कोई सम्बन्ध नहीं है। भगत सिंह कम्यूनिस्ट थे, इसका मतलब इन लोगों के नम्बर-एक दुश्मन थे। पर भगत सिंह के कार्यों से अहिंसावादी गांधी की नाक कटी, इस बात से इन्हें खुशी होती है। भगत सिंह के बारे में उन्होंने कुछ नहीं किया। किया होता और असफलता मिलती तो भी हम समझ सकते थे, पर इनकी किसी कोशिश का लेशमात्र भी कहीं उल्लेख नहीं मिलता। बस गांधी ने क्या किया यह हमेशा पूछते रहना। ब्रिटिशों के 'गुड फेथ' में रहने के लिए और हम 'ब्लैक लिस्टेड' ना हो जाएँ इस डर से ये लोग भगत सिंह से अच्छी तरह, दो हाथ दूर ही रहते रहे।

पर गांधी को सवाल पर सवाल पूछकर तंग करते हैं। गांधी ने क्या किया, यह पूछते हुए इन्हें यह समझ में नहीं आता कि एक तरफ तो वे गांधी को महत्त्वहीन कहते हैं, और दूसरी तरफ, लेकिन गांधी ने क्या किया, यह पूछकर; कि आपने अंग्रेजों को भगाने के लिए क्या किया, यह पूछकर उन्हें शक्तिशाली भी घोषित कर रहे होते हैं। इनकी दृष्टि से गांधी के विरोध के दो पैरामीटर हैं। बुद्धि और शक्ति। इनके अनुसार गांधी के पास बुद्धि भी नहीं है और अहिंसावादी होने के कारण शक्ति

भी नहीं है। पर जब ये पूछते हैं कि गांधी ने क्या किया उसी समय यह मान रहे होते हैं कि गांधी सामर्थ्यशाली है, यानी कि वह अगर कुछ करते तो जरूर फाँसी रुक जाती। अपने इस विरोधाभास का भान भी इन्हें नहीं है।

भगत सिंह की तरह सुभाष बाबू के बारे में भी। गांधी और सुभाष बाबू में हिंसा- अहिंसा को लेकर मतभेद है, कहते ही इन्हें खूब खुशी होती है। अहिंसा के मुद्दे पर गांधी पर आक्षेप होता है, इन्हें इसकी खुशी होती है। सुभाष बाबू हमारे हैं, यह सोचकर ये नर्तन भी करेंगे। उन पर गांधी ने कैसे अन्याय किया, कांग्रेस के अध्यक्ष पद से कैसे हटाया, कुटिल षड्यंत्र करते हुए, अपमान, बेइज्जती करके उन्हें हटाया। ऐसा चित्र वे खींचते हैं। सुभाष बाबू पर इनका बड़ा ही प्रेम उमड़ता दिखाई देता है। लेकिन इनका और सुभाष बाबू का सम्बन्ध ही भला क्या है?

वे समाजवादी विचारधारा के हैं, धर्मनिरपेक्षता के मूल्यों के पक्षधर हैं। वह विचारधारा हिन्दुत्ववादियों के विपरीत है। पर गांधी-विरोध में जो भी खड़ा होगा, भले ही वह इनका दुश्मन ही क्यों ना हो, वह इनका मित्र हो जाता है। यानी शत्रु का शत्रु इनका मित्र।

यह मित्रता दिखावे के लिए ही होती है। ये भूल जाते हैं कि सुभाष बाबू ने एक समय हेडगेवार से मिलने की इच्छा व्यक्त की थी, पर हेडगेवार ने जानबूझकर उसे टाल दिया। उन्हें ब्रिटिशों के 'गुड फेथ' में रहना था। ब्रिटिशों के 'गुड फेथ' में रहने के लिए एक तरफ ये सुभाष बाबू से मिलना टालते हैं और भारतीय जनता की नजरों में, हम देशप्रेमी हैं, यह दिखाने के लिए भगत सिंह और सुभाष बाबू के बारे में प्रेम भी दिखाते हैं।

आजादी की लड़ाई से चर्चिल का गहरा विरोध है। चर्चिल का कहना है कि किसी भी हालत में भारत को आजादी ना मिले। गांधी को 'नंगा फकीर' कहकर उनका अपमान भी करता है। गांधी से मिलने के लिए भी तैयार नहीं। इनकार कर देता है। वही चर्चिल हिन्दुत्ववादियों के गले का तावीज है। कारण स्पष्ट है। गांधी का कोई भी दुश्मन चाहे वह ब्रिटिश प्रधानमंत्री चर्चिल ही क्यों ना हो, हिन्दुत्ववादियों का सखा व मित्र है। यह इनकी देशभक्ति व यह इनका देशप्रेम है!

1942 की लड़ाई में राष्ट्रीय स्वयंसेवक संघ निष्क्रिय था। लेकिन भविष्य में गांधी को विभाजन का जिम्मेदार ठहराने के लिए वे तुरन्त सक्रिय हो गए। गांधी ने देश को तोड़ा है, खंडित हुए देश को कमजोर किया है, अहिंसा के आग्रह के कारण देश को नपुंसक बना दिया है, ऐसी संघ की मान्यता है।

गुजरात के स्वामी सच्चिदानन्द भारत के लोकप्रिय नामों में से एक। अपने आत्मचरित्र 'गांधी मारो अनुभवों' में उन्होंने गांधी पर मुख्य रूप से दो आरोप किए हैं : एक, गांधी को तलवार की कीमत समझ में नहीं आई, और दूसरा, इस्लाम का धोखा उन्हें समझ में नहीं आया।

1962 के भारत-चीन युद्ध में जो पराभव हुआ उसके लिए भी ये गांधी को ही दोषी कहते हैं। गांधी की मृत्यु के 14 वर्षों बाद भारत-चीन का युद्ध हुआ। लेकिन उसमें भारत के पराभव के लिए वे गांधी को जिम्मेदार कहते हैं।

देश की रक्षा के लिए सेना की जरूरत नहीं है, ऐसा गांधी ने कभी नहीं कहा। इसका एक भी साक्ष्य नहीं है। इतना ही नहीं, उनके जिन्दा रहते पाकिस्तानी सेना की टोलियाँ भारत में घुसीं ही कैसे, इस पर वे पटेल को काफी डाँटते हैं। और कश्मीर की रक्षा के लिए पटेल ने तत्काल हवाई जहाज से सेना भेजी, उनके इस फैसले का स्वागत करते हैं।

इसका क्या मतलब है? पूरे देश में दंगों को शान्त करने के लिए वे अपनी पूरी ताकत लगाकर कोशिश करते हैं। पर दंगों को शान्त करने के लिए सरकार की ओर से सशस्त्र पुलिस और सेना की मदद से जो कोशिशें की जाती हैं, उनका गांधी ने कहीं विरोध किया हो ऐसा दिखाई नहीं देता। सरकार अपनी तरफ से काम कर रही है और मैं अपनी तरफ से काम कर रहा हूँ, यही उनकी भूमिका है। रक्षा करना सरकार का कर्तव्य है, वे सरकार को यही कहते हैं।

पुलिस या सेना में अहिंसा का पालन करना चाहिए, ऐसा कहीं गांधी ने नहीं कहा। कृपाण सामर्थ्य का प्रतीक है, ऐसा गांधी कहते थे। सिखों के लिए धार्मिक श्रद्धा की दृष्टि से कृपाण पवित्र होता है पर विलक्षण संयम और अत्यन्त प्रतिकूल परिस्थिति में ही उसका उपयोग करना चाहिए, ऐसा वे कहते थे।

गांधी को तलवार का महत्त्व समझ में नहीं आया, ऐसा कहने वाले स्वामी जी को यह एक सटीक जवाब है।

तलवार का उपयोग कानूनसम्मत और कानून के द्वारा ही असहायों की मदद के लिए होना चाहिए, ऐसा जब गांधी कहते हैं तब वे तलवार का विरोध नहीं करते। उसका उपयोग कैसे हो, बस यहाँ बताते हैं। औरतों को आत्मरक्षार्थ शस्त्र रखने का कानूनी अधिकार दिया जा सकता है, गांधी ने ऐसा भी कहा था।

गांधी के बारे में एक बड़े अचरज की बात है। डरपोकों को गांधी कभी समझ में

नहीं आया। पर हिंसक और हिंसा में ही बहादुर रहे लोगों को गांधी की अहिंसा समझ में आती है। पेशावर के पठान हमेशा ही डकैती, हत्या और मारामारी करते थे। उन्हें और उनके नेता अब्दुल गफ्फार खान को गांधी की अहिंसा तुरन्त समझ में आ गई। आजाद हिन्द सेना बनाने वाले सुभाष बाबू को भी यह समझ थी कि गांधी के अहिंसक आन्दोलन में आजादी के लिए जान देने वाली सेना तैयार हो रही है। लॉर्ड माउंटबेटन वायसराय होने से पहले सेना में थे, वे गांधी को लिखते हैं, "पंजाब में हमारी 55000 सेना है फिर भी वहाँ बड़े पैमाने पर दंगे हो रहे हैं। बंगाल में हमारी सेना केवल एक आदमी की है," वे गांधी की ओर इंगित करते हुए कहते हैं, "और वहाँ दंगे नहीं हैं। 15 अगस्त को घटना समिति में आपके नाम का उल्लेख होते ही जो स्वत:स्फूर्त जयघोष हुआ वह आपको सुनना चाहिए था। उस समय हम लोग भी आप ही के बारे में सोच रहे थे।" एक सेना अधिकारी और प्रशासक गांधी की अहिंसा को इस तरह सलामी दे रहा है।

लेकिन 1925 से लेकर आज तक लाठियाँ लेकर कवायद करने वाले जरूर गांधी की अहिंसा का मजाक उड़ाते हैं। यह कैसे सम्भव हो पाता है?

भारत के प्रधानमंत्री मोदी ने नेहरू के विरोध में जनरल करियप्पा का सन्दर्भ कर्नाटक के इलेक्शन में दिया था। उन्हीं करियप्पा ने इंग्लैंड में एक भाषण देते हुए आज की परिस्थिति में भारत को अहिंसा की जरूरत नहीं है, और केवल सामर्थ्यवान सेना ही उसे दुनिया का एक महान राष्ट्र बना सकती है, ऐसा कहा था। गांधी ने उनकी इस राय का विरोध 'हरिजन' में लिखकर किया। बाद में कभी जब उनकी गांधी से भेंट हुई तब चर्चा के दौरान जनरल करियप्पा कहते हैं—"हम सैनिकों का वर्ग बड़ा ही बदनाम है। आपको भी यही लगता होगा कि हम लोग बड़े हिंसक लोग हैं। पर हम ऐसे नहीं हैं। युद्ध को नापसन्द करने वाला अगर कोई वर्ग होगा तो वह हम सैनिकों का ही है। और उसकी वजह युद्ध की भयानकता और उसके खतरे नहीं हैं। बल्कि हमें यह ज्ञान है कि युद्ध से अन्तर्राष्ट्रीय संघर्ष को खत्म नहीं किया जा सकता। इसलिए हम युद्ध को नापसन्द करते हैं। हमारी दृष्टि से तो एक युद्ध से दूसरा युद्ध पैदा होता है। इतिहास ने हमें यही सिखाया है।"

भारतीय सेना का सेनापति ये बातें कह रहा है। भारत की आजादी की लड़ाई का सेनापति ऐसा क्या कह रहा है जो इससे अलग है? वह भी तो यही कह रहा है कि द्वेष से द्वेष पैदा होता है। और युद्ध से युद्ध का निर्माण होता है।

1947 के 26 सितम्बर को प्रार्थना सभा में गांधी ने कहा था, "सभी तरह के

युद्धों का मैं विरोध करता हूँ। पर पाकिस्तान की ओर से न्याय मिलने का यदि कोई रास्ता ही नहीं हो और जो सिद्ध हो चुकी हैं, ऐसी अपनी गलतियों को वह बार-बार नकार रहा हो और उस गलती का स्वरूप छोटा कर रहा हो तो सरकार के सामने केवल युद्ध का ही रास्ता बचा रह जाता है। युद्ध कोई मजाक नहीं है, वह विनाश का मार्ग है। यह सही है कि मेरा रास्ता दूसरा है। पर मैं सरकार नहीं हूँ।"

पाकिस्तान से युद्ध के बारे में गांधी ने जिन्दा रहते यही भूमिका अपनाई थी। उन्होंने कहीं भी ऐसा नहीं कहा कि पाकिस्तान के साथ युद्ध मत करो, उनकी सेना के सामने सत्याग्रह करो, अहिंसक प्रतिकार करो।

इसके बावजूद उन पर पाकिस्तान-प्रेमी, पाकिस्तान का पक्षधर, आदि आरोप लगाए जाते हैं। इतना ही नहीं, गांधी की मृत्यु के 14 वर्षों बाद हुए भारत-चीन युद्ध में भारत की हार के लिए भी इन्होंने गांधी को ही जिम्मेदार ठहरा दिया। क्यों?

गांधी की मृत्यु से डेढ़ वर्ष पहले गांधी से किसी ने प्रश्न पूछा था कि आपका स्वतंत्र भारत कैसा होगा? इस पर गांधी जवाब देते हैं—मेरे भारत में अन्तिम व्यक्ति और प्रथम व्यक्ति एक बराबर होगा। दूसरे शब्दों में कोई भी अन्तिम नहीं होगा और कोई भी प्रथम नहीं होगा। जातिभेद और जन्म-आधारित श्रेष्ठता और विशेषाधिकार का गांधी की दुनिया में कहीं स्थान नहीं था।

यह तो बड़ा ही अन्याय है कि ब्रह्मदेव के मुँह से निकला व्यक्ति और ब्रह्मदेव के पैर से निकला व्यक्ति एक समान है? ऐसी आजादी जहाँ सभी बराबर हों, कुछ लोगों के लिए तो उस आजादी का मतलब सब कुछ गँवा देने जैसा ही था। गांधी जिस आजादी की कल्पना करते थे, उस आजादी में उन्हें कुछ नहीं मिलने वाला था, उलटे जो कुछ जन्मजात रूप से मिला है वह सब छिन ही जाना था। उन्हें ऐसी आजादी नहीं चाहिए थी।

ऐसी आजादी देने वाले को जिन्दा भी नहीं रखना था, और आखिर उन्होंने ऐसा कर ही दिया। 30 जनवरी, 1948 को।

गांधी की अहिंसा डरपोकों की अहिंसा बिलकुल नहीं थी। इसके विपरीत वे कहते थे कि डरपोक होने से ज्यादा खराब कुछ नहीं। डरपोकपन में दुगनी हिंसा है, ऐसा उनका मत था। अपनी बात स्पष्ट करने के लिए वे दक्षिण अफ्रीका के विशालकाय हब्शी नीग्रो धर्म-उपदेशक की कहानी सुनाते हैं। इस काले धर्म-उपदेशक का गोरे लोगों ने रेल में अपमान किया। इस पर 'माफ कीजिए' कहकर वह दूसरे डिब्बे में चला गया। यह अहिंसा नहीं है। यीशु की सीख भी यह नहीं

है। इसके विपरीत अपना अपमान करने वाले गोरों का अपमान करना बेहतर होता।

गांधी की अहिंसा में डरपोकपन वर्ज्य व त्याज्य था। शिकारी कुत्तों की पकड़ से छूटने को बेचैन डरपोक खरगोश हमारी दृष्टि से विशेष अहिंसक नहीं है। वह डरा रहता है और जान बचाने के लिए छूटना चाहता है। अपनी इस दयनीय कोशिश में वह जाने-अनजाने कुत्ते की शिकार करने की भूख को बढ़ाता है। हिंसा से अहिंसा सैकड़ों गुनी अच्छी है, ऐसी उनकी धारणा थी। धरसाना नमक की कोठी पर कब्जा करने के आन्दोलन में सत्याग्रही टोली जिस धीरज और शान्ति के साथ पुलिस का सामना करती है, वह निश्चित ही डरपोकपन तो नहीं ही था, उलटे वीरता की अद्भुत गाथा है।

उस एक घटना से अमेरिका भी हिल जाता है और ब्रिटिशों पर आन्दोलकारियों से बात करने का दबाव डालता है। विदेशी कपड़ों का बहिष्कार, इस आन्दोलन में विदेशी कपड़ा ले जाने वाले ट्रक के सामने आकर शिरीष कुमार वीरगति को प्राप्त होता है। बाबू गेनू इसी प्रकार हुतात्मा होते हैं। इस तरह शहीद होना क्या सूली पर हँसते-हँसते चढ़ने वाले क्रान्तिकारियों के मुकाबले कुछ कम है? बन्दूक लेकर किसी को मारने की बजाय बिना डरे उसकी गोली को सामने से झेलने को तैयार होना, यह क्या कम हिम्मत की बात है?

गांधी ने आम आदमी को यह हिम्मत दी और उनमें सामूहिक वीरता जगाई। व्यक्तिगत वीरता से भी ज्यादा मुश्किल काम है किसी पूरे समूह के भीतर वीरता जगाना। गांधी के कहने पर लोग आजादी के लिए मरने को तैयार हो जाएँ, यह सचमुच अद्भुत व विस्मय में डालने वाली बात है।

गांधी की अहिंसा में प्राणी-हत्या-निषेध जैसा भोलापन नहीं था। प्लेग के कारण आदमी मर रहे हैं, इसलिए गांधी ने चूहों को मारने के लिए भी कहा था। जिन्दगी भर वे शाकाहार के पक्षधर रहे पर अनाज की कमी होने पर उन्होंने मांसाहार की बात भी कही, यह बहुत कम लोगों को ज्ञात है। वे मांसाहार की सलाह देते हैं। उनका कहना है कि अहिंसा दर्शन के अनुसार शाकाहार के किसी सिद्धान्त को मैंने नहीं तोड़ा है। शाकाहार का प्रचार जबरदस्ती नहीं किया जा सकता। ऐसा वे कहते हैं कि मांसाहारियों के सामने शाकाहार का उदाहरण रखकर ही हम इसका प्रचार कर सकते हैं। उनका कहना था कि आपसी संघर्ष, अमीर बनने के लिए गरीबों का आर्थिक शोषण, स्त्रियों का दमन, ये सब बातें मांसाहार से भी बुरी हैं। लोग यह सब दोष दूर करें तो वह अहिंसा के उत्कृष्ट अनुयायी बनेंगे।

जिन शाकाहारी लोगों में ये सब दोष हैं और इन दोषों के बावजूद वे खुद को अहंकारपूर्वक शाकाहारी कहते हैं, उनसे तो वे मांसाहारी ज्यादा श्रेष्ठ हैं जिनमें ये दोष नहीं हैं।

गांधी किसी भी विषय पर ऊपरी तौर से नहीं बोलते। वे विषय को गहराई से पकड़ते हैं। उनके पास जड़ों को समझकर बोलने की दृष्टि है। केवल शाकाहारी-मांसाहारी के भेद से कोई श्रेष्ठ या कनिष्ठ नहीं होता। उन्होंने इसे आर्थिक शोषण और स्त्रियों का दमन, जैसे बड़े विषयों से जोड़ दिया है।

हमारे समाज में कहा जाता है कि मैं सुपारी भी नहीं खाता और इस तरह से इसे श्रेष्ठता से जोड़ दिया जाता है। फिर वह गरीबों का खून पीने वाला हो, उनकी गर्दन मरोड़ने वाला हो, ये सब बातें दोयम हो जाती हैं। वह पूजा-पाठ करता है, माथे पर तिलक-चन्दन लगाता है, गले में माला पहनता है, मांस-मटन नहीं खाता तो वह निर्व्यसनी है, फिर वह कितना भी भ्रष्टाचारी हो, शोषक हो। उसकी सभी बुराइयाँ क्षमा के लायक हो जाती हैं।

दुर्भाग्य से गांधी का यह पक्ष सामने रखा ही नहीं जाता। गांधी जी यहाँ तक कहते हैं कि किन्हीं विशिष्ट परिस्थितियों में मांसाहार ना करना भी एक तरह से पाप होगा। वे कहते हैं कि हम अपने जीवन से हिंसा को सम्पूर्ण रूप से खारिज नहीं कर सकते। फिर इस सम्बन्ध में सीमा क्या होनी चाहिए? दर्शन या मूल्य के रूप में सभी के लिए एक ही मापदंड हो फिर भी हर एक व्यक्ति की सीमा-रेखा अलग-अलग होती है। मांसाहार मेरे लिए पाप है परन्तु जो आदमी हमेशा मांसाहार करता रहा और जिसे उसमें कोई गलत नहीं लगता, वह मेरी नकल करने के लिए मांसाहार छोड़ दे तो यह पाप ही होगा। इस पर अब अलग से कुछ बोलने की क्या जरूरत है?

गांधी की अहिंसा प्राणी-हत्या न करने से शुरू होती है। पर वह वहीं पर रुकती नहीं, समय पड़ने पर वह प्राणी हत्या की अनुमति भी देती है। वनप्रेमियों का जो हल्ला आजकल चल रहा है, उसे हम सब जानते हैं। आदमी मरा तो चलेगा पर प्राणी नहीं मरना चाहिए। या किसानों की उपज को जंगली जानवर नष्ट कर दें और किसान आत्महत्या कर ले पर कोई प्राणी नहीं मरना चाहिए। साँप काटने से आदमी मरे तो कोई हर्ज नहीं है। सर्पदंश पर गाँव-गाँव में दवाखाने ना हों तो कोई बात नहीं है। दवाखाना हो तो इंजेक्शन नहीं है, तो भी कोई बात नहीं। इंजेक्शन भी हो और डॉक्टर का अता-पता ना हो, तो भी चलेगा, इस तरह आदमी साँप काटने से मर जाए, कोई बात नहीं, पर साँप नहीं मरना चाहिए।

उपद्रवी कुत्तों का उपद्रव बढ़ गया है। सरकारी दवाखाने में रेबीज इंजेक्शन नहीं हैं। खुद खरीदने की सामर्थ्य ना हो तो आदमी मर भी सकता है, पर कुत्तों को नहीं मरना है। ऐसी चीजों के बारे में गांधी का दृष्टिकोण आश्चर्य में डालने वाला है।

साराभाई गांधी जी के ही मित्र थे। 1926 में वे उद्योग कॉलोनी के साठ उपद्रवी कुत्तों को पकड़कर मार देते हैं। इस बारे में लोग बहुत हल्ला करते हैं। पर गांधी 'यंग इंडिया' में इसका समर्थन करते हैं और काफी लिखते हैं। 1928 में साबरमती आश्रम के फल-सब्जियों के पेड़-पौधों को बन्दर नष्ट कर देते हैं। उन्हें मार देने का प्रस्ताव खुद गांधी ही रखते हैं। और इस तरह अहिंसा के अन्धे पुजारियों को धक्का देते हैं।

वे कहते हैं कि मैं खुद किसान हूँ इसलिए अपनी उपज बचाने के लिए यथासम्भव 'कम-से-कम' हिंसा का मार्ग अपनाना मेरे लिए अपरिहार्य है। बन्दरों की तकलीफ गले तक पहुँच गई है। वे अब बन्दूक की गोली की आवाज से भी नहीं डरते हैं, बल्कि कुछ ज्यादा ही हो-हल्ला करने लगते हैं। अगर कोई और रास्ता ना हो तो मैं खुद ही मारने का विचार कर रहा हूँ। साँप काटने पर बच्चे मर जाएँ इससे बेहतर मैं साँप को मारना पसन्द करूँगा। अगर मुझे खुद साँपों से डर लगता है तो मैं दूसरों को निडर रहने की बात कैसे कह सकता हूँ? अहिंसा का पुजारी यह सब कहता है।

आश्रम में एक गाय का बछड़ा असाध्य रोग से पीड़ित है। उसका कोई इलाज नहीं है, ऐसा डॉक्टरों का कहना है। ऐसी स्थिति में गांधी उसकी जिन्दगी खत्म करने का निर्णय लेते हैं। डॉक्टर उसे मौत की नींद सुलाने का इंजेक्शन देते हैं और गांधी उसका पैर पकड़े रहते हैं। अहिंसा का पुजारी इस तरह गोवंश की हत्या करे इसका कई लोग विरोध करते हैं। इस घटना पर भी गांधी के विरोध में खूब हल्ला होता है।

एक जैन व्यक्ति ने तो यहाँ तक कहा कि इस पाप का प्रक्षालन गांधी के खून से करना चाहिए। गांधी जी इस तूफान का भी शान्ति से सामना करते हैं।

कोई उन्हें मुस्लिम पक्षधर कहे या कोई हिन्दू पक्षधर, यह सब पढ़कर लगता है कि वह आदमी मनुष्य का पक्षधर था। हमें इसी बात से आपत्ति है कि वह मनुष्य का पक्षधर है। क्यों? क्योंकि केवल मनुष्य को ही हम नहीं देख पाते। हम उसकी जाति देखते हैं। वर्ण, धर्म, भाषा, देश-विदेश, लिंग-रंग देखे बिना हम किसी आदमी से प्रेम कर ही नहीं पाते।

गांधी नोआखाली जाते हैं, वहाँ वे हिन्दुओं की मदद करते हैं तो मुस्लिमों को हिन्दू-पक्षधर लगते हैं। बिहार में दंगों को रोकने के लिए जाते हैं तो हिन्दूवादियों को वे मुस्लिम-पक्षधर लगने लगते हैं। गांधी जी के लिए नोआखाली में मरने वाला भी मनुष्य ही था और बिहार में मरने वाला भी मनुष्य ही था।

यह समझने में लोगों को दिक्कत होती है, तकलीफ होती है। यह सब हमारे संकीर्ण हितों के खिलाफ पड़ जाता है। इसलिए कुछ लोग उसे देश को अहिंसा से कमजोर करने वाला कहते हैं, कुछ उसके प्राणी-हत्या-समर्थन को देखकर व्यथित होते हैं और कहते हैं यह कैसा अहिंसा का पुजारी है! यह तो पापी है! गौ हत्या का पाप उसके खून से ही धोना होगा!

गांधी : नायक या खलनायक?

गांधी काल में जिन लोगों का नायक या हीरो गांधी नहीं कोई दूसरा हो, उनके दिमाग में गांधी का विलेन बनना तय था। तिलक, भगत सिंह, नेताजी, बाबासाहेब ये नायक हैं तो गांधी खलनायक होगा ही। कोई भी फिल्म या साहित्य इसके बिना कैसे पूरा हो सकता है? गांधी पर तो कोई कुछ भी लिख सकता है।

किसी लेखक ने बिना कुछ सोचे गांधी के समलैंगिक सम्बन्धों की चर्चा की। फिर भी किसी ने उस किताब को जलाया नहीं। किसी ने यह नहीं कहा कि उस किताब पर पाबन्दी लगनी चाहिए।

'मी नाथूराम बोलतोय' इस नाटक में भी नाथूराम कुछ से कुछ बड़बड़ाता है। उसके इस बड़बड़ाने पर किसी ने विरोध किया तो नाथूराम के समर्थक अपने झोले में से 'व्यक्ति स्वातंत्र्य' का मुद्‌दा निकालते हैं। ऐसे में नाथूराम के चमचों पर हँसी आती है जिन्होंने गांधी के जीने के अधिकार को ही नकार दिया। वे किस मुँह से व्यक्ति स्वातंत्र्य की बात करते हैं!

कोई गांधी के पुतले का अपमान करता, इस पर किसी की भावनाओं को ठेस नहीं पहुँचती। कहीं दंगा हुआ हो ऐसा भी नहीं दिखता, आगे भी कुछ ऐसा होगा, नहीं लगता। गांधी को आप कैसे सम्बोधित करते हैं, इस पर भी कोई किसी तरह की आपत्ति नहीं करता।

हम उन्हें महात्मा कहें, राष्ट्रपिता कहें या उन्हें इकहरे नाम से पुकारें, कोई आपको टोकेगा नहीं।

वर्षों पहले 'हजरत बल दरगाह से मोहम्मद साहब का संरक्षित बाल' गुम गया था। उस बात पर कश्मीर में दंगा हुआ था। लेकिन गांधी जी का चश्मा सेवाग्राम आश्रम से गुम हो गया तो किसी ने क्षोभ व्यक्त नहीं किया। किसी को न क्रोध आया न किसी को कोई संताप हुआ। दंगे का तो सवाल ही नहीं। ये सब नहीं होता है

इसका कारण कोई एक्सिडेंट, दुर्घटना नहीं है बल्कि लगता है, गांधी की सिखावन में से ही ये सारी बातें हमारे अन्दर प्रविष्ट हुई हैं।

1933 में प्रदीर्घ 'हरिजन यात्रा' गांधी ने निकाली। उसमें हरिजनों का 'मन्दिर प्रवेश' भी जोर-शोर से चल रहा था। इससे सनातनी भड़क गए। एक लालनाथ नाम का सनातनी अपने अनुयायियों के साथ जहाँ भी गांधी जी की सभा हो वहाँ कैसे भी करके पहुँच जाता और अनर्गल भाषा में गांधी जी के खिलाफ बोलता।

'मन्दिर प्रवेश रोक देंगे', ऐसा वह बड़बड़ाता था। गांधी जी की सभा को ही खत्म करने का उसका प्रयास होता था। ये सब वह गांधी के सभा में पहुँचने से पहले करता था। उसे पक्का पता था कि उसके लिए तो लोग जमा होंगे नहीं, इसलिए वह गांधी को सुनने आई भीड़ के सामने ही हरिजन-विरोधी भाषण करके अपना समाधान कर लेता। एक बार वह गांधी की मोटर के सामने आ गया और उन्हें रोकने का प्रयास करने लगा। अगली बार उसने सभा के लिए निकलने से पहले ही गांधी को उनके निवास स्थान पर रोका। दो-तीन सभाओं में लोगों ने इसे बर्दाश्त किया। पर चौथी सभा में लालनाथ की सेना का यह तमाशा लोगों को बर्दाश्त नहीं हुआ। उन्होंने उसे पकड़कर यथेच्छ पीटा। इस पिटाई से गांधी जी का कोई सम्बन्ध नहीं था। गांधी ने ऐसा काम करने के लिए नहीं कहा था। फिर भी गांधी ने सारी जिम्मेदारी अपने ऊपर ले ली और अपने अनुयायियों को माफी माँगने के लिए कहा।

इतना सब होने के बाद यह बात समाप्त हो सकती थी। पर इस कृत्य के लिए उन्होंने सात दिन का उपवास किया। इतने छोटे से कारण के लिए आप उपवास करेंगे? गांधी का कहना था कि लोकतंत्र का मतलब यह है कि मेरे विरोधी को भी मेरे विरोध में बोलने की पूरी आजादी है। वह मेरा विरोधी है इसलिए कोई उसे मेरे विरोध में बोलने से रोकता है तो इसके खिलाफ मैं जान लगाकर लड़ूँगा।

गांधी नामक व्यक्ति अपने विरोधियों की आजादी पर कुठाराघात होने पर प्राणपण से लड़ता है, तो यह कोई अलग ही रसायन है, यह हमें समझ लेना चाहिए!

इस देश में किसी भी आदमी ने कोई भी फिलॉसफी बताई हो, खुद को जातिबंधनों से मुक्त किया हो, या जाति, धर्म के परे जाकर तत्त्वज्ञान बताया हो, विचारों के क्षेत्र में कितनी भी ऊँची कूद लगाई हो, पर जाति की बाउंड्री के बाहर उसे नहीं देखा जाता। अनुभव यही कहता है। शिवाजी सभी जातियों-धर्मों के हैं पर अन्त में वे मराठा जाति के हैं। तिलक भी सिर्फ ब्राह्मणों के नेता रह जाते हैं। महात्मा फुले ने जाति-धर्म को खत्म करने के लिए सत्यशोधक धर्म का दर्शन रखा, पर अन्त में वे

भी माली जाति के नेता रह जाते हैं। पर गांधी किसी एक जाति के नहीं हुए। किसी एक धर्म के भी नहीं। वे एक देश के भी नहीं रहे, वह वैश्विक हो गए।

गांधी पर खूब आरोप लगे। लोगों ने कहा कि वे चातुर्वर्ण्य मानते हैं, वे जातिवादी हैं, वे धर्म को मानते हैं, वे हिन्दुओं के नेता हैं, आदि। फिर ऐसा आदमी जात-पाँत, धर्म और देशों की सीमा लाँघकर वैश्विक कैसे हो गया? जाति, धर्म, देशों के बंधन में कैसे नहीं बँध पाया। एक देश के आन्दोलन का नेतृत्व करनेवाला अधिकतर उसी देश का पूज्य होता है। हमें यह बात समझ में आ सकती थी। पर वह तो एक देश तक सीमित नहीं रहा। उसे तो लगभग सभी देश पूज्य मानते हैं।

साधारण रूप से देखा जाए तो कहा जाता है कि बरगद के पेड़ के नीचे छोटे पौधों की बढ़त खत्म हो जाती है। गांधी के मामले में ऐसा नहीं हुआ। किसी भी महान व्यक्ति का नाम लें तो हम मुश्किल से उनके चार-पाँच अनुयायियों का नाम ले सकते हैं। पर गांधी के अनुयायियों का नाम लेने में ऐसी दिक्कत नहीं होती। सैकड़ों अनुयायियों के नाम हम बता सकते हैं। अलग-अलग क्षेत्र के।

तो सवाल उठता है कि क्या गांधी एक बड़ का वृक्ष था? स्वाभाविक-सा उत्तर आता है, वह बड़ का वृक्ष नहीं था। वह तो आकाश था। आकाश के नीचे वृक्षों की वृद्धि को क्या बंधन ?

गांधी की सिखावन कुछ भी हो सर्वसामान्य जनता को उनकी हत्या से धक्का लगा। उसकी तीव्र प्रतिक्रिया भी हुई। गांधी की हत्या करने वाला कोई मुस्लिम होगा, शुरू में ऐसा भी लोगों को लगता रहा। पर बाद में वह भी स्पष्ट हुआ। उनकी हत्या करने वाला हिन्दू ही था। उसमें भी वह ब्राह्मण था। यह जानते ही लोगों में उस जाति के खिलाफ जनक्षोभ हुआ, इसमें आश्चर्य क्या है?

इस पागलपन में महाराष्ट्र में ब्राह्मणों के घर जलाए गए पर किसी की हत्या हुई या किसी स्त्री के साथ दुर्व्यवहार हुआ हो, ऐसा नहीं है। अगर वे जिन्दा होते तो उन्होंने लालनाथ के लिए जैसा उपवास किया वैसा ही वे तब भी करते।

गांधी की हत्या के बाद के उद्रेक में महाराष्ट्र में निरपराध ब्राह्मणों के घर जलाए गए। यह निश्चित ही गलत हुआ, जिसका समर्थन कोई गांधीप्रेमी नहीं करेगा। पर सवाल उठता है कि जिम्मेदार कौन? जिस निरपराध व्यक्ति की हत्या हुई वह या जिसने उसकी हत्या की वह? 'मुझे 125 वर्ष जीना है', यह कहने वाला गांधी, या 'तुम्हें इतने दिन जीने ही कौन देता है', उद्धततापूर्वक ऐसा कहने वाला नाथूराम? नाथूराम गोडसे ने गांधी की हत्या की, यह नाथूराम की 'चॉइस' थी पर जिसकी

हत्या हुई उस गांधी के सामने मरने के अलावा क्या विकल्प था? इसके बावजूद गांधी-हत्या के कारण ब्राह्मणों के घर जलाए जाने के लिए कोई नाथूराम को जिम्मेदार नहीं मानता! नाथूराम ने हत्या न की होती तो हमारे घर नहीं जलते, ऐसा कहने वाला कोई नहीं। पर गांधी की हत्या न हुई होती तो हमारे घर नहीं जलते, इसलिए दोषी गांधी हैं, ऐसा बोलकर इस गुनाह के लिए गांधी को ही जिम्मेदार मानने वाले असंख्य लोग मुझे दिखते हैं। यह असीम गांधी-द्वेष आखिर क्यों? इस प्रश्न का जवाब तो हमें देना ही पड़ेगा न?

जिन क्रान्तिकारियों के कन्धों पर बन्दूक रखकर हिन्दुत्ववादी और संघ के लोग हमेशा गांधी पर निशाना साधते रहते हैं वे क्रान्तिकारी, 'संघ' के लिए अछूत थे। उनकी छाँव भी इन पर नहीं पड़े, इसे लेकर संघ सदैव सजग रहता था। यह सतर्कता इसलिए कि ब्रिटिशों के 'गुड फेथ' में रहना है। हम क्रान्तिकारियों से मिलें और कहीं इसका पता ब्रिटिश सत्ताधारियों को चल गया तो हम बिना कारण 'ब्लैक लिस्टेड' हो जाएँगे। यही सोच उनकी रहती थी।

त्रिपुरी कांग्रेस अधिवेशन में नेताजी अध्यक्ष चुने गए। उन्होंने हुददार नाम के एक संघ-स्वयंसेवक से विनती की कि वह संघ-प्रमुख हेडगेवार से उनकी भेंट करा दें। इसके लिए हुददार नेताजी के सचिव शहा को लेकर नासिक आए क्योंकि हेडगेवार उस समय नासिक में बाबासाहब रघाटे के घर पर रह रहे थे। हुददार आगे बोलते हैं—शहा बाहर रुके और मैं अन्दर गया। वहाँ डॉ. हेडगेवार का स्वयंसेवकों के साथ हँसी-ठहाका चल रहा था। मैंने विनती की तो स्वयंसेवक वहाँ से चले गए। मैंने हेडगेवार को अपने आने का उद्देश्य बताया। कहा कि नेताजी आपसे मिलने के लिए बहुत उत्सुक हैं। वे किस कारण मिलना चाहते हैं यह मुझे उन्होंने नहीं बताया है, ऐसा भी मैंने उनसे कहा।

डॉ. हेडगेवार हुददार से बोलते हैं कि मैं बहुत बीमार हूँ इसलिए नासिक आया हूँ। हुददार उन्हें समझाने की कोशिश करते हैं कि उन्हें ऊँचे पद पर मौजूद एक कांग्रेस नेता से मिलने का अवसर नहीं गँवाना चाहिए। फिर भी हेडगेवार, "मैं बीमार हूँ, मैं बीमार हूँ, मैं बात भी करने की स्थिति में नहीं हूँ", यही बात हुददार के सामने दोहराते रहे।

अन्त में हुददार उन्हें बहुत मनाते हैं और सुझाते हैं कि कम-से-कम मेरे साथ आए श्री शहा को आप अपनी दिक्कत बताएँ अन्यथा उन्हें लगेगा कि मैंने ही नेताजी की भेंट आपसे नहीं होने दी। इस सूचना के बाद हेडगेवार यह कहते हुए तुरत लेट

जाते हैं—बालाजी मुझमें बोलने की भी ताकत नहीं। मैं बहुत बीमार हूँ। कृपया...

बालाजी हुददार कमरे से बाहर निकलते हैं तो उन्हें फिर से डॉ. हेडगेवार के कमरे से स्वयंसेवकों के साथ उनके हँसी-मजाक की आवाज सुनाई देने लगती है।

संघ-प्रमुख डॉ. हेडगेवार के एक निकट के सहकारी थे श्री हातीवलेकर। इन्होंने 'अक्षर वैदर्भि' के 1991 के अंक में 'एक सहप्रवास-सावरकर-संघ-मार्क्सवाद' पर लेख लिखा है। इसमें उन्होंने हुददार और नेताजी की तथाकथित भेंट के बारे में पुष्टि की है। नेताजी ने हुददार के मार्फत संघ से सहयोग लेने की आशा में अपने दूत को भेजा था, पर डॉ. हेडगेवार ने बीमारी का ढोंग करके उनसे मिलना टाल दिया। इसी बात की हातीवलेकर ने भी पुष्टि की।

संघ के कट्टर कार्यकर्ता व संघ-अध्यक्ष के निकटवर्ती लोग इस घटना को बता रहे हैं इसलिए इसका ज्यादा महत्त्व है। श्री नानाजी पालकर संघ के निष्ठावान कार्यकर्ता। 'डॉ. हेडगेवार के जीवन के प्रेरक प्रसंग' पुस्तक में उन्होंने लिखा है कि नेताजी ने डॉ. हेडगेवार से मिलने का प्रयास किया पर दोनों ही बार वह सफल नहीं हो पाए। हेडगेवार ने मिलना टाला, ऐसा उन्होंने नहीं लिखा, भेंट नहीं हो पाई, ऐसा कहा है। इसके बावजूद उनसे मिलने की कोशिश नेताजी ने ही दो बार की, यह बात तो स्पष्ट हो ही जाती है। यही काफी है।

संघ के लोग नेताजी से मिलने तक के लिए तैयार नहीं थे। और अब वही लोग गांधी कितने नीच थे और कपट करके उन्होंने उन्हें कांग्रेस-अध्यक्ष पद से हटाया, ऐसी कथाएँ नमक-मिर्च लगाकर प्रचारित करते हैं। इतना ही नहीं, गांधी और सुभाषचन्द्र के सम्बन्धों के बारे में अर्धसत्य, असत्य और तमाम अच्छी-बुरी कहानियाँ फुसफुसाहट के द्वारा बताई जाती हैं। इन कथाओं का मुख्य उद्देश्य गांधी के बारे में समाज के मन में द्वेष, तिरस्कार व घृणा का निर्माण करना है।

आईसीएस हो चुके सुभाष बाबू मोटे वेतन वाली नौकरी को छोड़कर खुद को आजादी के आन्दोलन में झोंक देते हैं। स्वातंत्र्य-प्राप्ति के ध्येय के साथ एकमेक हो जाते हैं। हिंसा-अहिंसा, साध्य-साधन, विवेक जैसी बातें आजादी प्राप्त करने में रुकावट नहीं डालेंगी, ऐसा उन्हें नहीं लगता। गांधी और सुभाष में मतभेद जरूर है, पर गांधी उन्हें पुत्रवत् प्यार करते हैं। मतभेद उनके परस्पर प्यार और सम्मान के आड़े नहीं आते। और बाद में भी कभी नहीं आए। कलकत्ता कांग्रेस अधिवेशन में गांधी बीमार पड़ते हैं तो वे सुभाष के ही घर पर रहते हैं। सुभाषचन्द्र उनकी मनोभाव से सेवा करते हैं।

1938 के कांग्रेस अधिवेशन में सुभाष बाबू के समक्ष अध्यक्ष पद का प्रस्ताव खुद गांधी रखते हैं और कांग्रेस अध्यक्ष पद पर वे ससम्मान विराजमान हो जाते हैं।

1939 में त्रिपुरा का अधिवेशन हुआ। गांधी इस अधिवेशन में नहीं थे। वे कहीं राजकोट में ब्रिटिश राज्य के दुर्व्यवहार के खिलाफ लड़ रहे होते हैं। इस अधिवेशन में नया अध्यक्ष चुनना चाहिए, ऐसा कांग्रेस कार्यकारिणी को लगता है। पर, मैं खुद अध्यक्ष बनूँगा, ऐसा आग्रह सुभाष बाबू रखते हैं। इस कारण 'कांग्रेस कार्यकारिणी के विरोध में सुभाष बाबू' कुछ इस तरह का संघर्ष त्रिपुरी (म.प्र.) अधिवेशन में सामने आता है। दोनों पक्ष एक-दूसरे से सामंजस्य करने के लिए तैयार नहीं।

कांग्रेस कार्यकारिणी के सुभाष बाबू के विरोध में जाने के कई कारण हैं। हिटलर के खिलाफ कांग्रेस का स्टैंड स्पष्ट था। फिर भी किसी को विश्वास में लिए बिना सुभाष बाबू हिटलर के मंत्री से ताजमहल होटल में मिले। यह बात कार्यकारिणी को पता चली। इसलिए कार्यकारिणी सुभाष बाबू की कार्यपद्धति पर नाराज हुई और इसीलिए उन्हें दुबारा अध्यक्ष नहीं बनाना चाहती थी। कांग्रेस की ओर से अध्यक्ष पद के लिए सुभाष बाबू के सामने पट्टाभि सीतारमैय्या अधिकृत किए गए। सुभाष बाबू की लोकप्रियता असीम है। कांग्रेस महासमिति के सदस्य बहुमत से सुभाष बाबू का चुनाव करते हैं और कांग्रेस के अधिकृत उम्मीदवार पट्टाभि सीतारामैया पराभूत होते हैं।

गांधी इस मामले में कहीं नहीं हैं, पर इस बात पर उनकी प्रतिक्रिया आती है। पट्टाभि सीतारमैया का पराभव मेरा पराभव है। लेकिन यह कहते हुए उनके मन में सुभाषचन्द्र को लेकर कोई गुस्सा या शिकायत नहीं है। पर गांधी के दुश्मनों ने इस एक वाक्य को राई का पहाड़ बना दिया। नवनिर्वाचित अध्यक्ष को नई कार्यकारिणी चुननी है। कार्यकारिणी इसमें बाधा डालती है। महासमिति द्वारा ऐसा प्रस्ताव पास किया जाता है कि नई कार्यकारिणी गांधी जी की सलाह के अनुसार तय होगी। सुभाष बाबू गांधी जी से कार्यकारिणी चुनाव में मदद करने की विनती करते हैं। गांधी कहते हैं कि कार्यकारिणी का चुनाव करने का अध्यक्ष को पूरा अधिकार है।

नेताजी सुभाषचन्द्र नई कार्यकारिणी चुनते हैं पर नेहरू, पटेल और राजेन्द्र प्रसाद इसमें शामिल होने से इनकार करते हैं। जिस कार्यकारिणी में इन जैसे लोग नहीं हैं, उस कार्यकारिणी का अध्यक्ष मैं नहीं रहूँगा, ऐसा कहकर सुभाष बाबू अध्यक्ष पद से इस्तीफा दे देते हैं। इसमें गांधी कहाँ आते हैं? गांधी को विलेन ठहराना हो तो भले कुछ ही समय के लिए क्यों न हो, सुभाष बाबू को नायक बनाना जरूरी

है। नेताजी के प्रति प्रेम के कारण ऐसा होता तो बात समझ में आ सकती थी पर यह गांधी-द्वेष के लिए सुभाषचन्द्र जी का उपयोग करने के अलावा कुछ नहीं है।

1939 के दरमियान सुभाषचन्द्र को लिखे पत्र में गांधी कहते हैं आप मेरे झुंड (कळप) के भटके हुए छोटे बच्चे हैं। मैं यदि सत्य हूँ या मेरा प्रेम शुद्ध होगा तो आप फिर से मेरे झुंड में वापस आ जाएँगे। गांधी के पत्र की व्याकुलता हमारे हृदय को झिंझोड़ जाती है। सुभाषचन्द्र ने 'आजाद हिन्द फौज' की स्थापना की जिसकी पलटनों का नाम उन्होंने गांधी ब्रिगेड, नेहरू ब्रिगेड, मौलाना ब्रिगेड रखा। गांधी और सुभाषचन्द्र के बीच के सम्बन्धों को कटु दिखाने वालों से एक सवाल किया जाना जरूरी है। ऐसा होता तो सुभाष बाबू अपनी पलटनों के नाम गांधी ब्रिगेड और उनके अनुयायियों के नाम पर क्यों रखते!

अपने 75वें जन्मदिन पर गांधी आगाखान पैलेस में नजरबन्द थे। सुभाष बाबू ने उनका यह जन्मदिन आजाद हिन्द फौज के साथ बाजे-गाजे के साथ मनाया। गांधी को 'राष्ट्रपिता' किसी ने कहा है तो वे थे सुभाषचन्द्र। 75वीं सालगिरह मनाते समय अपने भाषण में सुभाषचन्द्र बोलते हैं—1916 में अहिंसक सत्याग्रह का हथियार लेकर गांधी नहीं आए होते तो भारत आज भी घुटनों के बल अंग्रेजों से करुणा की भीख माँगता दिखाई देता। भारत की आजादी के आन्दोलन में उनकी भूमिका असाधारण और अभूतपूर्व है। इतनी प्रतिकूल परिस्थितियों में किसी भी व्यक्ति को अपनी जिन्दगी में इतनी बड़ी सफलताएँ नहीं मिलतीं। 1920 के बाद गांधी जी के कारण ही भारतीयों को राष्ट्रीय स्वाभिमान और आत्मविश्वास क्या है, इसकी पहचान हुई।

यह एक योद्धा की दूसरे योद्धा को दी गई सलामी है। योद्धा ही योद्धा का सम्मान करता है, यह बात कइयों को समझ में नहीं आएगी।

गांधी जातिवादी थे?

गांधी जातिवादी थे, यह आरोप गांधी पर निरन्तर लगाया जाता है। साधारण व्यक्ति ही नहीं, नामी व्यक्तियों ने भी गांधी जी पर यह आरोप लगाया है। इस बीच लेफ्ट विचारधारा की लेखिका व कार्यकर्ता अरुंधति राय ने भी कुछ इसी तरह का आरोप गांधी जी पर लगाया। लेकिन गांधी यदि जातिवादी थे तो उनके अनेक कार्यों और वक्तव्यों का मतलब क्या निकाला जाए, यह समझ में नहीं आता।

गांधी को दक्षिण अफ्रीका से आए हुए कुछ ही समय हुआ था। उन्होंने अपने कोचरब आश्रम में एक अछूत दम्पती को निवास की अनुमति दी। इस कारण समाज में बहुत हल्ला हुआ। उस दम्पती को आश्रम में न रखा जाए, इस बात का दबाव उन पर आश्रम के अन्दर से, और बाहर से भी पड़ने लगा। दम्पती को बाहर नहीं निकाला तो हम आपकी आर्थिक मदद बन्द कर देंगे, ऐसी धमकी भी गांधी जी को दी गई। आश्रम के उनके कुछ निकटस्थ लोगों ने भी इस मुद्दे पर आश्रम छोड़ने की तैयारी कर ली थी।

लेकिन गांधी ने इस प्रचंड विरोध के सामने सिर नहीं नवाया। उन्होंने कहा कि जो आश्रम छोड़कर जाना चाहते हैं, जा सकते हैं। जो आर्थिक मदद नहीं करना चाहते, वे न करें। पर किसी भी स्थिति में मैं उस दम्पती को आश्रम छोड़कर नहीं जाने दूँगा। यह उन्होंने सबके सामने स्पष्ट कर दिया। दक्षिण अफ्रीका से आकर वे अभी पूरी तरह स्थिर भी नहीं हुए थे। आश्रम अगर बन्द हो जाता, तो उनकी स्थिति लावारिसों जैसी हो जाती। फिर भी एक अछूत दम्पती के लिए उन्होंने अपना सब कुछ दाँव पर लगा दिया।

उनका यह कार्य किस तरह जातिवादी हो सकता है?

पहले सामाजिक आजादी जरूरी है या राजनैतिक आजादी, यह बहस गांधी जी के आगमन से पहले से ही भारत में चल रही थी। कांग्रेस एक राजनैतिक मंच है और इस पर सामाजिक समस्याओं की चर्चा नहीं होनी चाहिए। ऐसा हुआ तो हम

मंच को ही आग में झोंक देंगे, ऐसी-ऐसी तीखी प्रतिक्रियाएँ लोग करते थे। इसके बावजूद 1920 के नागपुर अधिवेशन में गांधी ने अस्पृश्यता निवारण का प्रस्ताव रखा। इससे वे जातिवादी कैसे हुए?

1918 में वे खुलेआम बोलते हैं कि देश के सर्वोच्च पद पर भंगी या चमार की बेटी ही बैठे, यह मेरा सपना है और वास्तव में आजादी का अर्थ ही यही है। इस पर सनातनियों का तूफानी विरोध सहकर भी गांधी इस बात को स्पष्ट कहते हैं, तो क्या वे जातिवादी थे?

अस्पृश्यता हिन्दू धर्म का हिस्सा ही नहीं और अगर है तो मुझे ऐसा हिन्दू धर्म नहीं चाहिए।

अस्पृश्यता धर्मसम्मत बात नहीं है, वह शैतान की करामात है। शैतान ने धर्मग्रंथों का सहारा लिया है, ऐसा कहकर खुद पर धार्मिक और धर्मान्ध लोगों का आक्रमण झेलने वाले गांधी जी जातिवादी कैसे हो सकते हैं?

मैं हिन्दू धर्म को प्राणों से भी ज्यादा प्रेम करता हूँ, इसलिए इस अस्पृश्यता का बोझ मेरे लिए असहनीय हो गया है। ऐसी बातें कहने वाले गांधी कहीं भी जातिभेद का समर्थन करते नहीं दिखते। यही नहीं और भी कई उदाहरण हम दे सकते हैं।

यरवदा जेल से छूटने के बाद गांधी जी ने साढ़े बारह हजार मील की प्रदीर्घ हरिजन यात्रा निकाली। इस यात्रा के कारण सवर्ण हिन्दुओं में नाराजगी व गुस्से की भावना थी। इस यात्रा को रोकने की भरपूर कोशिशें हुईं। 1934 में पुणे में इसी हरिजन यात्रा के दौरान उन पर बम से हमला किया गया। गांधी मन्दिर प्रवेश के लिए आन्दोलन चला रहे हैं, इसका मतलब गांधी धर्म डुबाने चले हैं? इसी द्वेष के चलते धर्म के ठेकेदार उनकी जान लेने पर तुले थे। इतना ही नहीं, इसी कारण से तो बाद में उनकी हत्या भी की गई।

ऐसे में गांधी जी पर जातिवादी होने का आरोप लगाना निहायत ही गलत है। जातिवादियों और मनुवादियों का उनसे विरोध था क्योंकि गांधी अस्पृश्यता-निवारण की कोशिश कर रहे थे। और इसीलिए उन्होंने उनकी जान ले ली। तब उन पर जातिवादी होने का आरोप लगाना कहाँ तक तार्किक है?

लेफ्टिस्ट लोगों ने सारा ध्यान 'वर्ग' पर सारा केन्द्रित किया और भारतीय समाज के जाति-केन्द्रित होने की वास्तविकता को ही नकार दिया। दूसरी ओर गांधी का अस्पृश्यताविरोधी आन्दोलन आजादी के उद्देश्य से ध्यान भटकाएगा, ऐसा नेहरू जी भी लम्बे समय तक ईमानदारी से सोचते थे। गांधी जी जब पुणे जेल में थे,

उसी वक्त पटेल ने गांधी को सलाह दी थी कि दोनों पक्षों को आपस में लड़ने दें, परम्परावादियों और आंबेडकरवादियों के बीच न पड़ें। गांधी जी ने जवाब दिया कि लाखों दलितों को ऐसा लगेगा कि उन्हें अकेले छोड़ दिया गया और ऐसा होना ठीक नहीं। परम्परावादियों के तूफान में अकेले आंबेडकर कब तक अपने आन्दोलन को बरकरार रखेंगे, यह समझते हुए गांधी ने उस तूफान को अपने ऊपर ले लिया था।

आंबेडकर ने अस्पृश्यता-निवारण को ही सर्वोच्च प्रधानता दी, वैसा गांधी जी ने नहीं किया। पर इसके पीछे कई कारण हैं। इस सवाल पर दोनों के बीच मतभेद हैं और ये मतभेद स्वाभाविक भी हैं क्योंकि दोनों की संघर्ष-रेखाएँ भिन्न हैं। आंबेडकर के संघर्ष-रेखा दलित और सवर्ण का द्वैत है तो गांधी की संघर्ष-भूमि 'साम्राज्यवादी ब्रिटिशों के खिलाफ भारत'—इस तरह से है।

इसलिए गांधी जी इस सवाल पर कभी आंबेडकर की तरह आक्रामक नहीं हो पाए। उन्हें आजादी की लड़ाई के लिए सवर्णों और दलितों की एकता का बल चाहिए था। आजादी की लड़ाई को नुकसान न पहुँचे, यह भी उनकी चिन्ता थी। यह सब ध्यान में रखे बगैर गांधी को जातिवादी कहना उन पर अन्याय करना है। एक ओर परम्परावादियों से लड़ाई, दूसरी ओर ब्रिटिशों के खिलाफ संघर्ष और तीसरी ओर हिन्दू-मुस्लिम एकता के लिए भी प्राणपण से कोशिश, ये तीनों ही चीजें उनके दिमाग में थीं। यह सब करते हुए वे यह भी सोच रहे थे, कि आजादी की लड़ाई के फायदे देश के अन्तिम व्यक्ति को कैसे मिलें। अस्पृश्यता के सवाल पर उनकी स्थिति को देखते समय हमें इन सब बातों पर जरूर विचार करना चाहिए।

गांधी चातुर्वर्ण्य मानते थे, यह बात सच भी है और झूठ भी है। इस वाक्य से तो बड़ी ही गलतफहमियाँ पैदा हो सकती हैं क्योंकि यह वाक्य उनके वाक्य का आधा हिस्सा ही है। गांधी ने कहा था कि मैं उस चातुर्वर्ण्य को मानता हूँ जिसमें ऊँच-नीच का भाव नहीं है। ऐसा चातुर्वर्ण्य तो कभी था ही नहीं। ऊँच-नीच और भेदभाव से रहित चातुर्वर्ण्य यानी वह चातुर्वर्ण्य जो अस्तित्व में है ही नहीं।

गांधी ने अपने जीवन में ऊँच-नीच का भेदभाव कभी नहीं किया।

श्रम की प्रतिष्ठा होनी चाहिए। मतलब किसकी प्रतिष्ठा होनी चाहिए? चारों वर्णों में सबसे नीचे की सीढ़ी पर जो शूद्र है, उन्हें प्रतिष्ठा मिलनी चाहिए। चातुर्वर्ण्य के किस विचार में श्रम की और श्रम के पर्याय शूद्र की प्रतिष्ठा है?

जो श्रम किए बगैर खाना खाता है वह चोर है। श्रम न करने वाला कौन है? चारों वर्णों की सीढ़ी में जो जन्म से शिखर पर बैठा है वही। इसीलिए वह अन्य वर्णों

को भी दबा रहा है। उसे श्रम करने की जरूरत नहीं क्योंकि अध्ययन पर उसका ही एकाधिकार है। शिखर पर बैठे उस वर्ण को गांधी चोर कहते हैं। फिर भी यदि हम उन्हें जातिवादी कहते हैं, तो हमें खुद की भी जाँच करना जरूरी है।

शूद्रों को वेद पढ़ने की मनाही की बात मैं कभी नहीं मान सकता। ज्ञान किसी एक वर्ग या वर्ण की ठेकेदारी नहीं, उस पर सभी का अधिकार है। यदि यह वाक्य गांधी का ही है तो बारीकी से देखने पर एक बात स्पष्ट हो जाती है कि गांधी जी धर्म का पहलू छोड़ने के लिए तैयार नहीं हैं। यह बात ठीक है या गलत, इस पर बहस हो सकती है। गांधी को यह पहलू पक्का पकड़कर रखना है। लेकिन जिन धर्मान्धों ने धर्म की वास्तविकता का अतिक्रमण किया है, उस पर कब्जा किया है, उन्हें भी हटाना है। अगर ऐसा नहीं तो वे ऐसा नहीं बोलते कि मैं हिन्दू धर्म को प्राणों से अधिक प्यार करता हूँ। और दूसरे ही वाक्य में वे कहते हैं कि अस्पृश्यता का यह कलंक मेरे लिए असह्य हो गया है। इसका मतलब यही कि जो अस्पृश्यता को मानते हैं उन्हें हिन्दू धर्म से प्रेम नहीं है। जिन्हें वास्तव में हिन्दू धर्म से प्रेम है उन्होंने हिन्दू धर्म पर इस कलंक को बर्दाश्त ही नहीं किया होता। मैं यह कर रहा हूँ क्योंकि मेरा प्राणों से भी ज्यादा प्रेम हिन्दू धर्म पर है। आप यह नहीं करते क्योंकि आपको हिन्दू धर्म से प्रेम ही नहीं। बारीकी से देखा जाए तो ये वाक्य धर्म के ठेकेदारों को हटाने के लिए कहे गए हैं, यह हम स्पष्ट देखते हैं।

दूसरे वाक्य में अस्पृश्यता हिन्दू धर्म का हिस्सा है ही नहीं, गांधी जी ऐसा कहते हैं। यहाँ भी उन्हें पहले धर्म का अवकाश भरना है और जिन कट्टरवादियों ने इस अवकाश को पहले से भरा हुआ है, उन्हें वहाँ से हटाना है। अस्पृश्यता धर्म-मान्य नहीं है। वह शैतान की करामात है। शैतान ने ही धर्मग्रंथों का सहारा लिया है। इस वाक्य में तो गांधी धर्मग्रंथों को भी शैतान कहते हैं।

मनुवादी गांधी को धर्म को डुबोने वाला कहते हैं। उनकी हत्या ही नहीं वध किया, उन्हें राक्षस करार दिया। दूसरी तरफ मनुविरोधियों ने उन्हें मनुसमर्थक, जातिवादी, चारों वर्णों को मानने वाला कहते हुए उन्हें दुश्मन करार दिया। इससे बड़ा दुर्भाग्य क्या हो सकता है। धर्म का अर्थ भी गांधी बता रहे हैं। यह भी बड़ा पाप है क्योंकि धर्म का अर्थ बताना तो ऊँचे वर्ण का ही अधिकार है। गांधी जिस जाति या वर्ण से आते हैं उसे तो धर्म का अर्थ बताने का कोई अधिकार ही नहीं है। चातुर्वर्ण्य के अनुसार यह कर्मसंकर है, और ऐसा करने वालों को मृत्युदंड की सजा है।

शंबूक ने यही पाप किया था। इसीलिए राम ने उसका वध किया। शूद्र होते

हुए भी उसने वेदों का अध्ययन किया था। संत तुकाराम ने भी कर्मसंकर किया। उनके पद्य में लिखा है कि वेदों का अर्थ तो हम ही जानते हैं। इसी कारण तुकाराम सदेह वैकुंठ गए। गांधी ने कर्मसंकर का गुनाह किया। इसलिए धर्म के ठेकेदारों ने उन्हें हत्या की सजा दी। भंगी का काम, मरे हुए जानवरों की चमड़ी निकालने आदि का काम शूद्रों को करना चाहिए पर गांधी ने इसे सवर्णों से करवाया। उनके कहने पर ये काम ब्राह्मणों ने भी किए। अस्पृश्यता-निवारण आन्दोलन के लिए हो या श्रम की प्रतिष्ठा के लिए हो, गांधी ने ये सब छोटे काम ऊपरी मानी जाने वाली जातियों से करवाए। सवर्णों को उन्होंने प्रेरित किया, और समाज में बड़े पैमाने पर कर्मसंकर किया। गांधी यदि जातिवाद मानते होते तो कर्मसंकर के लिए उच्चवर्णियों को क्यों प्रेरित करते?

कोंकण के आप्पासाहेब पटवर्धन 'चितपावन ब्राह्मण'। उन्होंने जिन्दगी-भर भंगी का काम और चमार का काम किया। लोग उनसे घृणा करते थे। लोग कहते, हम सुनते थे गांधी मरे आदमी को भी जिन्दा कर देता है और दो पैरों पर चलना सिखाता है। पर यह तो दो पैरों पर चलने वाले मनुष्यों को सूअर की तरह चार पैरों पर चलवा रहा है। सूअर और पाखाने का जो सम्बन्ध है उसी अर्थ में पटवर्धन के सफाई के काम को धर्म के इन ठेकेदारों ने देखा है। पटवर्धन बस एक उदाहरण है। गांधी के कहने पर पूरे समाज में कर्मसंकर घटित हो रहा था। चातुर्वर्ण्य में कर्मसंकर करने वाला वध का पात्र होता है। गांधी भी अन्त में वध के पात्र हुए।

चातुर्वर्ण्य में कर्मसंकर से ज्यादा निषेध वर्णसंकर का है। इसे भी गांधी ने खुलेआम प्रोत्साहन दिया है। यह तो किसी भी तरह मान्य नहीं है। किसी भी तरह क्षमा के योग्य नहीं है।

शुरू-शुरू में गांधी किसी भी विवाह-समारोह में चले जाते थे और वधू-वर को आशीर्वाद दिया करते थे। लेकिन बाद में वे किसी भी सजातीय विवाह में शामिल नहीं हुए। जिस विवाह में एक सवर्ण और एक दलित हो, उनकी भाषा में हरिजन, उसमें वे जरूर उपस्थित रहते थे। यह तो जातिप्रथा के विरुद्ध बगावत ही थी। उनके इस निर्णय का प्रभाव उनके घर पर भी पड़ा। महादेव भाई देसाई के बेटे की शादी थी लेकिन गांधी इस शादी में उपस्थित नहीं हुए क्योंकि वह सजातीय थी। महादेव भाई ने उन्हें समझाया। उनकी ओर से नरेन भाई, जो गांधी जी के नजदीकी मित्र थे, उन्होंने भी समझाया पर आखिर गांधी ने उनसे कहा कि मैं किसी और के सम्बन्ध में ढील दे सकता हूँ, पर अपने घर के बच्चे के लिए मैं अपनी प्रतिज्ञा कैसे तोड़ूँ?

कर्मसंकर व वर्णसंकर करानेवाले गांधी को उनके दुश्मनों ने पहचान लिया था लेकिन गांधी के दोस्त उन्हें पहचान नहीं पाए।

गांधी को जातिवादी कहने वाले अप्रत्यक्ष या प्रत्यक्ष रूप से मनुवादी व जातिवादियों की ही मदद कर रहे होते हैं।

गांधी और आंबेडकर

गांधी ने 'विभक्त मतदार संघ' का विरोध किया। यरवदा जेल में उपवास किया। इस दबाव में आंबेडकर को झुकना पड़ा और 'पुणे करार' हुआ। इस करार के कारण दुष्ट गांधी ने अछूतों के हाथ आया कौर उनसे दूर कर दिया। गांधी की यह दुष्टता दलित जनता कभी नहीं भूली और भविष्य में भी भूलेगी, ऐसा नहीं लगता।

दलितों के 'विभक्त मतदार संघ' का विरोध करना क्या सच में उनकी दुष्टता थी? आजादी के आन्दोलन में सभी जाति-धर्मों को एक गाँठ में बाँधकर रखना, यही आन्दोलन के नेतृत्व के लिए जरूरी था। उसी तरह इस गाँठ में छेद करना ब्रिटिशों की नीति थी। गांधी बड़े प्रयास से सभी को एकजुट करने का प्रयास करें और ब्रिटिश उसमें फूट डाल दें और इसके लिए अनेक युक्तियाँ करें, यह स्वाभाविक था। ब्रिटिश सोने की थाली में रखकर आजादी का पुरस्कार तो हमें देने वाले नहीं थे।

हिन्दू-मुस्लिम की एकजुटता को देखकर उन्होंने 1909 में मुस्लिमों के लिए 'विभक्त मतदार संघ' की स्थापना की। भारत-विभाजन का बीज उसी दिन पड़ गया। तिलक के नेतृत्व में 'लखनऊ करार' हुआ जिससे बीज को खाद मिल गया।

1909 में मुस्लिमों को हिन्दुओं से अलग करने के लिए दिया गया 'विभक्त मतदार संघ' 1932 में दलितों को देने की घोषणा हुई। इस बात पर गांधी ने उपवास का हथियार निकाला। उन्हें ब्रिटिशों की आजादी के आन्दोलन में फूट डालने की कोशिश को नाकाम करना था।

कई बार 'विभक्त मतदार संघ' और 'आरक्षित सीट' पर लोगों को गलतफहमी होती है और समझा जाता है कि गांधी ने यह विरोध दलितों के लिए 'आरक्षित सीट' के विरोध में किया था। पर ये दोनों बहुत अलग चीजें हैं। गांधी ने कहा—जो जगहें दलितों के लिए आरक्षित हैं उनमें आप दोगुनी ले लीजिए पर जान जाने पर भी मैं 'विभक्त मतदार संघ' नहीं होने दूँगा।

उपवास के द्वारा जान की बाजी लगाने के गांधी के निर्णय से सारा समाज आन्दोलित हो गया। निस्सन्देह इस बात से आंबेडकर पर भी दबाव पड़ा होगा। गांधी को देश-भर से जो समर्थन मिल रहा है, इस सबका भी उन पर दबाव पड़ा होगा। रूढ़िवादियों पर तो इस सबका सबसे ज्यादा दबाव पड़ा होगा। तभी उपवास शुरू होने के पहले उन्हें एक ऐतिहासिक समझौता करना पड़ा।

मुम्बई में हुई सनातनी हिन्दुओं की सभा में प्रस्ताव पारित हुआ—"स्वराज्य में, संसद का सबसे पहला कानून, अछूतों को सार्वजनिक कुओं, सार्वजनिक स्कूलों, रास्तों और अन्य सभी सार्वजनिक संस्थाओं में आने-जाने का, प्रवेश पाने का समान अधिकार दिया जाएगा।"

गांधी के दबाव के कारण ही क्यों न हो, सामाजिक आदान-प्रदान (अभिसरण) की शुरुआत हो चुकी थी। छुआछूत की बीमारी कानून बनाकर ठीक नहीं हो सकती। उसके लिए कानून के साथ लोगों की मानसिकता भी बदलनी होती है। उपवास से मानसिकता बदलने की शुरुआत निश्चित रूप से हुई थी। शहर-शहर में अछूतों और ब्राह्मणों के सहभोज आयोजित होने लगे। सैकड़ों वर्षों से जमा अनिष्ट प्रवृत्तियों का जमघट धीरे-धीरे साफ हो रहा है और हम उसके गवाह हैं, ऐसा कई लोगों को लग रहा था। रवीन्द्रनाथ टैगोर को तो ऐसा लगा कि उनकी आँखों के सामने कोई चमत्कार हो रहा है।

कुल मिलाकर यह उपवास अंग्रेजों की 'फूट डालो' वाली स्ट्रैटेजी को मात देने के लिए था। साथ ही हिन्दुओं के सद्विवेक और बुद्धि को झकझोरने वाला भी था। यदि हिन्दू अस्पृश्यता के खिलाफ खड़े नहीं होते तो गांधी प्राण देने के लिए भी तैयार थे। उपवास की अगली रात व उपवास के दिन सुबह लिखे पत्र में गांधी लिखते हैं :

"उपवास के दौरान मेरी मृत्यु हुई तो भी दुख नहीं करें।" मीरा बहन को उन्होंने पत्र लिखा, "अस्पृश्यता का पाप धोने के लिए कोई भी वेदना काफी नहीं है। अन्तिम दर्शन लेने का कोई मतलब नहीं। इसे समझो।"

यहाँ तक वे अपनी मृत्यु की बात बोल रहे थे। गांधी के उपवास से, तीन बातों पर प्रश्न उपस्थित हुए। क्या गांधी की जान बचाने के लिए भारत के हिन्दू, अस्पृश्यता का त्याग करने वाले थे? दूसरा, ऐसा अगर उन्होंने किया तो क्या डॉक्टर आम्बेडकर अपनी भूमिका नरम करने वाले थे? तीसरा, ये अगर पीछे चले गए तो क्या 'मैकडोनाल्ड' पुरस्कारस्वरूप 'विभक्त मतदार संघ' पर फिर से विचार करने के लिए तैयार था?

इन तीनों प्रश्नों का जवाब सकारात्मक था। इसलिए गांधी का उपवास टूट गया। गांधी के प्राण बच गए सामान्यजन को राहत मिली।

पुणे करार पर हस्ताक्षर करने के बाद आंबेडकर की प्रतिक्रिया क्या थी?

"गांधी और मुझमें जो समान धागे हैं उन्हें देखकर मैं आश्चर्य में पड़ जाता हूँ," ऐसा वे कहते हैं। दोनों की संघर्ष रेखाएँ भिन्न थीं तो मतभेद भी स्वाभाविक था। पहली गोलमेज परिषद में आम्बेडकर ने गांधी की बहुत आलोचना की। उस आलोचना के कारण परिषद में उपस्थित लोग बेचैन हो गए थे। पर गांधी ने बोलते समय शुरुआत में ही कहा, "आभारी हूँ। बाबासाहब, आपको धन्यवाद।" और तब कहा, हमारे देश के उच्चवर्णियों ने अछूतों पर पीढ़ियों से जो अत्याचार किया उसकी तुलना में बाबासाहब कुछ भी नहीं बोले हैं। हमारे मुँह पर थूकने का उन्हें अधिकार है। मैं इसी लायक हूँ।" यह केवल कहने की बात नहीं थी। उन्होंने अस्पृश्यता हटाने के लिए जान की बाजी लगाकर इस कलंक को हटाने का प्रयास किया।

बाबासाहब के बारे में उनके मन में कोई दुर्भावना नहीं थी। एक बार आंबेडकर गांधी को कहते हैं, "मुझे और मेरे विचारों को आप जितना समझते हैं उतने आपके अनुयायी नहीं।"

आज अगर आंबेडकर जिन्दा होते तो मेरे जैसा व्यक्ति जरूर यह बात कहता, "बाबासाहब आपने जितना गांधी को समझा उतना आपके अनुयायी नहीं समझ पाए।"

नेहरू ने पहला राष्ट्रीय मंत्रिमंडल बनाया और मंत्रियों की सूची गांधी को दिखाई। गांधी ने नेहरू से पूछा, यह सूची देश के मंत्रिमंडल की है या कांग्रेस के मंत्रिमंडल की?

नेहरू पसोपेश में पड़ गए, उन्होंने पूछा, "क्या गलती हुई?" गांधी ने कहा, "इस सूची में आंबेडकर का नाम क्यों नहीं?" गांधी के सवाल पर नेहरू को बड़ा ही आश्चर्य हुआ। उन्होंने कहा, "आंबेडकर तो कांग्रेस विरोधी हैं, उनका समावेश मंत्रिमंडल में कैसे किया जा सकता है?"

गांधी ने नेहरू से फिर वही सवाल किया। आपको कांग्रेस का मंत्रिमंडल बनाना है या देश का? नेहरू निरुत्तर हुए और मंत्रिमंडल में आम्बेडकर का समावेश हो गया। ऐसा काम गांधी ही कर सकता है जिसे लोग महात्मा या राष्ट्रपिता कहते हैं। आंबेडकर ने गांधी का जो विरोध किया उसे गांधी ने कहीं बीच में नहीं आने दिया, इसलिए वे महात्मा हैं।

ऐसी ही एक और घटना है। भारत का संविधान तैयार करने के बारे में चर्चा चल रही थी। संविधान लिखने के लिए दूसरे देशों के विशेषज्ञ सलाहकारों को अनुबंध पर लिया जाए या नहीं? नेहरू और सरोजिनी की शुरू की इस चर्चा पर गांधी हस्तक्षेप करते हैं। क्यों, हमारे देश में कोई माहिर व्यक्ति नहीं? कौन है? सरोजिनी नायडू ने इस पर प्रतिप्रश्न किया। गांधी इस पर जवाब देते हैं, डॉ. बाबासाहब आंबेडकर। इस तरह आंबेडकर का चुनाव संविधान समिति में होता है। आज भारतीय संविधान के शिल्पकार के रूप में बाबासाहब का सम्मान किया जाता है पर यह मौका उन्हें मिलता ही नहीं तो? इसलिए गांधी ने उस समय जो भूमिका निभाई उसे भूल जाना कृतघ्नता होगी।

महादेव भाई देसाई के पुत्र नारायण भाई देसाई ने 'अज्ञात गांधी' शीर्षक एक किताब लिखी है। उसमें एक हृदय को स्पर्श करने वाली घटना का वर्णन है। वे लिखते हैं : गांधी की मृत्यु के बाद का एक प्रसंग है। गांधी के सचिव प्यारेलाल जी नई दिल्ली के कनॉट प्लेस में खादी भंडार की ओर जा रहे थे, अचानक पास में एक गाड़ी रुकी। दरवाजा खुला। गाड़ी में से सूटबूट वाला एक व्यक्ति उतरा। नमस्कार करके उन्होंने प्यारेलाल को एक निमंत्रण-पत्र दिया। एक ब्राह्मण तरुणी के साथ उनका विवाह तय हुआ था। प्यारेलाल जी के हाथ में निमंत्रण-पत्र देते हुए उन्होंने कहा—आज बापू होते तो कितने खुश होते। यह व्यक्ति डॉ. आंबेडकर ही थे।

गांधी केवल सवर्ण और दलित विवाह में ही जाते थे, यह सन्दर्भ आम्बेडकर को याद आया होगा, इसीलिए उनकी यह प्रतिक्रिया थी। गांधी और आंबेडकर में भले ही लाख मतभेद हों पर उनमें मनभेद नहीं थे, इससे यही बात स्पष्ट होती है।

गांधी से आंबेडकरवादियों को अत्यंत द्वेष है जो दुर्भाग्यजनक है। इससे चिन्ता होती है। इसका नुकसान गांधी को होने की सम्भावना जरा भी नहीं है क्योंकि वह तो फायदे-नुकसान से बहुत दूर निकलकर कहीं जा चुका है। परिवर्तन चाहने वाले आन्दोलनों को इससे हानि होती है, यह निश्चित है। जिस मनुवादी आन्दोलन से एकजुट होकर लड़ने की जरूरत है, उसी आन्दोलन के लिए आंबेडकरवादियों का आत्यंतिक गांधी-विरोध पोषक और पूरक हो जाता है।

प्रश्न बिलकुल सीधा-सादा है। जिन 'मनुवादी, नाथूरामी' चेले-चपाटों के लिए गांधी दुश्मन हो गया, इतना दुश्मन कि उन्होंने उसकी हत्या ही कर दी, वही गांधी 'मनुविरोधी आंबेडकर' का क्रमांक-एक का दुश्मन कैसे हो सकता है? क्या केवल पुणे करार के कारण? जो करार बाबासाहब ने स्वीकारा? उस करार के कारण

गांधी दुश्मन कैसे बन सकते हैं? मान सकते हैं कि गांधी उनका मित्र नहीं है तो भी नम्बर एक दुश्मन क्यों?

मनुवादी, नाथूरामी लोगों का नम्बर एक दुश्मन गांधी था। और गांधी मनुविरोधी काशीराम और आंबेटकर का भी नम्बर एक दुश्मन भी हो रहा हो, तो जरूर कहीं न कहीं दाल गल रही है, ऐसा मुझे ईमानदारी से लगता है।

'नाथूराम उन्माद' बढ़ रहा है। ऐसे समय गांधी और आंबेडकर विचारधारा हमारे लिए दुश्मनों की भूमिका लिए है या 'मित्र भावी' है। ये तत्काल पहचानने की और तय करने की अत्यन्त जरूरत है।

गांधी की धार्मिकता

गांधी कुछ ही समय पहले भारत आए थे और गोखले के बताए अनुसार उनका भारत भ्रमण जारी था। हिमालय के पास के महात्मा मुंशीराम के भी आश्रम पहुँचे।

वहाँ एक कट्टर हिन्दू ने उनसे आग्रह किया कि शरीर पर हिन्दू धर्म के कुछ चिन्ह धारण करने चाहिए। चूँकि निचली कही जाने वाली जातियों को जनेऊ पहनने से इनकार कर दिया गया है इसलिए जनेऊ पहनने से उन्होंने मना कर दिया। फिर भी शिखा रखने को वे तैयार हो गए। कालान्तर में उस शिखा को भी उन्होंने हटा दिया।

पर हिन्दू धर्म की जो पूँछ उन्होंने पकड़ी वह कभी छोड़ी नहीं। धर्म के अवकाश को यदि भरना हो तो धर्म की यह पूँछ पकड़े रहना जरूरी है, ऐसा शायद उन्हें लगा होगा। गांधी की जिन्दगी में राम दिखता है, राम नाम दिखाई देता है, राम नाम का जाप भी दिखता है पर राम का मन्दिर गायब है। राम की मूर्ति भी कहीं नहीं। यहाँ तक कि राम का फोटो भी कहीं दिखाई नहीं देता।

गांधी ईश्वर को मानते हैं पर ईश्वर-दर्शन के लिए मन्दिर जाएँ, पूजा-अर्चना करें, ऐसा उन्हें नहीं लगता। मन्दिर में भले ही न जाएँ पर कम-से-कम आश्रम में एक देवघर हो, इसे भी उन्होंने नहीं माना। प्रार्थना, गांधी की जिन्दगी का अविभाज्य अंग है लेकिन आश्रम में प्रार्थना मन्दिर हो, यह भी उन्हें मान्य नहीं है। जिन्हें ऐसा लगता है कि एक मन्दिर तो होना ही चाहिए उन्हें भी वे आश्रम में मन्दिर बनाने की अनुमति नहीं देते।

भगवान है पर मन्दिर नहीं, मन्दिर नहीं इसलिए मूर्ति भी नहीं और मूर्ति नहीं इसलिए पूजा भी नहीं। यह आदमी यरवदा की जेल में है। उस वक्त अपने पत्र-व्यवहार में इस जेल का उल्लेख वह यरवदा मन्दिर के रूप में आग्रहपूर्वक करते हैं। इसका मतलब यह व्यक्ति जेल को ही मन्दिर बना रहा है या जेल को ही मन्दिर मान रहा है, पता नहीं।

पर इस व्यक्ति का ईश्वर-परमेश्वर है कहाँ? गांधी ही फिर हमें हल्के से उसका पता बताते हैं। इन करोड़ों लोगों की सेवा से ही मैं सत्यरूपी ईश्वर की सेवा करता हूँ। अब तो यह दोनों ओर के लोगों के लिए चिन्ता का विषय हो गया। ईश्वर मानने वालों के लिए भी और ईश्वर को न मानने वालों के लिए भी।

भगवान मन्दिर में नहीं, ऐसा यदि गांधी सुझा रहे हैं तो यह भगवान के नाम पर धन्धा करने वाले लोगों को कठिनाई में डाल देता है। भगवान को न मानने वालों को भी दर्शन की दृष्टि से ऊहापोह में डाल देता है। उन्हें आस्तिक की कैटेगरी में डालें या नास्तिक कहें, इस पर वे खुद ही कठिनाई में पड़ जाएँ, ऐसी स्थिति हो जाती थी।

गांधी ने ईश्वर और धर्म के नाम पर कितने लोगों को असमंजस की स्थिति में डाला है, यह खुद उन्हीं लोगों को मालूम होगा। धर्म-क्षेत्र में गांधी ने जितनी उलट-पलट की, उतनी किसी ने नहीं की होगी। गांधी ने ईश्वर की संकल्पना को ही उलट दिया। ईश्वर ही सत्य है, पहले यह विचार चल रहा था। पर गांधी ने उसे उलट दिया, 'सत्य ही ईश्वर है'। पर वे धर्म को थोड़े ही छोड़ने वाले थे। हिन्दू धर्म की व्याख्या करते हुए वे कहते हैं—अहिंसा के मार्ग से सत्य की खोज, उसकी अविरत-अविश्रांत साधना ही धर्म है।

गांधी की दृष्टि से ईश्वर का मतलब है सत्य और प्रेम। धर्म का अर्थ भी सत्य व प्रेम। ईश्वर का मतलब है आचारधर्म और नैतिकता। निर्भयता मतलब ईश्वर। सद्विवेक-बुद्धि मतलब ईश्वर, और अपने समाज में, जनता की सेवा करना ही परमेश्वर की सेवा करना है।

गांधी की ईश्वर व धर्म की परिभाषा किसी भी दृष्टि से धार्मिक नहीं लगती। गांधी खुद को सनातनी हिन्दू कहते हैं और दूसरे ही वाक्य में वे कहते हैं कि मैं वेद प्रामाण्य नहीं मानता। एक तरफ तो जो वेद प्रामाण्य नहीं मानता वह हिन्दू हो ही नहीं सकता, और गांधी कहते हैं कि मैं सनातनी हिन्दू हूँ! फिर वे सनातनी हिन्दू शंकराचार्य को ही खुलेआम चुनौती देते हैं। कहते हैं कि वर्तमान शंकराचार्य और शास्त्री-पंडितों का दावा है कि उन्होंने हिन्दू धर्म का सच्चा अर्थ निकाला है। फिर भी मैं उसे नकारता हूँ। आगे वे कहते हैं कि धर्म की व्याख्या कितने ही पांडित्यपूर्ण तरीके से लोग करें फिर भी मेरी नैतिक बुद्धि और विवेक को जो बात स्वीकार नहीं होगी ऐसी किसी बात को मैं खुद पर बंधनकारी नहीं मानता।

एक ओर तो वे कहते हैं कि हिन्दू धर्मग्रंथों पर मेरा विश्वास है, वहीं दूसरी ओर कहते हैं कि उसकी हर एक लाइन, हर एक अक्षर मैं मानूँ, ऐसा मैं नहीं

मानता। वेदों के सम्बन्ध में कही हुई उनकी एक बात बड़ी ही चुभने वाली और परम्परावादियों के दिल को दुखाने वाली है। वे कहते हैं, ब्राह्मणों ने वेदाध्ययन किया है और वे हमारे धर्मगुरु इसीलिए हैं तो वेद जानने वाला मैक्समूलर भी हमारा धर्मगुरु हो गया होता।

अन्त में यह धार्मिक व्यक्ति कहता है कि हिन्दुस्तान के प्रत्येक गरीब को जब तक पेट-भर अन्न व शरीर भर वस्त्र नहीं मिलता तब तक उनकी दृष्टि से धर्म का कोई मतलब नहीं है। धर्म के नाम पर किया जा रहा शोषण, देवधर्म के नाम पर किए जाने वाले कर्मकांड, बुरी प्रथाएँ, रूढ़ियाँ, छुआछूत, ऊँच-नीच, भेदभाव को अगर दूर करना है तो धर्म का आयाम छोड़कर काम नहीं चलेगा।

क्या ऐसा गांधी मानते थे? संत परम्परा में भी यही धारणा है। तुकाराम ने धर्म की ढोंगबाजी पर कितना भी प्रहार किया पर उन्होंने विट्ठल को कभी नहीं छोड़ा। गाडगे महाराज ने तो कहा कि आपके भगवान पर तो कुत्ता भी टाँग उठाकर पेशाब कर देता है। पर गाडगे महाराज ने गोपाला को नहीं छोड़ा। तुकाराम अपने अभंग में कहते हैं भगवान है, ऐसा वाणी में बोलो पर मन में जानो कि भगवान नहीं है। यह सब उन्हें मालूम है, फिर भी वे विट्ठल को नहीं छोड़ते। गांधी भी राम को पकड़कर रखते हैं। मैं सनातनी हिन्दू हूँ, ऐसा कहते हुए धर्म की पूँछ पकड़े रहते हैं। भारतीय विचार-परम्परा में नकारात्मक भूमिका लेने की अनेक परम्पराएँ हैं। इसमें यह खासियत है जो मध्य युगीन परम्परा में मानी जाती है कि पेट में प्रवेश कर, 'ना' कहना।

भक्ति और संत परम्परा ने इसी पद्धति को स्वीकार किया है। गांधी भी क्या ऐसा ही कह रहे हैं?

मैं ईश्वर और धर्म को न मानूँ तो परम्परावादी धर्मांध लोग ही नहीं सामान्य व्यक्ति भी कहेगा कि आप ईश्वर व धर्म को मानते ही नहीं तो कृपया हमारे ईश्वर व धर्म पर मत बोलिए। धर्म तो अफीम की गोली है ऐसा आप मानते हैं। तो ठीक है आपको हमारे भगवान व धर्म पर बोलने का अधिकार ही क्या है? आपने अपना धर्म छोड़ा दूसरों का धर्म अपनाया। फिर हमारे धर्म पर आप क्यों बोलते हैं?

गोपाला...ऐसा कहकर धर्म के खालीपन को भरने वाले गाडगे महाराज कहते हैं, तुम्हारा भगवान क्या है? उस पर तो कुत्ता भी पेशाब कर सकता है। उनकी इस बात को सामान्य जन भी सुन लेते हैं। उनकी धार्मिक भावना को ठेस नहीं पहुँचती है। यही वाक्य भगवान और धर्म को अस्वीकार करने वाला कोई बोलता तो शायद

सहन नहीं किया जाता। ऐसा बोलने वाले को लोग नकार देते। यही सम्भावना अधिक है। भगवान और धर्म का सहारा लेकर शोषकों ने शोषण किया इसलिए भगवान व धर्म को नकारने वाले लोग परिवर्तनकारी आन्दोलन करते हैं। ये आन्दोलन ज्यादा प्रभावी हुए हैं या नहीं इसकी भी हमें जाँच-पड़ताल कर लेनी चाहिए।

अन्त में यही कहना है कि भगवान और धर्म, यह समाज की मानसिक जरूरतें हैं। भगवान को रिटायर करते-करते लोग खुद रिटायर हो गए। फिर भी भगवान कहीं रिटायर होता नहीं दिखता। जिस भगवान को हम समाज से तो क्या अपने घर से भी रिटायर नहीं कर सके उस भगवान और धर्म के पीछे हाथ धोकर पड़ने से क्या फायदा? उस खालीपन को भर सकें तो कुछ अच्छा कर सकेंगे ऐसी गांधी की धारणा थी, यही महसूस होता है।

उनकी इस धारणा का कोई अर्थ था या नहीं, इस पर बहस हो सकती है। पर गांधी के प्रभाव में जब तक राम था तब तक राम के नाम से कभी दंगे नहीं हुए। यही राम, मन्दिर-मस्जिद मामले में हिंसक हो जाता है यह हम देख चुके हैं। जो बात राम की है वही बात गाय की भी है। गाय जब तक गांधी के खूँटे से बँधी थी वह पालतू प्राणी थी। यही गाय जब हिन्दुत्ववादियों के खूँटे से बँध गई तब से वह हिंस्र पशु बन गई। इस बात का साक्षात् अनुभव हमें हो रहा है। धर्म के मामले में भी इससे अलग क्या हुआ? गांधी के धार्मिक होने के कारण प्रगतिशील कहलाने वाले व लेफ्टिस्ट लोगों को अलग तरह की दिक्कत हुई होगी, लेकिन परम्परावादियों ने यह पहले ही पहचान लिया था, कि गांधी हमारा दुश्मन है। धार्मिक चीजों पर उनके उलट-पलट करने से हमारी दुकानदारी बन्द हो सकती है, यह उनके ध्यान में आ गया था। इसलिए संभाव्य खतरे व रुकावट को टालने के लिए उन्होंने गांधी को ही अपने रास्ते से हटा दिया।

आज तो धर्म के इस आकाश में धर्मांध और परम्परावादी लोग ही छाए हुए हैं। संत, महाराज, बाबा, साधु, साध्वी, इनका धर्म के नाम पर राजनीति में प्रवेश भी डर पैदा करने वाला है। वास्तव में देखा जाए तो गांधी ही इस मुसीबत को रोक सकता है पर उसके लिए गांधी को तो समझना होगा।

मैं राम को मानता ही नहीं ऐसी बात नहीं। गाँव में सैकड़ों बार राम-नाम का जप होता था। एक-दूसरे को अभिवादन करते समय राम-राम ही कहा जाता था। मैं भी जवाब में राम-राम ही कहता था। यह राम गाँववालों के हृदय से निकलता था। यह राम शंबूक का वध करने वाला और सीता का त्याग करने वाला निश्चित

ही नहीं था। वह इससे अलग था। यह जो अलग राम है, उसी को गांधी ने पकड़ा था। एक शूद्र ने वेदाभ्यास करने की बहादुरी दिखाई इसलिए राम ने उसे सजा दे दी, यह कथा गांधी के लिए अप्रासंगिक है। वे कहते हैं कि मैं अपनी कल्पना के पूर्णपुरुष राम की उपासना करता हूँ।

गांधी के तथाकथित भगवान या राम से जितनी दिक्कत प्रगतिशील और लेफ्टिस्ट लोगों को थी उससे ज्यादा धर्म का बाजार चलानेवाले हिन्दुत्ववादियों को थी। गांधी ने यदि धर्म की पूँछ नहीं थामे रखी होती तो उन्हें मुस्लिम पक्षपाती कहा जाता और वे उन्हें जनमानस की नजर से उतारने में सफल हो जाते। उन्होंने गांधी को मौलाना गांधी, मुहम्मद गांधी जैसे खिताब देकर सीमापार करने की कोशिश तो की ही थी। लेकिन गांधी ने जिस राम को पकड़ रखा था उस राम के कारण और मैं सनातनी हिन्दू हूँ, बार-बार यह कहने के कारण यह सम्भव नहीं हो पाया। मैं हिन्दू धर्म को प्रेम करता हूँ, इसीलिए मैं अस्पृश्यता के कलंक को बर्दाश्त नहीं कर सकता, उनके ऐसा कहने के कारण ही धर्म का मैदान हिन्दुत्ववादियों के लिए खाली और खुला नहीं हो पाया। गांधी ने इसमें भी उन्हें सफल नहीं होने दिया। हिन्दुत्ववादियों का यह गुस्सा गांधी पर उस समय भी कायम था और आज भी बरकरार है। उनके चित्रों पर भी हिन्दुत्ववादी गोलियाँ चला रहे हैं।

गांधी आखिरी शब्द 'हे राम' बोलते हैं। प्यारेलाल के अनुसार वे राम-राम कहते हैं। इससे हिन्दुत्ववादियों को पेट-दर्द नहीं होता। 'मी नाथूराम बोलतोय' नाटक में नाटककार प्रदीप दलवी कहते हैं—गिरते-गिरते उनके मुँह से केवल अ ऐसी आवाज आई। नाटक में वे नाथूराम के मुँह से यही कहलवाते हैं। नाटक का नाथूराम कहता है जिस आदमी ने कभी राम-रहीम-कृष्ण-करीम ऐसा भेद नहीं किया, वह अन्त में केवल राम का नाम कैसे लेगा? राम-रहीम दोनों का नाम लेगा। केवल एक का नाम लेना है तो रहीम का लेगा क्योंकि राम तो उनके हृदय में था और रहीम मुख में। अर्थात् गांधी के मुँह में वास्तव में कौन से शब्द थे, इसका कोई सबूत नहीं पर नाथूराम के मुँह से ये वाक्य बुलवाकर हिन्दुत्ववादी विचारधारा ने अपनी जलन को ही व्यक्त किया है।

इसका मतलब गांधी के राम से अगर हिन्दुत्ववादियों को जलन थी, तो लेफ्टिस्ट लोगों की जलन अगर खत्म नहीं हो सकती तो कम तो होनी ही चाहिए। इसलिए भी कि परिवर्तनकारी आन्दोलन के लिए यह बहुत जरूरी हो गया है। गांधी ने मृत्यु के समय राम कहा ही नहीं, यह जैसे गांधी को मुस्लिमों का पक्षपाती सिद्ध करने के

लिए जरूरी था, उसी तरह वे महात्मा नहीं थे यह सिद्ध करने की भी हिन्दुत्ववादियों को बड़ी जरूरत थी। मरने से एक दिन पहले मनू (पोती) से बात करते हुए उन्होंने कहा था कि किसी साधारण बीमारी से या रोग से मुझे मृत्यु आई तो तुम सारी दुनिया को चिल्लाकर बताना कि यह सच्चा महात्मा नहीं था। मेरी छाती पर कोई गोलियाँ मारे और मैं होंठों पर राम का नाम लेते हुए जरा भी न कराहते हुए मृत्यु का सामना करूँ तभी तुम कहोगी कि यह सच्चा महात्मा था।

गांधी ने जैसा कहा उसी तरह उन्हें इच्छा मृत्यु आई और अन्तिम क्षण में भी उन्होंने हिन्दुत्ववादियों पर विजय प्राप्त की।

गांधी ने आजादी प्राप्त करने के बहाने भारतीय समाजनीति और राजनीति को उलट-पलट करना शुरू किया। जिस जाति से गांधी आते थे वह भारतीय समाज और संस्कृति के केन्द्र स्थान में नहीं थी। हिन्दुत्ववादियों का अनुमान था कि वह धूमकेतु की तरह आएगा और चला जाएगा। उनका यह अनुमान गलत निकला। असहाय होकर अपवाद के रूप में गांधी को अपने में शामिल करने का सवाल उठता तो हिन्दुत्ववादी उसे भी पचाकर डकार ले लेते। पर गांधी तो दूसरा ही कुछ चाहते थे। जो जातियाँ बाउंड्री के बाहर थीं उन्हें ही वे चाहते थे कि केन्द्र में लाएँ। शूद्र-अतिशूद्रों को उन्होंने केन्द्र स्थान में लाने का जिन्दगी भर प्रयत्न किया। स्त्रियाँ वे चाहे किसी भी जाति या वर्ण की हों उन्होंने उन्हें भी सामूहिक रूप से केन्द्र स्थान में लाने की कोशिश की। ब्राह्मणों के साथ-साथ इस देश के हिन्दूरक्षक हिन्दुत्ववादियों ने स्त्रियों को भी दोयम स्थान दिया है। मनु के संविधान के अनुसार स्त्रियाँ ताड़न की अधिकारी हैं। उन्हें ही अधिकार देकर देश के मुख्य प्रवाह में लाने का महापाप गांधी ने किया है। इसलिए गांधी भारतीय समाज-जीवन का जिस तरह अब्राह्मणीकरण कर रहे थे, वह हमेशा केन्द्र स्थान में रहे ब्राह्मणों को मंजूर नहीं था। इसे रोकने के लिए नाथूराम-टोली के लिए गांधी को सदेह खत्म करना जरूरी था और वह उन्होंने किया।

श्रम की प्रतिष्ठा, किसानों की माँगें, मजदूरों का सही वेतनमान और देवस्थान ट्रस्ट आदि पर लोक-नियंत्रण होना चाहिए, यह भी उन्होंने कहा। और इन सबका व्यवहार लोकतांत्रिक तरीके से चलना चाहिए, यह माँग भी उनकी थी। देवस्थानों की सम्पत्ति को सार्वजनिक करना, उसे शिक्षाकार्य के रूप में प्रयोग करना, अस्पृश्यों को बराबरी का अधिकार, शहरों को महत्त्व न देकर गाँवों को महत्त्व, और विशेषत: सत्ता के केन्द्रीकरण का विरोध, इसके अलावा जन्म के आधार पर मिले श्रेष्ठत्व

का तो विरोध ही विरोध, इन सभी माँगों की थोड़ी रूपरेखा यदि हम देखें तो इनसे किसके हितों को धक्का लगने वाला था?

देवस्थान की सम्पत्ति पर ही यदि पैर रखा जाने वाला था और वह भी राम का नाम लेकर तो इससे पैदा हुए दाहक रसायन का प्रभाव जितना हिन्दुत्ववादियों ने लिया उतना क्रान्तिकारी कहे जा रहे तथाकथित क्रान्तिकारियों ने नहीं लिया। अहिंसक असहयोग का रास्ता अपनाकर सभी वर्गों-वर्णों के हित-सम्बन्ध खत्म करते हुए उनकी जगह पर बहुजन समाज का हित प्रस्थापित करने के उद्देश्य को उन्होंने हमेशा सबसे आगे का स्थान दिया। भगवान, धर्म आदि के बारे में उनके विचारों को हम यदि खुली आँखों से देखें तो भी यह चीज हमें ध्यान में आती है।

गांधी हिन्दू थे पर हिन्दुत्ववादी नहीं थे। हिन्दू और हिन्दुत्ववादी का फर्क बिना किए सारे हिन्दुओं को पीटने का दुष्परिणाम आज हम सभी भुगत रहे हैं। धर्म सर्वसामान्य लोगों की मानसिक आवश्यकता है। यह संतों ने पहचाना था। उसी तरह आद्य क्रान्तिकारी फुले ने भी जाना था। इसीलिए उन्होंने सत्यधर्म की संकल्पना रखी थी। हमें मालूम है कि नए धर्म को लोग स्वीकारते नहीं हैं। अकबर ने भी नया धर्म बनाने की कोशिश की थी पर वह सफल नहीं हो पाया। बाबासाहब को शायद धर्म की जरूरत नहीं थी पर सामान्य लोगों को है। यही देखकर उन्होंने लाखों अछूत भाई-बहनों को बौद्ध धर्म की दीक्षा दी। यहाँ भी हम तर्क दे सकते हैं कि वह धर्म नहीं था धम्म था। पर था तो लोगों को किसी आस्था से जोड़ने का काम ही। धर्म अफीम की गोली है, ऐसा कहने वाले मार्क्सवादियों का राज अनेकों वर्ष पश्चिम बंगाल में रहा पर इसके कारण दुर्गापूजा का महत्त्व लोगों के लिए रत्ती भर भी कम नहीं हुआ।

एक समय था जब मुम्बई के कामगार आन्दोलन पर कम्यूनिस्टों का प्रभाव था लेकिन इस कारण कामगारों में गणेशोत्सव का महत्त्व कम हुआ हो, ऐसा नहीं देखा गया। गांधी ने लोगों की मानसिक आवश्यकता को पहचानकर भगवान और धर्म की पूँछ पकड़े रखी। इसे भी हमें नए सन्दर्भ में समझने की जरूरत है। उसी तरह हिन्दुत्ववादी और हिन्दू में फर्क करने की भी जरूरत है। गांधी को यह फर्क मालूम था।

सच देखा जाए तो हिन्दुत्ववादी, हिन्दू होता ही नहीं है। इसका फर्क समझना हो तो गाय और उसके ऊपर पलने वाले कीड़ों के उदाहरण से स्पष्ट होता है। गाय के शरीर में कीड़े हैं और कीड़ों के शरीर में गाय का खून है। लेकिन इसीलिए

कीड़े गाय नहीं हो सकते। उसी तरह हिन्दुत्ववादी हिन्दुओं के शरीर पर रहने वाले कीड़े हैं। हिन्दुत्ववादियों का अगर हिन्दुओं से कहीं कुछ सम्बन्ध है तो बस इतना ही है। वे हिन्दुओं का खून चूसने के लिए ही हैं। मतलब हिन्दुत्ववादी शोषक हैं, हिन्दू शोषित हैं। इसका मतलब हिन्दू और हिदुत्ववादी एक ही हैं यह समझकर सारे हिन्दुओं को एक साथ झाड़ा गया। मतलब गाय के ऊपर पल रहे कीड़े मारने के लिए लाठी चलाई गई पर उससे कीड़े तो मरे नहीं, गाय पर लाठियों के निशान जरूर पड़ गए। और इसका परिणाम यह हुआ कि जो गाय परिवर्तनवादियों के साथ खड़ी रहनी चाहिए थी, वह गाय के गले पर छुरा चलाने वाले कसाइयों यानी हिन्दुत्ववादियों की ही पक्षधर दिखाई देती है।

विवेकानन्द के भाई डॉ. भूपेन्द्रनाथ दत्त ने अपने भाई पर एक विस्तृत ग्रंथ लिखा है। वे लिखते हैं कि समाजवादी परिवर्तन के आन्दोलन के एक अभिनव हथियार के रूप में धर्म और अध्यात्म का उपयोग विवेकानन्द कर रहे थे। विवेकानन्द ने भी इस सन्दर्भ में मजाक में कहा है कि मेरे देश की यह बात बड़ी अजीब है—केसरी वस्त्र पहनकर बाहर निकल जाओ तो कम-से-कम एक समय खाने की व्यवस्था तो जरूर हो जाती है। आज तो केसरी पहनकर अवसरवादी लोग अपना पेट भी भर रहे हैं और अपना घर भी भर रहे हैं। एम.पी., एम.एल.ए., मुख्यमंत्री भी इसी तरह सत्ता का भोग ले रहे हैं। प्रश्न एक ही है। वह यह कि जिस केसरी को धर्म और अध्यात्म का प्रतीक माना जाता है, उस केसरी में कुछ ताकत तो जरूर है। यह हमारे ऊपर है कि हम उसे खाली पेट में दो कौर डालने के लिए इस्तेमाल करते हैं या खुद का पेट व घर भरने के लिए।

धर्म की ताकत विवेकानन्द ने पहचानी। केसरी वस्त्र पहनकर उन्होंने इस ताकत का उपयोग करने की कोशिश की। गांधी ने भी इस स्थिति को पहचाना, पर उन्होंने केसरी वस्त्र नहीं पहने। फिर भी धर्म की पूँछ पकड़े रहने की कोशिश की। दुर्भाग्य कि उन्हें परिवर्तनकामी लोगों ने नहीं पहचाना और पराया कर दिया। स्वामी विवेकानन्द को तो परिवर्तनवादी आन्दोलन ने कभी स्वीकारा ही नहीं पर जिन हिन्दुत्ववादियों की विचारधारा के वे पूरी तरह विरोधी थे उन्होंने उनको पूरा ही निगल लिया। उन्होंने उनके भव्य स्मारक बनाए और उनके विचारों को दफन कर दिया। इस अनुभव को ध्यान में रखें तो गांधी के बारे में हमें ज्यादा चिन्ता करने की जरूरत नहीं है।

स्वामी विवेकानन्द ने एक बार कहा था कि विद्वत्ता और ज्ञान, ये केवल ऊपरी

और चमकने वाली चीजें हैं। हृदय सभी शक्तियों का अधिष्ठान है। आप अपने हृदय का जितना इस्तेमाल करेंगे, उतना ही आपको यश मिलेगा। दिमाग की भाषा कुछ लोगों को समझ में आती है पर हृदय की भाषा सभी को समझ में आती है।

उनके इस विधान से हम पूरी तरह सहमत नहीं हैं पर यह कहना उचित होगा कि क्रान्ति में से हृदय की भाषा ही यदि निकाल दी जाए तो यह डरावना है। क्रान्ति में से करुणा हटा दी जाए तो केवल क्रूरता बचती है। संत गाडगे महाराज पंढरपुर जाते थे पर कभी विट्ठल के दर्शन के लिए पंढरपुर के मन्दिर नहीं गए। ऐसा अनेक क्रान्तिकारी गर्व से कहते हैं। पर गाडगे महाराज ने पंढरपुर आने वाले वारकारियों के निवास में असुविधा न हो इसके लिए धर्मशालाएँ बनवाईं। गाडगे महाराज की पंढरपुर की धर्मशाला एक तरह से हृदय की भाषा है। तुकाराम भी हृदय की इसी भाषा को 'विट्ठल विट्ठल' करके बताते हैं, और इस हृदय से उस हृदय में प्रवेश करते हैं। गांधी ने धर्म की सामर्थ्य को समझा था। इसलिए उन्होंने जीवन-भर इस ताकत को विधायक मोड देने की कोशिश की।

गांधी ने क्या कहा, क्या बताया, इससे ज्यादा अगर हम इस पर ध्यान दें कि गांधी ने किया क्या तो हम ज्यादा आसानी से गांधी को समझ सकते हैं। मैं सनातनी हिन्दू हूँ, इस वाक्य के साथ उनका बर्ताव क्या रहा, यह जाँचना जरूरी है क्योंकि यही सनातनी हिन्दू कभी मन्दिर नहीं जाता। पूजा नहीं करता। कर्मकांड का आडम्बर नहीं करता, उसके पास कोई मूर्ति नहीं, किसी भगवान का फोटो नहीं। भगवान की आरती नहीं। धूप-दीप-अगरबत्ती कुछ नहीं। फिर यह कैसा सनातनी है? मैं चातुर्वर्ण्य को मानता हूँ, यह कहने वाले गांधी चातुर्वर्ण्य में निषिद्ध कर्मसंकर और वर्णसंकर कैसे करते हैं?

इसका कोई जवाब नहीं है। दुनिया का सबसे बड़ा धार्मिक और फिर भी धर्मनिरपेक्ष मनुष्य गांधी है। यह एक पहेली है जिसे समझना जरूरी भी है पर कठिन भी है।

गांधी मुस्लिमों के पक्षधर थे, यह आरोप उन पर हमेशा लगाया जाता है। उधर यह भी वास्तविकता है कि मुस्लिम लीग भी गांधी को नम्बर एक दुश्मन मानती है। यह कैसे सम्भव है? एक ही व्यक्ति एक ही समय में हिन्दुत्ववादियों के लिए मुस्लिम पक्षधर होता है, और मुस्लिम लीग के लिए हिन्दू पक्षधर।

इसका मेल कैसे करेंगे? नोआखाली जहाँ दंगे हो रहे थे वहाँ गांधी मदद के लिए दौड़कर जाते हैं। तब गांधी मुस्लिम लीग के लिए हिन्दू पक्षधर हो जाते हैं।

वही गांधी बिहार में दंगों के शमन के लिए जाते हैं तो हिन्दुत्ववादियों के लिए मुस्लिम पक्षधर हो जाते हैं।

एक तरफ यह कहना कि गांधी ने जिन्ना का अपमान किया इसलिए वे पाकिस्तानवादी हो गए। और दूसरी तरफ यह कहना कि गांधी ने जिन्ना को अनावश्यक सर पर चढ़ाया इसलिए जिन्ना ने पाकिस्तान की माँग की। यह सब कितना आडम्बरयुक्त और एकपक्षीय है।

एक प्रश्न उठता है कि गांधी ने मुस्लिमों का पक्ष अगर लिया था तो आखिर क्यों? आज जब ये कहा जाता है कि ये लोग-वो लोग मुस्लिमों का अनुनय करते हैं तो बात समझी जा सकती है क्योंकि उन्हें वोट चाहिए। वोट न मिलें तो वे जीतकर नहीं आ सकते। जीतकर न आएँ तो सत्ता-प्राप्ति नहीं हो सकती। पर गांधी को तो खुद कुछ प्राप्त करना ही नहीं था। सत्ता तो नहीं ही।

ऐसा अगर होता तो जब देश आजाद हुआ, और जब आजादी का हर्षोल्लास सारे देश में चल रहा है, और सारी दुनिया मान रही है कि आजादी गांधी के कारण मिली, वह इस उल्लास से निर्लिप्त क्यों है। जो व्यक्ति आजादी के आन्दोलन का सेनापति है, वह आजादी के बाद प्राप्त होने वाली सत्ता में तो शामिल है ही नहीं, उस उत्सव में भी शामिल नहीं है। वह दूर कहीं भारत के दुर्गम भाग नोआखाली में दंगाग्रस्तों के आँसू पोंछने में, उनकी तकलीफों पर, वेदनाओं पर मरहम लगाने में व्यस्त है।

सत्ता-प्राप्ति के लिए नहीं, गांधी आजादी की प्राप्ति के लिए लगा हुआ है। स्वातंत्र्य-प्राप्ति के लिए हिन्दू-मुस्लिम की एकता पहली शर्त है। एकता नहीं तो लड़ाई में मजबूती नहीं आएगी। लड़ाई में मजबूती नहीं आएगी तो आजादी की प्राप्ति नहीं होगी। गांधी के नेतृत्व के समय ही यह समस्या आई, यह नहीं कहा जा सकता। यह पेंच गांधी के नेतृत्व के पहले से ही था।

नरम दल हो या गरम दल, दोनों हिन्दू-मुस्लिम एकता की कोशिश कर रहे हैं और ब्रिटिश राज्य यह कोशिश कर रहा है कि उस एकता में रुकावट कैसे पैदा हो। न्यायमूर्ति रानडे हों या नामदार गोपालकृष्ण गोखले हों सभी हिन्दू-मुस्लिम एकता के पुरस्कर्ता थे। तिलक को भी इसकी पूरी समझ है। हिन्दू-मुस्लिम एकता में फूट डालने के लिए ही ब्रिटिश शासक मुस्लिमों को ज्यादा महत्त्व दिया करते थे। आजादी के आन्दोलन के नेताओं को इसका अनुभव था। इसलिए एकता के लिए हम भी यदि मुस्लिमों को ज्यादा महत्त्व दें तो? इसके पीछे धारणा यही रही

होगी। स्वामी विवेकानन्द जैसे व्यक्ति की भी यही धारणा थी। पर इन सबको किसी ने मुस्लिम-पक्षधर नहीं कहा। तब गांधी की ही यह बदनामी क्यों?

स्वामी विवेकानन्द बोलते हैं कि भारत पर मुसलमानों की विजय गरीब दलितों की प्रगति का कारण बनी। इसी कारण भारतीय लोगों का पाँचवाँ हिस्सा मुसलमान बन गया। केवल तलवार से ऐसा हुआ यह समझना केवल पागलपन है।

मुस्लिम राज्यों के कारण गरीबों की, दलितों की उन्नति हुई। विवेकानन्द के इस विधान से हिन्दुत्ववादियों को तीखी मिर्च लगनी चाहिए थी। पर ऐसा नहीं हुआ। इस देश का जो भी नाश हुआ है, वह मुस्लिमों के कारण ही हुआ है, इस विचारधारा को विवेकानन्द तोड़ते हैं। कैलिफोर्निया में 25 मार्च, 1900 में दिए गए भाषण में स्वामी विवेकानन्द कहते हैं कि इस्लाम धर्म की सबसे बड़ी विशेषता और बहुत महत्त्वपूर्ण सीख बिलकुल सरल और सीधी-सादी है। एक, दर्शन के सिद्धान्त और उसके अलग-अलग अर्थ, ऐसा कुछ इस धर्म में नहीं है। दूसरी विशेषता है उसकी समता। ईश्वर के सामने सभी समान हैं, और ईश्वर तथा मानव के बीच कोई मध्यस्थ या पुरोहित नहीं है। क्या मुस्लिमों को संतुष्ट करने के लिए विवेकानन्द ऐसा कहते हैं। फिर भी कोई हिन्दुत्ववादी उन पर मुस्लिम-पक्षधर होने का आरोप नहीं लगाता।

न्यायमूर्ति महादेव गोविंद रानडे भी गांधी के बहुत पहले से हिन्दू-मुस्लिम एकता के पक्षधर थे। ये दोनों यदि एक न हों तो इस विस्तृत देश की प्रगति नहीं होगी, यही पाठ हमें अपने इतिहास से लेना चाहिए, ऐसा वे स्पष्ट बोलते हैं। अकबर और उसके सलाहकारों ने जो रास्ता अपनाया उसी रास्ते पर हमें चलना चाहिए। उसके पोते औरंगजेब ने जो गलतियाँ कीं उन्हें हमें सोच-समझकर टालना चाहिए।

तिलक का हिन्दू-मुस्लिम एकता के लिए किया गया 'लखनऊ करार' तो प्रसिद्ध ही है। इन दोनों घटकों ने सामंजस्यपूर्वक एक होकर स्वराज्य के आन्दोलन को मजबूत करना तय किया है। मुस्लिमों को इसी करार के अन्तर्गत विभक्त मतदार संघ दिया गया जिसके कारण विभाजन का बीजारोपण हुआ। पर कोई भी इस बात से तिलक को मुस्लिमों का पक्षधर नहीं कहता। वे मुस्लिमों का संतुष्टीकरण कर रहे थे, ऐसा आरोप उन पर नहीं लगाया जाता। ब्रिटिशों के खिलाफ अगर लड़ना हो तो मुस्लिमों को ज्यादा महत्त्व देना जरूरी है, वह दिया जाना चाहिए, तिलक की भावना यह थी।

लखनऊ करार पर बोलते हुए तिलक कहते हैं, कि अब देश का भाग्योदय होगा। इस शब्द पर वे—luck now—ऐसा शब्द-कौतुक भी करते हैं। अधिकारों

की जगहें चाहे हिन्दू को दें, या मुस्लिम को, यहाँ तक तिलक ने मुस्लिमों के बारे में उदारता दिखाई थी। इस करार का समर्थन करते हुए तिलक ने कहा था—हमारे मुस्लिम बान्धवों को हिन्दुओं ने ज्यादा महत्त्व दिया है, ऐसा कुछ लोगों का कहना है। पर स्वराज्य का अधिकार केवल मुस्लिम समाज को दिया गया तो भी मुझे कोई परवाह नहीं है। यहाँ तक तिलक ने अपनी भूमिका स्पष्ट की थी। स्वराज्य की लड़ाई में मुस्लिम लोग शामिल हों इसलिए यदि उन्हें सुविधाएँ दी गई हों, उन्हें छूट दी गई हो यह हम मान सकते हैं और यह सही हो या गलत, पर उनके सहयोग के बिना स्वराज्य की माँग की गाड़ी आगे नहीं बढ़ेगी, ऐसा तिलक का कहना था। अंग्रेजों के हाथों से सत्ता अगर छीनकर लेनी है तो इस रस्साकसी की स्पर्धा में इसमें मुस्लिमों के हाथों को मिलना जरूरी है। यानी मुस्लिमों के सहयोग के बिना स्वराज्य असम्भव है, इसकी समझ तिलक को थी। धूर्त अंग्रेज मुस्लिमों का हाथ पकड़कर उनके सहयोग से स्वराज्य की माँग को कैसे शह देते हैं इसका अनुभव उन्होंने खुद किया था।

इसलिए तिलक की कोशिश मुस्लिमों को अंग्रेजों की पकड़ से छुड़ाकर अपने साथ लेने की थी। एक भाषण में उन्होंने अंग्रेजों और मुस्लिम राज्यकर्ताओं की तुलना करते हुए कहा था कि दोनों बाहर से ही आए हैं। फिर भी मुस्लिमों ने इसी देश में अपना घर बनाया, वे यहाँ की सम्पत्ति को बाहर नहीं ले गए। अंग्रेज यहाँ की सम्पत्ति को बाहर ले जाते हैं।

सन् 1905 में बंगभंग आन्दोलन के दौरान उन्होंने कहा था—"भविष्य का हमारा शिवाजी मुस्लिमों में भी पैदा हो सकता है।" इस सबके बावजूद किसी ने तिलक को मुस्लिम-पक्षधर नहीं कहा। उन्हें किसी ने मुहम्मद तिलक, मौलाना तिलक कहा हो, ऐसा कभी नहीं सुना गया। गांधी के ही मामले में ऐसा क्यों हुआ?

तिलक की ही तरह हिन्दू-मुस्लिम एकता की अपरिहार्यता आजादी के आन्दोलन में गांधी के भी सामने थी। आजादी की लड़ाई जो तिलक लड़े उसे ही गांधी को आगे ले जाना था। सत्ताधारी वही ब्रिटिश थे जो इस लड़ाई को निष्प्रभावी बनाने के लिए मुस्लिमों का हाथ पकड़ रहे थे। परिस्थिति वही थी, ब्रिटिशों की स्ट्रैटेजी भी फोड़ो और पीटो, बाँटो और राज करो वाली ही थी।

आजादी की लड़ाई के नेतृत्व का जो झंडा उस समय तिलक के हाथों में था, वही झंडा अब गांधी के हाथों में आ गया था। सिर्फ नेतृत्व ही नहीं बदला बल्कि आजादी कैसे और किसके लिए, गांधी इस सवाल को स्वतंत्रता-आन्दोलन के

केन्द्र में ले आए थे। अभिजनों की आजादी या बहुजनों की, जो बैठे-बैठे खाते हैं उनके लिए आजादी या जो श्रम करते हैं उनके लिए आजादी? उच्च वर्ण के, उच्च वर्गों के लोगों की या अन्तिम आदमी की आजादी? मतदान की आजादी किसको? सामाजिक-आर्थिक ताकत से सम्पन्न लोगों को, पढ़े-लिखे लोगों को या श्रम करने वाले सर्वसामान्य लोगों को?

गांधी आजादी के आन्दोलन में ऐसे प्रश्न लेकर आए। उन्होंने बाउंड्री के बाहर के लोगों को, गाँव के बाहर रखे हुए लोगों को आजादी की गोद में लेने की कोशिश की। किसान, श्रमिक, अछूत, स्त्रियाँ, इन सभी को आजादी के केन्द्र स्थान में लेने की कोशिश की, सत्ता के केन्द्र में लाने की कोशिश की। स्वाभाविक था कि सत्ता के केन्द्र में बैठे उच्चवर्णीय लोगों को इससे धक्के लगने लगे। जन्म के आधार पर मिलने वाली श्रेष्ठता को धक्के लगने लगे। आजादी का मतलब सिर्फ राजनीतिक आजादी और उस आजादी को सामाजिक परिवर्तन की छूत भी न लगे, सामाजिक समता आदि मूल्यों की परछाईं भी उस पर न पड़े, ऐसा कहने वालों ने गांधी को मौलाना गांधी, मोहम्मद गांधी, धर्मद्रोही गांधी आदि कहकर उनके नाम से हल्ला शुरू किया हो तो आश्चर्य नहीं है।

गांधी पर गुस्सा करने वालों ने किसी भी कारण से उन पर अपना क्रोध निकाला हो पर कुमार गंधर्व ने गांधी को आदरांजलि देने के लिए गांधीमल्हार नाम के राग की रचना की। इस तरह आत्यंतिक द्वेष और आत्यंतिक प्रेम, इन दोनों ध्रुवों के बीच खड़ा यह बूढ़ा मुस्कराता रहता है। वह कल भी था, आज भी है और कल भी रहेगा।

संभ्रम से हत्या की ओर

“भ्रमित करें सभी लोगों को” गांधी को लेकर हिन्दुत्ववाद का यही एकमात्र एजेंडा था। और वह काफी हद तक सफल रहा है। गांधी मुस्लिम-प्रेमी थे तो इसका मतलब वे पाकिस्तान-प्रेमी भी थे। वह पाकिस्तान-प्रेमी थे तो ऐसी स्थिति में भारतमाता के प्रिय, देशप्रेमी, देशभक्त नाथूराम गोडसे और उतनी ही देशप्रेमी उनकी टीम ने गांधी की हत्या करके देशप्रेम का ही काम किया।

गांधी पापी है और पापी व्यक्तियों की हत्या की ही जानी चाहिए। लेकिन ‘हत्या’ शब्द का प्रयोग तो पुण्य वालों के लिए होता है। गांधी तो पुण्यवान नहीं है इसलिए वध शब्द उसके लिए उपयुक्त है। रावण, कंस, शिशुपाल, जयद्रथ, जरासंध, दुर्योधन, दु:शासन, जैसे दुष्ट-दुर्जनों के लिए भी यही शब्द प्रयोग किया जाता है। कोई चार-पाँच सौ वर्ष पहले शिवाजी ने स्वराज्य पर आक्रमण करने वाले अफजल खान की अँतड़ी बाहर निकाली, उसे खत्म किया। वह वध है।

गांधी तो वध के ही लायक था। ‘वध’ शब्द का उपयोग करने पर गांधी के लिए राक्षस, दुष्ट, दुर्जन, पापी इन सब अलग-अलग शब्दों का उपयोग करना जरूरी नहीं रह जाता, क्योंकि वध तो उन्हीं का किया जाता है।

और इस तरह नाथूराम के लिए भी अलग विशेषण की जरूरत नहीं रहती क्योंकि दुष्ट का वध करने पर नाथूराम अपने आप भगवान, सज्जन और सत्यवान की कैटेगरी में आ जाता है। एक तीर से दो निशाने, इसी को कहते हैं। गांधी-वध इस एक ही शब्द के प्रयोग से हिन्दुत्ववादियों ने कई पंछी मारे हैं। गांधी हत्या का केस जब चल रहा था तब करीब-करीब सभी अखबारों में ‘गांधी वध का अभियोग’ ऐसा ही शब्द प्रयोग किया गया था। प्रदीप दलवी के लिखे ‘मी नाथूराम बोलतोय’ नाटक में भी ‘गांधी वध’ शब्द का ही प्रयोग किया गया है। प्रदीप दलवी ने और किसी कोर्ट केस में वध शब्द का प्रयोग नहीं किया है।

पुणे में जक्कल, सुतार आदि लड़कों ने जोशी अभ्यंकर का खून किया था।

वहाँ 'जोशी अभ्यंकर खून केस' यही नाम लिया गया था। दलवी के नाटक में नाथूराम पहले दृश्य में बताता है कि तात्याराव ने उससे क्या कहा। उसने कहा, तुम बेवकूफ हो मैंने तुम्हें शतायुषी हो यह नहीं कहा, चिरंजीव हो ऐसा कहा। तू चिरंजीव हो गया नाथूराम। जिस क्षण तूने पिस्तौल का घोड़ा दबाया और गांधी मर गए उसी क्षण तू चिरंजीव हो गया। गांधीवाद तूने खत्म किया या नहीं, यह बहस का मुद्दा हो सकता है, पर तूने गांधी को खत्म किया और तू जी गया।

नाथूराम द्वारा सम्पन्न गांधी वध के कारण गांधी खत्म हो जाता है और नाथूराम बचता है। यही नहीं, बल्कि अमर हो जाता है, चिरंजीव हो जाता है क्योंकि उसने गांधी नाम के एक दुष्ट को खत्म किया है।

इन नाथूराम-प्रेमियों की दिक्कत या मजबूरी ऐसी कि इन्हें अपने बचाव के लिए भी गांधी का सहारा लेना पड़ता है। कहना पड़ता है कि एक दुष्ट दुर्जन को खत्म करके पुण्य का काम किया। यह इन लोगों की पुरानी शैली है। गांधी के बारे में द्वेष, तिरस्कार, घृणा इतनी ज्यादा है कि यह व्यक्ति जीने लायक नहीं है कहते हुए उसकी हत्या कर दो, हत्या के बाद मिठाइयाँ बाँटो, आनन्द उत्सव मनाओ, और जब उसके परिणाम की आँच से आग लगने लगे, तो उसी गांधी को अपने पास लाकर उसे प्रात:स्मरणीय बना दो।

सावरकरप्रेमियों ने भी गांधी और सावरकर को नजदीक लाने के प्रयास शुरू कर दी हैं। गांधी की हत्या करते हुए भी नाथूराम के मन में गांधी के लिए कितना आदर था। उसने आदर से झुककर उनका वंदन किया, यह क्या बिना आदर के कोई करता है? नाथूराम-प्रेमी ऐसे-ऐसे सवाल पूछते हैं। नाथूराम एक पंडित था, विद्वान था, पढ़ा-लिखा था, क्यों वह बेकार किसी की हत्या करेगा, नाथूराम-प्रेमियों के ऐसे सवालों से हम लोग भी पसोपेश में पड़ जाते हैं।

एक नाथू-प्रेमी ने मुझे इसी तरह झाँसा दिया तो मैंने उससे पूछा, मैं पढ़ा-लिखा हूँ? हाँ, उसने जवाब दिया। विद्वान-विचारवान-साहित्यिक हूँ, सम्पादक रहा हूँ, हाँ या ना? उसने आदर से जवाब दिया, हाँ। समझ लो मैं किसी स्त्री के पास जाता हूँ, उसे नमस्कार करता हूँ। उसका चरणस्पर्श करता हूँ। और बाद में बलात्कार करके उसकी हत्या कर देता हूँ, तो क्या मैंने उसे वंदन किया, चरणस्पर्श किया, इसलिए उसके लिए मेरे मन में नितान्त आदर है ऐसा कहेंगे? मेरा समर्थन करेंगे इसलिए कि मैं विद्वान, विचारवान और साहित्यिक हूँ?

मेरे प्रश्न से वह सकपका गया।

हत्या जैसे गम्भीर कृत्य में हत्या से ज्यादा महत्त्वपूर्ण यह कैसे हो सकता है कि उसने वंदन कैसे किया? ऐसे क्रूर कृत्य के पीछे उसकी विद्वत्ता महत्त्व की हो जाती है, तो समझ लेना होगा कि वंदन, विद्वत्ता, पांडित्य आदि का सहारा लेकर वह उस घृणित काम का समर्थन कर रहा है।

नाथूराम गोडसे 'गांधी वध' बोलता था और गोपाल गोडसे 'गांधी हत्या' बोलता था। गोपाल गोडसे की किताब का नाम 'गांधी हत्या व मैं' है। नाथूराम कहीं से भी गांधी-भक्त नहीं था, उसमें गांधी के विषय में जरा भी आदर नहीं था। मैं 125 साल जीने वाला हूँ, गांधी के ऐसा कहते ही उद्धत होकर यह बोलने वाला कि आपको इतना जीने ही कौन देगा, नाथूराम ही था।

नाथूराम की भूमिका करते हुए इस नाटक में उससे कहलवाया जाता है कि वे महान थे यह सच है लेकिन उसे मैं स्वीकार नहीं करूँगा। उन्होंने वर्णद्वेष के विरोध में जो निर्भीक होकर लड़ाई लड़ी वह आदरणीय है। भारत आने के बाद राजनीति में प्रवेश से पहले भारत के गाँव को देखने का प्रयास किया, वह स्तुत्य है। बाद में कांग्रेस अधिवेशन के दौरान उन्होंने अपने मंच से जिन्ना, नेहरू, पटेल को कहा कि दिल्ली, मुंबई के वकील देश का प्रतिनिधित्व कर ही नहीं सकते, यह सब बहादुरी उनमें थी। नमक सत्याग्रह, भारत छोड़ो आन्दोलन, दांडी यात्रा, विदेशी कपड़ों की होली, इन सबके कारण मैं उनका भक्त हो गया था। गांधी को गिरफ्तार किया गया तो मैंने भी नारे लगाए थे।

दरअसल यह सब ढोंगी होने के अलग-अलग तरीके हैं। आपको गांधी से प्रेम व आदर नहीं है पर यह बात हम खुलेआम बोलें कैसे? यदि प्रेम नहीं है तो ना कहें। और अगर है तो हाँ कहें। जनता को गांधी से प्रेम है इसलिए आप प्रेम के आवरण में उसका द्वेष-तिरस्कार करते हैं। गांधी के मुस्लिम-प्रेम को लेकर, यह कहकर कि इस प्रेम की खातिर गांधी ने 55 करोड़ पाकिस्तान को दिए और इतना ही नहीं उसके लिए उपवास भी किए, वे जो झूठ बोलते हैं उस पर उनको कोई शर्म नहीं। देश का विभाजन हुआ, दो भाइयों में बँटवारा हुआ, उसी तरह से दो देशों में विभाजन हुआ। इस विभाजन से पहले रिजर्व बैंक ऑफ इंडिया ने 375 करोड़ रुपयों का बँटवारा किया। 75 करोड़ पाकिस्तान के हिस्से में आए। और बाकी रकम भारत के हिस्से में आई। उसमें से बीस करोड़ रुपए पाकिस्तान को तत्काल दे दिए गए, और बाकी 55 करोड़ बाद में देने का तय हुआ। यह करार माउंटबेटन की अध्यक्षता में हुआ और उस समय दोनों देशों के प्रतिनिधि उपस्थित थे। लियाकत अली व गुलाम

मोहम्मद पाकिस्तान के प्रतिनिधि थे और भारत की ओर से नेहरू और पटेल थे। दोनों देशों के प्रधानमंत्रियों के सामने माउंटबेटन ने एक निवेदन पढ़ा, उसके अनुसार विभाजन से उत्पन्न सभी प्रश्नों के हल जब तक ना मिल जाएँ पचपन करोड़ रुपए पाकिस्तान को देने का करार अन्तिम नहीं माना जाए और उसे सार्वजनिक भी न किया जाए, ऐसा तय हुआ। अब एक अन्तर्राष्ट्रीय करार है जो दो देशों के बीच में हुआ है। पाकिस्तान के 75 करोड़ में से 20 करोड़ दिए जा चुके हैं और उसके अधिकार का 55 करोड़ अभी बाकी है। इस करार का गांधी से कोई सम्बन्ध नहीं है। यह करार नेहरू और पटेल ने किया, उन्होंने ही सब तय किया।

हिन्दुत्ववादियों का यह घोषित वाक्य है—'भ्रमित करावे सकल जन' (सभी लोगों को भ्रमित कर दो) पाकिस्तान के हक के पचपन करोड़ रुपयों के बारे में भ्रम पैदा कर दो और बताओ कि यह उन्हें दान दिए गए हैं। ऐसा कहते ही सारे सन्दर्भ बदल जाते हैं।

उसमें भी पाकिस्तान दुश्मन राष्ट्र है, मुस्लिम राष्ट्र है। विभाजन पूर्व हिन्दू-मुस्लिम दंगे हो रहे हैं। मृत शरीर यहाँ-वहाँ बिखरे हुए हैं। वे हिन्दुओं के हों या मुसलमानों के। कुल मिलाकर ऐसे जहरीले माहौल में यदि कोई कहता है कि पाकिस्तान को 55 करोड़ दें और उन पर उनका अधिकार है और इस बात को सीधे न कहकर कानाफूसी की एक मुहिम भी चलाई जाए कि गांधी 55 करोड़ दान देने के बारे में कह रहे हैं तो ऐसे में नतीजा क्या होगा?

गांधी ने 13 जनवरी, 1948 को उपवास शुरू किया। इसमें 55 करोड़ देने का कोई मुद्दा नहीं था। फिर भी झूठ फैलाने का अभियान चलाया गया। आग में तेल डालकर आग भड़काने का काम किया गया। इतिहास में ऐसा कई बार हुआ है, नाथूराम और उसके चेलों ने ऐसा ही किया। गांधी ने इस बात के लिए उपवास नहीं किया था कि पाकिस्तान को 55 करोड़ दान में दिए जाएँ। पर हिन्दुत्ववादियों के लिए गांधी हत्या का यही एक निमित्त बन गया।

भारत विभाजन के लिए जिम्मेदार कौन? गांधी। पाकिस्तान को पचपन करोड़ दान देने के लिए कौन कह रहा है? गांधी। ऐसे गांधी को जिसे देश से प्रेम ही नहीं उसे जिन्दा रहने का क्या अधिकार है? ऐसे संकट के समय पृथ्वीतल पर नाथूराम का अवतार होता है और वह गांधी का वध करता है।

राष्ट्र के रूप में दुनिया के नक्शे पर भारत का उदय हुआ है। ऐसे समय दो राष्ट्रों में हुए करार को भारत द्वारा पूरा नहीं किया जाता तो अन्तरराष्ट्रीय स्तर पर

एक गलत सन्देश जाता है। करार भंग करने वाले राष्ट्र के रूप में भारत की छवि बनती है। उपवास से जो सौहार्द का वातावरण बना उसे पुष्ट करने के लिए सरकार ने करार के अनुसार वे 55 करोड़ रुपये भी दे दिये। इस देश पर कोई कलंक न लगे ऐसा माहौल बनाने वाले गांधी देशद्रोही हैं और झूठ फैलाकर भावनाओं को भड़काने वाले देशभक्त हैं। नाथूराम जैसे लोग देशभक्त हैं।

और नैतिकता की दृष्टि से भी करार को पूरा न करना गलत था। हम हमारे दिए हुए वचन को कितना मानते हैं यह भी महत्त्वपूर्ण है। एक ओर परम्पराओं के गीत गाना कि 'रघुकुल रीत सदा चली आई', शेखी बघारना और दूसरी ओर अपना वचन निभाने का आग्रह करने वाले को देशद्रोही कहना।

कोर्ट के सामने 9 घंटे तक अखंड भाषण करने वाला नाथूराम यही सब कारण गांधी हत्या के बारे में बताता है। पाकिस्तान प्रेमी, पाकिस्तान को 55 करोड़ दान, यही सब मुद्दे वह रखता है।

फिर सवाल उठता है कि गांधी हत्या की कोशिश 1934 में भी हुई थी। पुणे में यह हुआ था। यही नाथूराम के चमचे उस समय भी थे। उस दौरान क्या कारण रहे होंगे? पाकिस्तान शब्द का भी जन्म तब तक नहीं हुआ था। विभाजन का सवाल ही नहीं था। 55 करोड़ का तो कोई मुद्दा ही नहीं था। यदि 1934 में ही गांधी हत्या की कोशिश सफल हो जाती तो ये लोग क्या कारण बताते?

गांधी की प्रदीर्घ पदयात्रा उस समय चल रही थी। गांधी अस्पृश्यता-निवारण का काम करता है, इसलिए हमने उसका वध किया, ऐसा तो वे कदापि नहीं बोलते। गांधी भंगी, नाई, वकील सभी को समान स्तर पर लाना चाहता है इसलिए हमने वध किया, यह भी वे नहीं कह सकते थे। सत्ता ब्राह्मणों की गई है इसलिए ब्राह्मण ही उसे वापस लेंगे, और वही इस सत्ता को भोगेंगे, इस सैद्धान्तिक चौखट को गांधी ने उलट दिया। उखाड़कर फेंक दिया। हमारे सपनों को चूर-चूर कर दिया, इसलिए हमने उसका विरोध किया यह भी कदापि वे नहीं बोल सकते थे।

तब वे क्या कारण बताते यह प्रश्न आज भी परेशान कर देता है। मराठी में गांधी का पहला चरित्र अवंतिकाबाई गोखले ने लिखा। इस चरित्र की प्रस्तावना तिलक ने लिखी है। उसमें वे कहते हैं कि शील और चरित्र की जो महत्ता मैंने बताई है उस दृष्टि से सोचें तो गांधी का चरित्र आम आदमी के लिए आदर्शभूत है।

पर तिलक के अनुयायी कुछ को छोड़कर बाकी सभी गांधी को नीची नजर से देखते हैं। 26 दिसम्बर, 1934 को राष्ट्रीय स्वयंसेवक संघ के संचालक

डॉ. हेडगेवार गांधी से मिलते हैं, उनसे चर्चा करते हैं और जाते हुए गांधी जी से कहते हैं आपकी शुभेच्छाएँ यदि हमारे साथ हैं तो निश्चित ही हम सफल होंगे। डॉ हेडगेवार ऐसा कहते हुए किस सफलता की अपेक्षा करते हैं?

गांधी-हत्या के बाद मिठाई बाँटने वालों में अधिकांश उन्हीं के संघ स्कूल के विद्यार्थी थे। डॉ. श्यामा प्रसाद मुखर्जी गांधी-हत्या के बाद लिखे लेख में लिखते हैं—गांधी हत्या भारत पर हुआ वज्राघात है। जब सारी दुनिया अँधेरे में रास्ता खोज रही थी गांधी ने सारी दुनिया को रास्ता दिखाया। आज वही प्रकाश लुप्त हो गया है। उनकी मृत्यु देश पर सबसे बड़ा आघात है। जिस व्यक्ति ने देश को आजाद करके अपने पैरों पर खड़ा किया, जो सबका मित्र था, जिसका कोई शत्रु नहीं था, इत्यादि-इत्यादि। श्यामा प्रसाद जी की कथनी और उनके अनुयायियों की करनी में जमीन-आसमान का फर्क है। गोलवलकर गुरुजी, गांधी जन्म शताब्दी के लिए 2 अक्टूबर, 1969 की, कोल्हापुर से प्रकाशित 'युगवाणी' मराठी मासिक में लेख लिखते हैं कि उनके विचारों की व अगणित श्रेष्ठ गुणों की उपेक्षा की जाती है और मजाक किया जाता है, यह देखकर मन खिन्न हो जाता है।

यह पढ़कर सवाल उठता है कि उन्हीं के स्कूल में तैयार हुए विद्यार्थी तो ऐसा कुछ नहीं बोलते? पर ऐसा हो रहा है, तो समझना पड़ेगा कि स्कूल के हेड मास्टर ने यही सिखाया होगा।

नानाजी देशमुख स्पष्ट कहते हैं कि जिन पर गांधी की हत्या का आरोप था उस राष्ट्रीय स्वयंसेवक संघ का नानाजी देशमुख आपको बताता है कि 5000 सालों का इतिहास मैंने पढ़ा है। उसमें एक ही आदमी था जिसने जो काम अपने जिम्मे लिया पूरे समर्पण की भावना से उसे पूरा किया। यह आदमी गांधी था।

1934 के दरमियान पुणे में गांधी जी की हत्या की जाती तो ये लोग क्या कारण बताते इस प्रश्न से आज भी मैं जूझता रहता हूँ। ऊपर लिखे मान्यवर की गांधी सम्बन्धित प्रतिक्रियाओं से भी मैं उतना ही परेशान हो जाता हूँ। फिर ऐसा लगता है कि गांधी की हत्या सचमुच नाथूराम और टीम ने की या गांधी ने खुद पर गोलियाँ चलाकर आत्महत्या कर ली और हत्या का आरोप नाथूराम कम्पनी पर डाल दिया। इस विचार से भी मैं और परेशान हो जाता हूँ। और फिर ऐसा लगता है कि उपरोक्त मान्यवरों की प्रतिक्रियाएँ 'भ्रमित करावे सकलजन' नाम की उनकी मुहिम का ही हिस्सा तो नहीं हैं?

हाँ, ऐसा ही है।

मुट्ठी-भर नमक से फैल गई आग

द.न. गोखले नाम के लेखक ने गांधी जी पर 'गांधी : मानव या महामानव' नाम की किताब लिखी है। वे हिन्दुत्ववादी हैं, राष्ट्रीय स्वयंसेवक संघ के विचारों से प्रभावित। उन्होंने सावरकर पर व्यक्ति-विमर्श लिखा। समकालीन गांधी थे तो गांधी पर भी लिखने का उनका मन किया।

वे बोलते हैं मैं हिन्दुत्व के और सावरकर के जहाज में बैठकर गांधीग्राम की यात्रा कर आया। मैंने हेडगेवार, गोलवलकर पर नहीं लिखा। वे मेरे लिए वंदनीय हैं, पर साहित्य की दृष्टि से मुझे उनमें आकर्षण नहीं दिखा।

गांधी जी पर क्यों लिखा, इसका कारण वे बताते हैं। गांधी जी के चरित्र में कई राष्ट्रों को बदलने की भव्य घटनाएँ हैं। उतार-चढ़ाव, गति, उत्कंठा, नाट्य, सभी चीजें हैं। अलौकिक गुणों का आविष्कार है। वे गहन महसूस होने वाले गूढ़ हैं। उनके यहाँ परिस्थिति, समाज की व्यवस्था, मन के अन्दर चलने वाली प्रवृत्तियों से झगड़ा है। अँधेरे में तूफान में, बिना किसी का साथ लिए प्रकाश की बहुत दूर तक चलने वाली यात्रा की ज्योति है। यह सब आकर्षक लगा, इसलिए गांधी-चरित्र का मैंने चुनाव किया। विशेषत: हमारी खोजी मनोवृत्ति को प्रेरणा देने वाली जो मूल चीजें उनके चरित्र में हैं, भव्य, दिव्य, मंगल, और इंसानियत का जो तूफान है वह मुझे अच्छा लगा।

दुनिया-भर के लेखकों को गांधी पर लिखने का मन किया, उन्होंने लिखा। आज भी गांधी पर लेखन हो रहा है। सबसे ज्यादा लेखन गांधी पर ही हुआ है। उन पर लिखे गए नाटकों की, फिल्मों की संख्या में कोई कमी नहीं आई। द.न. गोखले ने भी इसी कारण लिखा होगा।

गांधी जी के जीवन के 'नमक सत्याग्रह' प्रसंग को भी अगर देखें तो गोखले क्या कह रहे हैं यह समझ में आ जाएगा।

कोई 78 लोगों को लेकर थोड़ा नमक उठाने के लिए गांधी साबरमती से दांडी की 200 मील यात्रा के लिए निकले हैं। कारण क्या है, तो ब्रिटिश साम्राज्य में कभी जो सूर्य अस्त नहीं होता उसको अस्त करने के लिए। कितना हास्यास्पद। किसी चूहे ने महाकाय हाथी को चुनौती दी जैसे, इस तरह। लोग तो खूब हँसे होंगे। और लोग हँसे ही। विरोधियों ने मजाक उड़ाया। गांधी जी के अपने लोग भी उनके इस मजाकिया कदम पर गुस्साए हुए थे।

'रणा विण स्वातंत्र्य कोणा मिलाले' (युद्ध के बिना कैसी आजादी?) कहने वालों को तो एक अवसर ही मिल गया। गांधी आज नमक का सत्याग्रह कर रहे हैं, कल सत्याग्रह हल्दी का होगा, परसों मिर्च का होगा, इन सबका सत्याग्रह करके कहीं आजादी मिलती है?

गांधी जी के सहकारियों को सत्याग्रह की घोषणा अच्छी नहीं लगी। नेहरू नाराज हो गए। मोतीलाल नेहरू ने उन्हें पत्र लिखा जिसमें एक तरह से उन्हें डाँट पिलाई गई। वल्लभ भाई तो इतने नाराज हुए कि नमक सत्याग्रह के नियोजन और प्लानिंग के लिए बुलाई गई मीटिंग में भी नहीं आए। इंदूलाल मलिक ने तो सत्याग्रह के हथौड़े से नमक कानून की मक्खी मारने चले हैं, यह कहकर इनका मजाक उड़ाया। ब्रिटिशप्रेमियों के लिए तो यह विषय और अधिक मजाक का रहा होगा। गांधी को जल्दी ही अपना नमक खाने दीजिए, ऐसी टिप्पणी की गई। ब्रिटिश स्वामित्व की कोलकाता से प्रसिद्ध होने वाली पत्रिका 'स्टेट्समैन' में लिखा गया 'ना हँसना बड़ा मुश्किल हो गया है।' सभी विचारवान भारतीयों की यही स्थिति होगी इस बात की हम कल्पना कर सकते हैं। सरकार के पास नमक के सर्वाधिकार हैं, उसे चुनौती देना बड़ा ही बचकाना है।

अपने हों या पराए, सभी इस तरह बोल रहे थे फिर भी गांधी जी को इस सत्याग्रह के गर्भ में ज्वालामुखी स्पष्ट दिख रहा था। शायद इसलिए वे कहते हैं, "या तो मुझे जो चाहिए वह लेकर मैं वापस आऊँगा वरना मेरा मृत शरीर समुद्र पर तैरता दिखेगा।" यदि हम मारे गए तो स्वर्ग जाएँगे, पकड़े गए तो जेल में, विजयी हुए तो घर वापस आएँगे।

इस सत्याग्रह की जो दाहकता थी वह गांधी ने पहचान ली थी इसलिए सत्याग्रह के पहले ही मृत्यु की, और जेल की भविष्यवाणी वह करते हैं। आन्दोलन का भी एक शास्त्र है, तंत्र है। उसके लिए परिस्थिति का योग्य आकलन होना बड़ा ही जरूरी है। लोगों की पल्स पहचाननी होती है। लोगों का आन्दोलन में सहभाग होना

चाहिए। बिलकुल सीधे-सरल तरीके से सहभाग। और सबसे जरूरी, आन्दोलन सर्वसामान्य लोगों के हृदय को स्पर्श करे।

नमक तो सबसे जुड़ा हुआ पॉइंट है। खाने का टेस्ट ही है नमक के कारण। फिर वह गरीब हो या अमीर, निरक्षर-साक्षर, शहरी-ग्रामीण, जवान हो या बूढ़ा, स्त्री हो या पुरुष। जात, धर्म, प्रदेश की उसमें कोई बाधा नहीं।

चंपारण का सत्याग्रह केवल नील के उत्पादन तक मर्यादित था। खेड़ा बारडोली का मुद्दा भी किसानों तक सीमित था। अहमदाबाद का मुद्दा कर्मचारियों तक, और कारखाने के कर्मचारियों तक ही था। ये सभी आन्दोलन मर्यादित थे पर इन्होंने भी व्यापक चेतना का निर्माण किया था, इसमें कोई शक नहीं। फिर भी इन आन्दोलनों में सर्वव्यापी सहभाग सम्भव नहीं था।

पर नमक की बात अलग थी। इस आन्दोलन में देश की सर्वसामान्य जनता की सहभागिता रहेगी इसका बोध गांधी जैसे कुशल सेनानी को जरूर था। नमक सत्याग्रह की घोषणा हुई और उसका देशव्यापी प्रतिसाद दिखना शुरू भी हो गया। जिन वल्लभभाई को इस आन्दोलन में कोई दम नहीं लग रहा था उन्हें दांडी यात्रा शुरू होने से पहले ही ब्रिटिश सरकार ने पकड़ लिया।

इससे स्पष्ट हो गया कि आन्दोलन में कितना दम है। मोतीलाल ने गांधी कैसा बेवकूफी भरा आन्दोलन चला रहे हैं, ऐसा उन्हें पत्र लिखा था। गांधी जी ने एक सीधे-साधे पोस्टकार्ड पर जवाब दिया केवल दो शब्दों में 'करके देखो'.बस इतना ही। कुछ समय बाद ब्रिटिश सरकार ने मोतीलाल को भी जेल में बन्द कर दिया। जेल से ही उन्होंने गांधी के पत्र का जवाब दिया 'करके देख लिया'।

गांधी ने कार्यक्रम की घोषणा की। उन्हें पकड़कर बन्द किया जाए या नहीं, इस बात पर भी ब्रिटिश सरकार में मंत्रणा शुरू हुई। तत्काल उन्हें गिरफ्तार किया गया तो निष्कारण उनकी प्रतिष्ठा बढ़ेगी और गिरफ्तारी पर प्रतिक्रिया भी होगी। इसलिए जब यह आन्दोलन विफल हो जाएगा तभी कानून तोड़ने के नाम पर गिरफ्तार किया जाए, ऐसी स्ट्रैटेजी ब्रिटिशों ने अपनाई।

12 मार्च, 1930 को दांडी यात्रा शुरू हुई। 200 मील का अन्तर, पैदल जाने के लिए 24 दिन लगने वाले थे। 61 वर्ष का एक आदमी अपने मुट्ठी-भर साथियों के साथ चुटकी भर नमक उठाने चला था। देखा जाए तो 60 वर्ष की उम्र रिटायर होने की होती है। वे कार से मोटर से जा सकते थे। पर तब रास्ते में आने वाले गाँव से, वहाँ के सर्वसामान्य लोगों से सीधा सम्पर्क कैसे होता। इतनी संवेदना उस

कुशल सेनापति को थी। इस यात्रा में अगर चलना सम्भव नहीं हुआ तो उनके लिए घोड़ा भी तैयार रखा गया था पर उन्होंने उस पर चढ़ने से इनकार कर दिया। इस व्यक्ति का गणित बिलकुल सीधा-साधा था।

दांडी यात्रा शुरू होने से पूर्व आश्रम में शाम की प्रार्थना के समय वे बोलते हैं—सात लाख गाँवों में से यदि 10-10 व्यक्ति भी नमक बनाने और कानून भंग करने आगे आए तो बुरा से बुरा सत्ताधारी भी क्या शान्तिपूर्वक विरोध करने वाले नागरिकों को तोप के मुँह पर चढ़ा सकेगा?

नमक सत्याग्रह की आग फैलनी शुरू हो गई थी क्योंकि दांडी यात्रा शुरू होने से पहले सायंकालीन प्रार्थना में 2000 व्यक्ति हाजिर थे।

युद्ध की शुरुआत होने से पूर्व सेनापति ने इस अहिंसक युद्ध की बारीकी से जाँच-पड़ताल कर ली थी। बिलकुल छोटे-छोटे मुद्दों की भी। अगर सेनापति गिरफ्तार हुआ तो उसके बाद कौन जाएगा या अगर उसे भी गिरफ्तार किया गया तो कौन? विभागों के अनुसार भी युद्ध का नेतृत्व कौन-कौन करेगा? जेल में जाने का समय आया तो कैसा व्यवहार होना चाहिए? दांडी यात्रा के 78 सैन्य विभाग के मार्गदर्शक तत्त्व कौन से होने चाहिए? सैन्य जहाँ-जहाँ रुकेगा वहाँ की कौन-कौन सी जानकारी लेनी है?

उस गाँव की जनसंख्या, स्त्री-पुरुष, हिन्दू-मुस्लिम-क्रिश्चियन-पारसी इत्यादि। अछूतों की संख्या, यदि उन्हें कोई शिक्षा मिल रही है तो? उसकी स्थिति। यदि स्कूल है तो उस स्कूल में लड़के-लड़कियों की संख्या, गाय, जानवरों की संख्या। चरखा व खादी का उपयोग करने वालों की संख्या, खेत का टैक्स, जमीन और जमीन टैक्स पर मिलने वाली रकम, जानवरों के लिए कोई चरने का मैदान हो तो उसका आकार और अन्त में गाँव में कितना नमक लगता है, इत्यादि।

यह सब जानकारी प्राप्त करते समय सेना का भी प्रशिक्षण होता था और सेनापति की आकलन शक्ति में भी वृद्धि होती थी।

अच्छा, यह लड़ाई शुरू होते समय भी गांधी जी की सामाजिक प्रश्न पर जागरूकता भी छूटी नहीं थी। किसी गाँव में पहुँचने पर गांधी गाँव को पार कर, मन्दिर चौक पार कर अछूतों की बस्ती में जाते थे। वहाँ जो कुआँ होता था, वहाँ खुद पानी निकालते और वहीं नहाते भी। इस पर उच्च वर्णों की प्रतिक्रिया थी कि स्नान करके शुद्ध होना था तो कम-से-कम शुद्ध पानी से तो नहाना था। अछूतों के अशुद्ध पानी से क्यों नहाए? और कुएँ से पानी निकालना है तो कम-से-कम नौकर

से तो निकलवाते? एक गाँव में गांधी जी ने स्त्रियों को सभा में शामिल होने के लिए कहा, गांधी की बात कैसे टालें? वे आईं, पर जब सभा में कुछ अस्पृश्य आकर बैठे तो उच्च वर्णीय कुछ स्त्रियाँ निकल गईं।

राजनैतिक आजादी के साथ गांधी ने सामाजिक स्वातंत्र्य का भी भान रखा। ऐसे लोग जो अब भी इस भेद में फँसे हुए थे कि राजनीतिक आजादी पहले या सामाजिक, और जो मानते थे कि आन्दोलन सामाजिक सवालों से कलुषित हो चुका है उन्होंने आन्दोलन से अपने आपको खुद ही अलग रखा। वे पहले राजनैतिक आजादी या सामाजिक, इस असमंजस में फँसे थे, उन्हें गांधी का सामाजिक प्रश्नों को छूना बड़ा जहरीला लगा होगा। इसलिए सामाजिक प्रश्नों से जुड़ी राजनैतिक आजादी के संघर्ष से इन लोगों ने खुद को दूर कर लिया। पर जिन लोगों के लिए गांधी जी ने अपनी जान की बाजी लगाई थी वही उन्हें जातिवादी कहें, इसे हम तर्कसंगत किसी भी अर्थ से नहीं कह सकते।

सर्वसामान्य लोगों से तादात्म्य बनाने के लिए गांधी ने कितनी कठोर साधना की है, हमें मालूम है। सूट पहने हुए बैरिस्टर गांधी से लेकर छोटी धोती पहने महात्मा गांधी तक की उनकी यात्रा दुनिया को हिला देने वाली थी। दांडी यात्रा के प्रशिक्षित 78 लोगों की सेना के दो लोग छोटी-मोटी गलतियाँ करते हैं। पर यह कठोर सेनापति उनकी गलतियों पर पर्दा नहीं डालता। उनकी गलतियों को वह मुक्त मन से सबको बताता है। और खुद को भी क्लेश देता है। एक व्यक्ति किसी जगह आइसक्रीम खाने का लालच करता है। दूसरा पदयात्री नौकर के माथे पर पेट्रोमैक्स रख देता है और उसे लेकर जल्दी चलने के लिए कहता है।

इस पर गांधी जिस गाँव पहुँचते हैं, वहाँ जाकर अपने भाषण में बोलते हैं—सर्वसामान्य लोगों के उत्पादन से वायसराय 5000 गुना ज्यादा वेतन लेता है, ऐसी कठोर आलोचना कर उन्हें पत्र लिखने का मुझे क्या अधिकार है? भूखे, नंगे, बेकार लोगों के लिए हम काम करते हैं और इसका डंका पीटते हैं। कोई भी कर्मचारी इतना बोझ अपने सर पर नहीं उठाएगा। भारत के सर्वोच्च स्थान पर स्वराज्य मिलने के बाद निम्न जाति का व्यक्ति बैठेगा, हम यह अपेक्षा करते हैं। इसका हमें ध्यान रखना चाहिए।

इतने बड़े युद्ध में ऐसी छोटी-मोटी घटनाएँ होती रहती हैं ऐसा कहने वाले असंख्य लोग मिलेंगे। पर गांधी ऐसा नहीं कहता। उसे किसी ने पूछा नहीं। किसी ने जवाब नहीं माँगा। वह जवाब दे ऐसी अपेक्षा भी नहीं है। फिर भी वह खुद अपनी

गलतियाँ लोगों के सामने रखता है। इसलिए वह सबसे हटकर है। और इसी कारण शायद लोग उन्हें महात्मा कहते होंगे।

गांधी का कारवाँ दांडी दिशा में जा रहा था। उस कारवाँ में संख्या का गुणा भी हर दिन हो रहा था। रास्ते में गाँव-गाँव में यात्रा का स्वागत उत्साह से किया जा रहा था। हर दिन यात्रियों की संख्या का गुणाकार हो रहा है तो स्वातंत्र्य-चेतना का भी गुणाकार हो रहा था। ऐसी स्थिति में आजादी की चेतना का विस्फोट हो, इसके लिए पहले ही कुछ करना चाहिए ऐसा ब्रिटिश अधिकारियों को स्वाभाविक रूप से लगा। उनमें हलचल शुरू हुई। गांधी को गिरफ्तार करें कि छोड़ें? पकड़े फिर छोड़ेंगे तब तो यह दौड़ने लगेगा, और पकड़ ही लिया तो प्रतिक्रिया में जनता हमें काट तो नहीं लेगी? संभ्रम ही संभ्रम।

किसी ने इरविन को बताया कि गांधी का बीपी खतरनाक सीमा तक पहुँच गया है। हृदय की स्थिति भी कोई खास ठीक नहीं। शारीरिक और मानसिक दबाव के कारण दांडी पहुँचने के पहले ही शायद उनकी मृत्यु हो सकती है। ऐसा हुआ तो 'अदरक के बिना ही खाँसी गई' ऐसी आशा में ब्रिटिश सरकार बैठी हुई है। दांडी यात्रा आगे और आगे जा रही है। देश-भर में दांडी में क्या होगा इसकी उत्सुकता सीमा पार कर गई है। देश ही नहीं दुनिया भर के पत्रकार दांडी पहुँच रहे हैं।

पहले ही गांधी ने युद्ध की टैगलाइन पत्रकारों को दे दी थी। अन्याय के खिलाफ न्याय। 5 अप्रैल, 1930 को गांधी जी की यात्रा दांडी पहुँच गई। दूसरे दिन सुबह गांधी जी ने समुद्र में स्नान किया और जिस जगह नमक था वहाँ से चुटकी भर नमक उठाया। वहाँ जमा हुए प्रचंड जन समुदाय को हाथ में मौजूद वह नमक दिखाया। गांधी ने ब्रिटिश सरकार का कानून चुटकी भर नमक उठाकर तोड़ दिया था और खुलेआम।

वहीं सरोजिनी नायडू ने गांधी जी को 'कानून तोड़ने वाला' की उपाधि दे दी। वहाँ भी गांधी जी का बनिया जाग गया। इतने बड़े आन्दोलन का प्रपंच चलाना है तो इस आन्दोलन का भी तो पेट है। और इस पेट की चिन्ता दूसरा कौन करेगा? गांधी ने हाथ में लिए हुए चुटकी भर आधा तोला नमक की नीलामी की तो वह नमक रु. 525 में बिक जाता है।

उस समय आधा तोला सोने की कीमत रु. 40 होती है और यह आदमी अशुद्ध आधा तोला नमक बेच रहा है रु. 525 में। शुद्ध नमक तो ब्रिटिश सरकार की पुलिस ने उठा लिया होता है। कचरे को भी सोने का भाव प्राप्त करा देने वाले इस

आदमी का अपने ही देश में सबसे अधिक कचरा किया गया, यह भी दुर्भाग्य है।

शब्द शब्द होते हैं। लोग अपने आचरण से शब्द का सामर्थ्य बनाते हैं। शब्द कमाना पड़ता है। उनके किसी शब्द का वजन है इसका मतलब क्या? वह जो शब्द उपयोग में लाता है उसी तरह जीता भी है। गांधी लोगों को मरने के लिए कहता है। यह कहनेवाला गांधी खुद भी मरने के लिए तैयार है। ऐसा प्रत्यय बार-बार बिना आए लोग मरने के लिए तैयार कैसे होंगे?

गांधी के सूट-बूट वाले बैरिस्टर मोहनदास करमचन्द गांधी से लेकर धोती वाले महात्मा गांधी तक की यात्रा में शब्द ही शब्द भरे हुए हैं। यही शब्द उनके खड़े हैं। उन्हीं शब्दों को लोगों ने झेला है।

नमक कानून उन्होंने तोड़ने के लिए कहा। इसके पहले उन्होंने खुद उस कानून को तोड़ दिया। पहले किया तब बताया। इस उक्ति के अनुसार और तब गांधी का शब्द हम नीचे नहीं होने देंगे, इस उमंग से देश-भर में नमक कानून तोड़ने की आग फैल गई। जो नेहरू इस बचकाने कार्यक्रम पर नाराज थे, उन्होंने कहा, “सत्याग्रह की आग प्रोमैथ्यूस की आग की तरह फैल गई है। प्रोमैथ्यूस स्वर्ग से पृथ्वी पर अग्नि लाने वाला ध्येयवादी पुरुष था। उसकी नियति उसे चेन से अकेले किसी टापू पर बाँधकर रखती है। उस पर गिद्ध हमला करते थे पर उसकी लाई अग्नि के कारण मानव-सभ्यता का अगला कदम आया।” यह कितना सार्थक रूपक नेहरू ने गढ़ा था।

कुछ ही दिनों में देश भर में किसी न किसी तरह गांधी जी का अनुकरण होने लगा। सैकड़ों जगह पर गैरकानूनी नमक का उत्पादन किया गया। गैरकानूनी रूप से ट्रांसपोर्ट किया गया। उसकी खरीदी-बिक्री दोनों हुई। ब्रिटिशों ने उतने ही बड़े पैमाने पर लोगों को पकड़ना शुरू किया। देश-भर में कहीं लाठी मार तो कहीं गोलीबारी की खबर आने लगी। आजादी के आन्दोलन के नेताओं को पकड़ने की खबर भी आने लगी।

खान अब्दुल गफ्फार खान को पकड़ने से प्रक्षुब्ध होकर सैकड़ों खुदाई खिदमतगारों ने पेशावर में प्रदर्शन किया। उन प्रदर्शकों ने घोड़ों की टापों के नीचे मशीनगन और लाठियों का सामना किया।

इस तरह की दमनकारी प्रतिक्रिया इतने बड़े पैमाने पर हुई कि अगले 5 दिनों तक पेशावर राज्य ब्रिटिशों का नहीं था। नमक कानून तोड़ने वाले खुदाई खिदमतगारों का था।

गांधी के नमक सत्याग्रह पर जो हँसते थे वे इस प्रचंड परिणाम से आश्चर्य में पड़ गए। हँसने वालों के दाँत उनके गले में ही अटक गए। इरविन तक इस व्यापक परिणाम से चकित हो गए, यह उन्होंने खुद स्वीकार किया।

अब इतने सारे कानून तोड़ने वालों को जेल में कहाँ रखें? तो सरकार ने उपाय निकाला। उन्हें जेल में मत डालो, खूब मारपीट करो। तुम ब्रिटिश कानून तोड़ते हो लो हम तुम्हारी कमर तोड़ देते हैं। इस स्ट्रैटेजी का ब्रिटिश अवलम्बन कर रहे थे।

हो सकता है गांधी का बीपी बढ़े। इतना स्ट्रेन, मानसिक तनाव उनका कमजोर हृदय बर्दाश्त ना कर पाए, इस आशा में सरकार थी। उसे शायद निश्चित ही लग रहा था कि ऐसा ही होगा।

अभी तक गांधी आजाद हैं और जैसे पैर में पहिये लगे हुए हों इस तरह जगह-जगह जा रहे थे, घूम रहे थे। अप्रैल माह के आखिर में गांधी ने गुजरात के धरसाणा में सरकारी नमक गोदाम पर छापा मारने की घोषणा कर दी। इस छापे का नेतृत्व गांधी जी करने वाले थे। अब तो कोई मतलब नहीं था गांधी की मौत की राह देखने का। और 4 मई को उन्हें गिरफ्तार कर लिया गया।

गांधी को गिरफ्तार किया पर 21 मई, 1931 को धरसाणा के नमक गोदाम पर छापा मारने का सत्याग्रह शुरू हुआ। सत्याग्रह के पहले ब्रिटिश सरकार ने गोदाम के चारों ओर बड़े-बड़े गड्ढे खोदकर उनमें पानी भर दिया था। चारों ओर कँटीले तार की बाउंड्री लगाई थी। उसके संरक्षण के लिए 400 राइफलधारी सैनिक, 400 पुलिस और देखरेख करने के लिए 6 ब्रिटिश अधिकारी थे।

सत्याग्रह का अलग-अलग जत्था पानी का गड्ढा पार कर जब तार के पास पहुँचता था तभी 'रुको' बोलकर पुलिस अधिकारी का आदेश होता था। सत्याग्रहियों की टुकड़ियाँ आगे खिसकने का प्रयत्न करती थीं। उन पर लोहे के आवरण वाली लाठियाँ तड़-तड़ बरसाई जाती थीं। लहूलुहान सत्याग्रही जब तक गिर न जाएँ उन पर यह लाठीचार्ज होता था। लहूलुहान सत्याग्रहियों को जब स्ट्रेचर से ले जाया जाता था तो दूसरा जत्था सामने आता था। उन पर भी लाठियाँ बरसती थीं, वे गिरते थे। फिर तीसरी, चौथी, पाँचवीं, यह खेल दिन-भर चला था।

अपने सामने यह देखकर भी कि हमारे बेदम साथी मार खा रहे हैं, जख्मी हो रहे हैं, बेहोश हो रहे हैं, पिछला जत्था उनकी जगह लेने के लिए आगे आता था। कोई पीछे नहीं गया। यूनाइटेड प्रेस का पत्रकार वेब मिलर वहाँ उपस्थित था। उसने दुनिया-भर के 1350 अखबारों को यूनाइटेड प्रेस की ओर से यह जानकारी

दी। वह अपनी न्यूज में कहता है—मंथर गति से और शान्ति से वह जत्था आधा मील दूरी पर मौजूद नमक के ढेर के पास जाने लगा। उसने कँटीले तारों को नीचे खींचने के लिए रस्सी के फंदे बनाए हुए थे। जत्था पास आने लगा तो लोगों ने क्रान्तिकारी नारे लगाना शुरू कर दिया—'इंकलाब जिन्दाबाद'। अचानक आदेश दिया गया। पुलिस पदयात्रियों पर दौड़ पड़े और लोहे के आवरण वाली लाठियों से उन्होंने लोगों के सिरों पर प्रहार करना शुरू कर दिया। प्रतिकार करने के लिए किसी ने हाथ नहीं उठाया। वे धड़ाधड़ नीचे गिर गए।

मैं जहाँ खड़ा था वहाँ नि:शस्त्र लोगों के सिरों पर लाठियों के आघात की आवाज सुनकर मेरा पेट मरोड़ खाने लगा। दूसरा जत्था तैयार हुआ, सीधी गर्दन करके आगे बढ़ता गया। पुलिस दौड़ी। एकदम तरीके से बिलकुल मशीन की तरह वह गुट भी नीचे गिरा। स्ट्रेचर के लिए जिन कम्बलों को लाया गया था वे खून से लथपथ हो गए।

गांधी के अनुयायियों ने तब अपनी व्यूह रचना बदली। वे पच्चीस-पच्चीस के गुट में सामने आए और नमक के ढेर के सामने जाकर जमीन पर बैठ गए। पास जाने का उन्होंने कोई प्रयास नहीं किया। इस प्रतिकार न करने की स्ट्रैटेजी ने पुलिस को जैसे खौला दिया। उन्होंने उनके पेट व गुप्तांगों पर लात मारनी शुरू कर दी।

अन्त में वह कहता है कि पत्रकार के रूप में 18 वर्ष तक मैंने 20 देशों में काम किया। असंख्य शहरों के आन्दोलन, संघर्ष, रास्ते पर होने वाले दंगे, उग्र उपद्रव भी देखे हैं, पर धरसाणा जैसा दृश्य मैंने कहीं नहीं देखा।

दांडी यात्रा खतरनाक नहीं एक मजाक हो जाएगी, बोलने वाले विट्ठल भाई पटेल (केन्द्रीय विधि मंडल के अध्यक्ष) अपने मित्र इरविन को बता रहे थे। उन्होंने इस घटना के बाद अपने पद से इस्तीफा दे दिया। उन्होंने कहा कि भारत और ब्रिटिश साम्राज्य के बीच सामंजस्य के सभी रास्ते बन्द हो गए हैं। आज सुबह ब्रिटिशों ने जिस निष्ठुरता और क्रूरता से अहिंसक और प्रतिकार ना करने वाले लोगों से बर्ताव किया है, वह देखकर आश्चर्य होता है कि खुद को सुसंस्कृत कहलाने वाली सरकार ऐसा कैसे कर सकती है? यह मेरे आकलन के परे है। नमक सत्याग्रह को जिन्होंने बचकाना बताया था वे सब हास्यास्पद हो गए। विट्ठल भाई पटेल का यह कहना भी वेब मिलर ने दुनिया भर में पहुँचाया।

नमक के गोडाउन पर छापा मारने की ऐसी घटना मुंबई के वडाला में भी हुई। उसमें 15-20 हजार लोगों ने भाग लिया। कइयों को पुलिस ने लाठियों से

पीटा और गिरफ्तार किया। कुछ वर्ष बाद चर्चिल ने कहा, भारत में कदम रखने के हमारे पहले कदम के बाद से अब तक ब्रिटिशों की इतनी बदनामी और प्रतिकार कभी नहीं हुआ था।

कुल मिलाकर गांधी का नमक आन्दोलन विदेशों को बहुत महँगा पड़ा था। गांधी-नेहरू दोनों जेल में हैं। एक कैदी दूसरे कैदी से कहता है—इस तरह के आन्दोलन का प्रस्ताव जब मैंने सबसे पहले सुना तो मुझे उसकी सफलता पर शक हुआ। आज मैं लज्जित हूँ। अपने जादुई स्पर्श से आपने एक नए भारत का निर्माण किया है। भविष्य में क्या लिखा है मैं नहीं जानता। पर भूतकाल के मेरे क्षुद्र, रुक्ष अस्तित्व को नया व्यापक आकाश मिल गया है।

हमारे यहाँ कहते हैं, 'बूँद से गई वो हौज से नाहीं आती'। गांधी के चुटकी-भर नमक से ब्रिटिश साम्राज्य की जो फजीहत हुई वह कहीं से भी पूरी होने वाली नहीं थी।

गांधी ने बाउंड्री के बाहर के लोगों को केन्द्र में लाने की कोशिश की थी, गाँव की सीमा के बाहर रहने वालों को, शूद्र और अति शूद्र लोगों को सम्मान-प्रतिष्ठा देने की कोशिश की थी। अपने विभिन्न आन्दोलनों से अवचेतन समाज को, समुदाय को चेतनायुक्त बनाने और आत्माभिमान देने का प्रयास उन्होंने किया। स्त्रियों को भी आन्दोलन के माध्यम से बाहर निकाला। उन्हें उनकी शक्ति का एहसास कराया। नमक आन्दोलन में इतनी बड़ी हिस्सेदारी उन्हीं सबकी तो थी। आजादी की लड़ाई में अगर हिस्सेदारी है तो सत्ता में भी हिस्सेदारी होगी, यह समझने की बुद्धि उनमें थी।

उधर 'युद्ध के बिना आजादी कहाँ मिलती है' का झुनझुना बजाते रहने वाले लोग भी बेवकूफ नहीं थे। चतुर और धूर्त थे। आजादी की लड़ाई में राष्ट्रीय स्वयंसेवक संघ नहीं था, हिन्दू महासभा नहीं थी। गांधी की लड़ाई को यश मिले, यह उनके लिए घातक था। इस लड़ाई में मदद करके क्या वे अपने जन्मजात वर्ण-वर्चस्व पर कुदाल चलाते?

गांधी उनके सत्ता के एकाधिकार के खिलाफ खलनायक की तरह खड़ा था। इस गांधी को हटाना जरूरी था। नमक सत्याग्रह के बाद तो गांधी का खतरा उन्हें और स्पष्ट दिखने लगा था।

एक फकीर की अमीरी

गांधी के पास क्या था, ना सत्ता ना सम्पत्ति। न ही खुद की कोई प्रॉपर्टी। पर उन्हें आन्दोलन का इतना बड़ा प्रपंच चलाना था। गांधी इस सम्पूर्ण आन्दोलन के सूत्रधार थे, प्रमुख थे। इसका मतलब इस सारे प्रपंच का पिता। यह सब चलाने के लिए पैसों की जरूरत है।

तब यह नंगा फकीर पैसा लाए तो कहाँ से? इसके पास कुछ नहीं था, यह सच है। फिर भी आम आदमी के हृदय पर इसने राज किया था, यह हम कैसे भूल सकते हैं। इसी भरोसे यह राजा, आम आदमी के दिल की तिजोरी अपनी चाबी से खोलता था और तब अपने आन्दोलन का प्रबन्ध कुशलता से करता था।

जहाँ भी गांधी जाते उनका स्फूर्त स्वागत होता और यह स्वागत करते समय लोग प्रेम से हार, पुष्पहार, शाल, मानपत्र और भेंट स्वरूप वस्तुएँ देते थे। गांधी ने काफी समझाया कि यह अकारण अपव्यय क्यों? विनती की पर इसका कोई फायदा नहीं हुआ। आपका प्रेम ही मेरे लिए काफी है यह भी कहकर देख लिया पर लोगों के वस्तु भेंट देने के प्रेम को वे रोक नहीं पाए।

जब किसी बात को वे कर नहीं सकते तो उसके लिए गुस्सा या क्षोभ न करके वे उसे खूबसूरत मोड़ दे देते थे। इस बात पर भी बड़ी ही खूबसूरती से उन्होंने बातों को मोड़ दिया। नया उपाय खोजा। कहते हैं 'आम के आम गुठली के दाम' उसी तरह का यह तरीका था।

स्वागत समारम्भ में मिलने वाली चीजों की वे सार्वजनिक बोली लगाते थे। फूल, फूलों का हार, पुष्पगुच्छ, शाल, मानपत्र, किसी भी चीज की। लोगों को भी गांधी को कुछ देने की इच्छा रहती थी, कुछ देने के आनन्द का स्वाद तो गांधी ने ही लगाया था। इस पर भी ये घटनाएँ सार्वजनिक जगहों पर होती थीं। इस कारण लोगों को सम्मान महसूस होता था।

किसी सार्वजनिक सभा में हार-फूल देकर गांधी का स्वागत किया जाए तो उस

आमसभा में ही मंच से गांधी बोलते थे—यहाँ कोई छोटी बच्ची दिखाई नहीं देती। इस हार-फूलों का मैं क्या करूँ, समझ में नहीं आ रहा। कोई इस हार को खरीदेगा?

तब उस हार को खरीदने की स्पर्धा ही लोगों में लग जाती। गांधी उसकी नीलामी करते। गांधी उस हार की बोली लगाते, और लोग उस हार की बोली को बढ़ाते जाते। कभी उस अल्पजीवी हार की कीमत मिलती थी 30 रुपए कभी 300 रुपए। एक बार किसी ने भेंटस्वरूप उन्हें अपने खेत के नीबू दिए। उसकी भी कीमत उन्होंने वसूल कर ली। एक सभा में गहनों का डिब्बा दिया गया तो वह बोले—मैंने और बा ने कभी शरीर पर गहने नहीं पहने इसलिए मेरे पास कोई जेवर नहीं है। ऐसे वक्त मैं इस डिब्बे का क्या करूँ? कोई लेगा इसे? उनके ऐसा कहते ही उसकी बोली लगनी शुरू हो जाती। 300 रुपए तक की बोली लगी हुई है पर गांधी कहते थे मुझे और पैसे चाहिए।

फिर स्पर्धा शुरू होती। कीमत बढ़ती जाती। बीच में ही गांधी कहते इस तरह के डिब्बे का मुझे हजार रुपया मिला है। लोग समझ जाते और कोई उन्हें उस डिब्बे का हजार रुपए दे देते। इस तरह से जेवर रखने का डिब्बा ही खुद मूल्यवान जेवर बन जाता।

कोलकाता के नागरिकों ने उन्हें 3 कार्यक्रमों में भर बक्से माँगपत्र दिए उस सबकी उन्होंने नीलामी की। तब वे बोले कृपा कर नीलामी करने से यह नहीं समझें कि आपकी भावना का मैं अनादर कर रहा हूँ। मेरे साथ यात्रा में बक्से नहीं हैं। इन्हें मैं कैसे साथ ले जाऊँ? और मान लें मैं इन्हें ले भी गया तो रखूँगा कहाँ? क्योंकि आश्रम में इन्हें रखने के लिए कोई जगह नहीं है। मेरे पास चारा ही क्या है। फिर नीलामी का एपिसोड शुरू होता था।

उसका परिणाम तय था। भरपूर वसूली होती थी। गांधी ने नीबू 10 रुपए में बेचा। सूत का हार 201 रुपए में और सोने की तकली का दाम 5000 रुपए, जेवरों का बक्सा 1000 रुपए में।

गांधी ने अपनी जिन्दगी की सम्पूर्ण राशि दान दे दी और इस तरह अपनी जिन्दगी को सोने से भी मूल्यवान बना दिया। अपनी जिन्दगी को सोना बनाने वाला यह भिखारी दूसरों की जिन्दगी को स्पर्श करके सोने में बदलने वाला पारस बन गया और पता ही नहीं चला। जिन्दगी-भर इस व्यक्ति ने भीख माँगी। पर अपने लिए नहीं दूसरों के लिए। देश के लिए। देश के काम के लिए। पारस का स्पर्श लोहे को सोना कर देता था, पर गांधी नाम के पारस की ताकत इतनी अधिक थी

कि नीबू का स्पर्श होते ही या हार, फूल, शाल किसी का भी स्पर्श होते ही उसका सोना बन जाता था। फूल को हाथ लगाते ही उसका सोने का फूल बन जाए, तभी तो वह सोने के भाव बिकता था।

भूमि पूजन के कार्यक्रम में उन्हें बुलाया जाता। स्वाभाविक रूप से उसमें तसला, टोकरी, कुदाल, फावड़ा आदि होते थे। इनमें से किसी भी चीज का स्पर्श होने पर उसकी नीलामी होती थी और सोने के भाव वह बिकती थी।

निधि इकट्ठा करने के लिए गांधी जिस तरह से सभा में मिली हुई चीजों की नीलामी करते थे, उसी तरह से सभाओं में जहाँ उनके लिए हजारों लोग एकत्रित हुए हैं ऐसी जगह जो सम्भव हो वही मदद करने का आह्वान वे अपनी झोली फैलाकर करते थे। उनके आह्वान के बाद भीड़ उमड़ पड़ती थी। लाखों की निधि इसी तरह खड़ी होती थी। एक बार उन्हें समझ में नहीं आया कि मैं झोली किस चीज की बनाऊँ। तब उन्होंने नजदीक खड़े परदेशी पत्रकार की हैट निकाली और उसको पात्र के रूप में पहले उस पत्रकार के सामने ही किया। उसमें पत्रकार ने पैसे डाले फिर वह झोली-पात्र आगे बढ़ा। झोली में लोग अपने सामर्थ्य के अनुसार पैसे डालते थे।

एक बार उनकी झोली में किसी ने कौड़ी डाल दी। वह भी फूटी हुई थी। जिसने भी डाली होगी उसका हेतु अच्छा ही रहा होगा जरूरी नहीं है। गांधी का मजाक उड़ाने के लिए या उनके आन्दोलन का मजाक उड़ाने के लिए भी यह किया जा सकता है। पर इस तरह का नकारात्मक विचार गांधी कैसे कर सकते थे? इस घटना को भी उन्होंने सकारात्मक तरीके से देखा और सकारात्मक दृष्टि से देखते हुए उस कौड़ी को सभी लोगों को बड़े अभिमानपूर्वक दिखाया। उसकी प्रशंसा करते हुए गांधी ने कहा कि यह किसी गरीब आदमी ने दी है। उसके पास लगता है इस कौड़ी के अलावा देने के लिए कुछ भी नहीं था। उसने कौड़ी के रूप में अपना सर्वस्व दान कर दिया है। इस तरह से यह अनमोल है। यह उसके त्याग का प्रतीक है। गांधी का स्पर्श होते ही वह कौड़ी 111 रुपए की नीलामी में बिक गई।

किसी भी बात की ओर सकारात्मक दृष्टि से देखने का सकारात्मक परिणाम कैसे होता है इस बारे में तुषार गांधी की बताई एक कहानी मुझे याद आती है। एक बार गांधी जहाँ निवास कर रहे थे वहीं एक जवान लड़का एक आकर्षक पैकिंग में कोई भेंट लाया और कहा कि इसे गांधी ही खोलें। एक सहयोगी वह आकर्षक पैकिंग वाली भेंट गांधी जी के सामने रखता है। गांधी उस पैकिंग को खोलते हैं और उत्सुकता से देखते हैं कि उसमें क्या है। उस पैकिंग में फटी-चिटी पुरानी चप्पल

और जूते भरे हुए होते हैं। गांधी का अपमान करने के लिए उस तरुण ने ये चीजें भेंट में दी हुई होती हैं। किसी को इस बारे में सन्देह नहीं है इसलिए सभी लोग इस अपमान पर बुरी तरह गुस्साते हैं। गांधी शान्ति से वह डिब्बा अपने सहयोगी को देते हैं और कहते हैं ये सभी जूते, चप्पल चमार को जाकर दे दो और जितने पैसे बनते हों लेकर आओ। सहकारी जाता है और उन्हें बेचकर पैसे गांधी के हाथों में देता है।

शाम की प्रार्थना में गांधी यह किस्सा लोगों को सुनाते हैं। वह जवान लड़का उस प्रार्थना सभा में मौजूद है। गांधी को बड़ा ही क्रोध आया होगा, अपने अपमान से वे चिढ़ गए होंगे, इसी अपेक्षा से वह आता है। गांधी अन्त में बोलते हैं कि वे जूते-चप्पल बेचकर इतने पैसे आए हैं और उन्हें मैंने हरिजन फंड में जमा कर दिया है। गांधी का अपमान करने के लिए भेजी चीजों का पैसा गांधी ने हरिजन फंड के लिए जमा कर दिया यह सुनकर वह जवान लड़का गुस्से से उठता है, बताने लगता है कि ये पैसे किस तरह से मेरे ही हैं। वह पैसे मुझे वापस कीजिए, वह बोलता है। गांधी ने उससे कहा कि तुमने मुझे भेंट दी थी। वह बोलता है, हाँ। उस पर गांधी बोलते हैं कि भेंट दी गई चीज कभी वापस माँगी जाती है? निरुत्तर होकर वह जवान पीछे हट जाता है। स्पष्टत: अपमानित करने के लिए जिन टूटी हुई चप्पलों और जूतों को दिया गया था उनका उपयोग गांधी 'निधि संकलन' के लिए करते हैं।

एक कौड़ी का उपयोग अगर गांधी इस तरह से करें इसमें आश्चर्य क्या है? एक टूटी-फूटी कौड़ी का भाव अगर सोने से ज्यादा हो जाता है तो किसी सार्वजनिक निधि संकलन के लिए गांधी का दिया ताँबे का पैसा पीछे कैसे रह सकता है?

किसी सार्वजनिक निधि संग्रह की शुरुआत हो रही होती है। संग्रह करने वाले लोग गांधी से आशीर्वाद माँगने आते हैं। गांधी आशीर्वाद स्वरूप उन्हें प्रतीकस्वरूप ताँबे का पैसा देते हैं। उस ताँबे के पैसे को कोई गांधी प्रेमी तत्काल 500 रुपए में खरीद लेता है। मतलब यह विनिमय बड़ा ही मजेदार हो गया। एक फूटी कौड़ी बराबर 111 रुपए, एक ताँबे का पैसा 500 रुपए और चुटकी भर नमक की कीमत 525 रुपए। जिस चुटकी भर नमक ने ब्रिटिश साम्राज्यवाद को ही ढीला कर दिया उस चुटकी भर नमक की कीमत इतनी तो होनी ही चाहिए।

गांधी ने निधि-संग्रह के लिए जो तरीके, हथकंडे, युक्तियाँ उपयोग में लाईं वे बड़ी ही आश्चर्यजनक हैं। आदरमिश्रित कौतुक भी उनसे महसूस होता है।

एक बार टिकट लगाकर उनके भाषण का आयोजन किया गया। उसमें से जमा हुई निधि देशबन्धु स्मारक निधि को दे दी गई। गांधी का एक भाषण 'ईश्वर

सत्य रूप है' टेप किया गया। एक ग्रामोफोन कम्पनी को उन्होंने उसे प्रसारित करने की अनुमति दी। आधे घंटे में उन्हें 65000 रुपए मिले जो उन्होंने हरिजन फंड में जमा कर दिये।

गांधी जी से कोई उनका ऑटोग्राफ माँगता तो वे उसके भी पैसे लेते। साधारणत: एक हस्ताक्षर के वे 5 रुपए लेते। किसी ने उन्हें दान में हजारों रुपए दिए हों फिर भी इस नियम से छुटकारा नहीं था। एक बार विद्यार्थियों का एक ग्रुप उनसे मिलने आया। उन्होंने उस ग्रुप को 2 मिनट का समय दिया, पर प्रत्यक्ष आने पर गांधी ने उसे 10 मिनट तक कर दिया। इस बढ़ाए गए समय की उन्होंने वसूली की। अपने हस्ताक्षर की कीमत बढ़ाई। विद्यार्थियों ने खुशी-खुशी वह कीमत दी। विद्यार्थियों में दो छात्राएँ थीं। उन्होंने अपनी उँगलियों से अँगूठियाँ निकालकर गांधी जी के हवाले कर दीं। गांधी जी हस्ताक्षर की कीमत बढ़ाने के लिए कोई भी कारण बता देते। विद्यार्थियों के लिए उन्होंने हस्ताक्षर की कीमत इसलिए बढ़ाई क्योंकि उन्होंने अपना ज्यादा समय उन्हें दिया था।

तिलक के निधन के बाद 3 महीनों में एक करोड़ रुपयों का 'तिलक स्वराज्य फंड' जमा करने की घोषणा गांधी ने की। कम समय में इतना बड़ा फंड जमा करने का निश्चय गांधी ने किया इस पर निचले स्वर में लोग आलोचना करते रहे क्योंकि इससे पहले इतना बड़ा फंड किसी ने जमा ही नहीं किया था। तिलक की जुबली के समय 'चिरौल केस फंड' के निमित्त ज्यादा से ज्यादा लाख-दो लाख जमा हुए होंगे। जमा हुए फंड की तुलना में बहस भी कुछ ज्यादा ही हुई। उस बहस में से ही 'फंड गुंड' यह शब्द प्रयोग-उपयोग में आने लगा।

तिलक फंड के पहले सबसे बड़ा फंड यदि कहीं एकत्रित हुआ तो वह था 'विक्टोरिया मेमोरियल फंड'। यहाँ बावन लाख जमा हुआ था। पर उस फंड के पीछे ब्रिटिश साम्राज्य था यह हम भूल नहीं सकते।

एक करोड़ के 'तिलक स्वराज्य फंड' को कैसे जमा करें? इसके पीछे कौन खड़ा है? तो गांधी नाम का फकीर। चर्चिल के लिए तो वह फकीर ही नहीं, नंगा फकीर था। समय समाप्त होने से पहले जमा राशि का अवलोकन किया गया। तय राशि से वह कुछ ही लाख कम था। एक करोड़ में 2-4 लाख कम। पर ऐसी बातों को गांधी मान लें तो वह गांधी ही क्या है?

फकीर ने फरमान दिया कि निश्चित किए गए समय में यदि एक करोड़ की रकम पूरी नहीं हुई तो जमा की गई रकम जिनसे ली गई थी उन्हें वापस कर दूँगा।

सहयोगियों ने समझाया और समय से पहले एक करोड़ पन्द्रह लाख की राशि जमा हो गई। इसमें पन्द्रह लाख ज्यादा हो गए, इसलिए यह पूरी रकम लौटाएँ, ऐसा तो इस फकीर ने नहीं कहा।

सम्पूर्ण ब्रिटिश साम्राज्य, विक्टोरिया फंड खड़ा करने के पीछे है तब फंड इकट्ठा होता है, बावन लाख। और तिलक के लिए गांधी फंड इकट्ठा करते हैं और फंड इकट्ठा होता है एक करोड़ पन्द्रह लाख। एक गाना है साबरमती के संत तूने कर दिया कमाल।

निधि खड़ी करने से सम्बन्धित मामले में भी यह फकीर कमाल कर देता है। इसमें हुतात्मा हो चुकी 'वली अम्मा' नाम की लड़की, गोखले, लाला लाजपत राय, देशबन्धु दास, एंड्रयूज, और जलियांवाला बाग के शहीद लोगों का भी समावेश है। जलियांवाला बाग स्मारक खड़ा करने के लिए आवश्यक निधि जमा नहीं हुई तो गांधी अपना आश्रम बेचेंगे और जो देना सम्भव है वह दे देंगे। गांधी की इस धमकी के बाद क्या हुआ होगा, यह बताने की जरूरत नहीं है।

गांधी के जन्मदिन पर दिल्ली में लोग निधि इकट्ठा करते हैं जिसे उन्हें गांधी को देना होता है। गांधी को भयंकर सर्दी, खाँसी, फ्लू। फिर भी उस कार्यक्रम के लिए वे हाँ कह देते हैं। उस सभा में ले जाने के लिए जब पटेल आते हैं तो उस समय खाँसी का भयंकर दौरा गांधी को आया रहत्ता है। उस समय सभी उन्हें जाने के लिए मना करते हैं। फिर भी वल्लभभाई के साथ वे जाने लगते हैं। उस समय अन्दर से बेचैन पटेल ऊपर-ऊपर से मजाक में कहते हैं आपके लालच की कोई सीमा नहीं। पैसों की थैली के लिए आप मरते-मरते भी उठकर चले जाएँगे। आप अपनी खाँसी पर ध्यान दीजिए तो सभी बातें ठीक-ठाक हो जाएँगी। पर आप सुनेंगे नहीं। अन्त में उस कार्यक्रम में पटेल को भी बोलने के लिए कहा जाता है। उनकी बेचैनी, गुस्सा, तकलीफ अभी खत्म नहीं हुई है, ऐसी तबीयत में गांधी का सभा में आना उन्हें अच्छा नहीं लगता।

मैं बोलूँ? क्या मेरा जन्मदिन है? ये पैसों की थैलियाँ जमा करें और मैं बोलूँ यह तो बड़ा अन्याय है। यह बूढ़ा इतनी बीमारी में आपको आपके पैसों से मुक्ति दिलाने आया है। आप इन पर दया कीजिए और इन्हें आराम करने दीजिए।

गांधी की खुद की कोई प्रॉपर्टी नहीं है। खुद का घर नहीं है। खुद का कहा जाए ऐसा परिवार नहीं है। कोई व्यक्तिगत जिन्दगी नहीं है। व्यक्तिगत और सार्वजनिक का कोई भेद भी उन्हें मान्य नहीं है।

दक्षिण अफ्रीका से ही गांधी आश्रम में रहता आया है। वहाँ रहने वाले लोग सब एक जाति, रंग, वर्ण के होते हैं ऐसा भी नहीं है। वे खून के रिश्ते से जुड़ें हैं ऐसा तो बिलकुल नहीं है। ज्यादातर खून के रिश्ते से परे हैं। पर जिन्दगी के दो-तीन दशक छोड़ दें तो यह आदमी बाकी जिन्दगी भर 50 वर्ष या तो आश्रम में रहा या जेल में रहा या यात्रा में रहा। जिन्दगी-भर वह देशहित के लिए कटोरा लेकर घूमा तो लोगों ने भी अपने पास जो कुछ है उसे देने में आनन्द महसूस किया। गांधी ने भी इसे खुशी से स्वीकार कर लिया।

जिसने सभी से प्रेम किया, दुश्मन को भी जिसने माफ किया उससे कोई वैर क्यों करेगा? उसकी हत्या करने का मन कैसे हुआ होगा उनका? केवल इसलिए कि वह उनके वर्णवर्चस्व को धक्का दे रहा है?

गांधी-हत्या के लिए कृत्रिम कारण वे कुछ भी बताएँ, सच यही है कि गांधी के कारण एक गुट की वर्णश्रेष्ठता और वर्णवर्चस्व को खतरा था, इसलिए हत्या करने के अलावा उन लोगों के पास कोई उपाय नहीं था। गांधी-विचार के हीरे का स्पर्श यदि लोगों को होता रहा तो वह हमारे लिए बड़ा खतरा हो सकता है, इसी डर से गांधी की हत्या हुई, नाथूराम कुछ भी बोलता रहे।

गांधी की मोहिनी

गांधी के पास लॉजिक नहीं है, मैजिक है, ऐसा कहने वाले लोग उन दिनों भी कम नहीं थे। कहा जाता था कि गांधी ने सामान्य लोगों पर अपना जादू चलाया है। हिन्दुत्ववादी और पढ़े-लिखे लोग तो कहते भी थे कि जनता बेवकूफ है, अनाड़ी है, मूर्ख और भोली है। जनसाधारण के लिए हमारे यहाँ पढ़े-लिखे लोगों का यह पसन्दीदा तर्क है। बहुत उत्साह से ये लोग अपना यह सिद्धान्त बघारते हैं।

पर फिर प्रश्न उठता है कि गांधी के आसपास उनके समूह में जो लोग अनपढ़, अज्ञानी नहीं थे उन पर भी गांधी का मैजिक बड़े ही प्रभावी ढंग से काम करता था। इसका क्या लॉजिक है? विविध प्रकार के लोगों को और अलग-अलग क्षेत्रों के प्रतिभासम्पन्न लोगों को अपने आसपास इकट्ठा करने में और उन्हें अपने साथ बनाए रखने में, उनकी प्रतिभा का अपने उद्देश्य की पूर्ति के लिए उपयोग करने में गांधी को जितने बड़े पैमाने पर सफलता मिली, उतनी शायद ही किसी को मिली होगी।

ये सभी लोग किसी साँचे में ढले हुए नहीं थे। गांधी की फोटोकॉपी तो बिलकुल नहीं थे। हर कोई अपनी स्वतंत्र प्रतिभा, स्वतंत्र विचार, स्वतंत्र दृष्टिकोण का धनी था और वे सब गांधी के साथ थे। स्वतंत्रता-प्राप्ति के लिए।

गांधी-आकाश के इस ग्रहमंडल के ये तारे किस नियम, किस रसायन या किस मैजिक के कारण उनके साथ थे? मोतीलाल नेहरू का गांधी जी के अध्यात्म पर बिलकुल विश्वास नहीं था और ईश्वर पर तो बिलकुल नहीं। गांधी जी को उन्होंने स्पष्ट शब्दों में कहा था कि इस जन्म में मेरा ईश्वर पर विश्वास नहीं ही बैठेगा। इसके बावजूद वे कहते हैं कि हमारी राजनीति में गांधी जी हमें पराभूत करते हैं। देशबन्धु चितरंजन दास का आजादी के लिए त्याग, समर्पण, बलिदान कम नहीं है। फिर भी उन्हें गांधी जी में यही भावना कई गुना ज्यादा महसूस होती है। विनोबा जैसा व्यक्ति जिसे एक तरफ बंगाल की क्रान्ति तथा दूसरी ओर हिमालय की शान्ति आकर्षित करती है। उसी खोज में वे घर से बाहर निकलते हैं। उनकी भेंट गांधी

जी से होती है। और गांधी के पास उन्हें क्रान्ति और शान्ति दोनों मिल जाती हैं। विनोबा कहते हैं, ज्ञानदेव से मैंने भक्तियोग लिया, शंकराचार्य से ज्ञानयोग लिया और गांधी जी से कर्मयोग।

प्राचीन परम्परा का फल और नई परम्परा का बीज, ये दोनों दुर्लभ चीजें गांधी जी में एकत्रित हुई हैं, ऐसा विनोबा को लगता है। वे उनकी अन्तरबाह्य एकता की स्थिति पर मुग्ध रहते हैं। मौलाना आजाद को अपनी तरह के प्रगाढ़ धार्मिक विचारक और संस्कृति व आधुनिक परम्पराओं के श्रेष्ठ प्रतिनिधि का दर्शन गांधी जी में होता है। पंडित नेहरू कहते हैं—एक-दूसरे से बिलकुल अलग हम लोग एक तरह से शिव के गण ही थे। हमारी पृष्ठभूमि, हमारी जीवन-प्रणाली, हमारी विचारधारा सभी अलग थे। पर हम सभी एक समान उद्देश्य की पूर्ति के लिए ऐसे नेतृत्व के साथ आगे बढ़े जिसे हम खुद से भिन्न दृष्टिकोण वाला समझते हुए भी एक भव्य और महान विभूति समझते थे।

पंडित नेहरू समाजवादी विचारों से प्रभावित थे। वे एक ऐसे नेता थे जो बड़े उद्योगों द्वारा औद्योगिक क्रान्ति लाना चाहते थे। इधर गांधी जी छोटे उद्योगों द्वारा भारत के विकास का सपना देखते थे और दूसरों को भी दिखाते थे। पटेल की तो बात ही अलग थी। वे अहमदाबाद में वकील के रूप में प्रैक्टिस करते थे और अपने बाकी बचे हुए समय में बार रूम में बैठकर गांधी जी की राजनीति का मजाक उड़ाते थे। वे भी गांधी जी के मोहपाश में अटक गए और ऐसे अटके कि अन्त तक छूट ही नहीं पाए। गांधी में उन्होंने ऐसे राजनैतिक नेता का दर्शन किया जो केवल बोलने वाला नहीं करके दिखाने वाला है। डॉ. राजेन्द्र प्रसाद, सरोजिनी नायडू, राजा जी, आचार्य कृपलानी, खान अब्दुल गफ्फार खान, महादेव भाई देसाई आदि, ऐसी एक लम्बी सूची तैयार हो जाएगी। ये सभी गांधी जी के आकाशमंडल के चमचमाते सितारे थे। सभी प्रतिभासम्पन्न थे, उच्च शिक्षित थे और विचारवान भी थे। फिर भी ये सभी गांधी जी से प्रेम करते थे और उनके प्रभाव में थे। केवल राजनैतिक क्षेत्र में ही नहीं, उद्योग क्षेत्र में घनश्यामदास बिड़ला, अम्बालाल साराभाई, जमनालाल बजाज, प्राण जीवन मेहता आदि चतुर व्यवसायी व उद्योगपति उनकी बात मानने के लिए हमेशा ही तत्पर रहते थे।

टैगोर और गांधी का दृष्टिकोण अलग था। फिर भी वे प्रेम के धागे से बँधे हुए थे। गांधी शान्तिनिकेतन में थे तब की यह बात है। सुबह-सुबह वे दोनों शान्तिनिकेतन में घूमने निकलते हैं। सुबह का माहौल, प्रसन्न पक्षियों की आवाजें। उन पक्षियों

की ओर इंगित कर रवीन्द्रनाथ पूछते हैं—मधुर आवाज में गाने वाले इन पक्षियों के लिए, उनकी इस मीठी हलचल के लिए, उनके इस संगीत के लिए आपके दर्शन में क्या जगह है? गांधी कहते हैं—आप कवि हैं, पक्षियों के इन मधुर गीतों पर आप लुब्ध हैं। यह बिलकुल ठीक है। पर मेरी चिन्ता अलग है। इन पक्षियों को समय पर दाना-पानी मिले, उनके चारे-पानी की व्यवस्था हो। मतलब पिछली रात उन्हें ठीक नींद आई या नहीं, इसी पर निर्भर है कि वे सुबह-सुबह गा सकेंगे या नहीं। मुझे उनकी पिछली रात की चिन्ता होती है।

उनका आश्रम एक प्रयोगशाला ही था। इस प्रयोगशाला के समाजशास्त्री तो एक से बढ़कर एक थे। मामा साहब फड़के बम बनाते थे। उन्हें गांधी ने आकर्षित किया और अपना पुराना रास्ता छोड़कर वे गांधी जी के कहने पर हरिजनों-गिरिजनों की सेवा करने लगे। साबरमती आश्रम के हरी मेहता गिनकर पचपन रोटियाँ खाते थे। एक भी रोटी कम होती तो चिल्लाते थे। मुझे भूखों मारोगे क्या? एक रोटी ज्यादा दो तो बोलते, मुझे क्या बकासुर समझते हो?

भंसाली तो अलग ही थे। वे केवल गांधी जी की सुनते थे। उन्होंने मौनव्रत धारण किया था। यह व्रत भंग हो गया। उसकी सजा के रूप में उन्होंने तांबे के तार से अपना मुँह सिल लिया। मुँह के एक तरफ की खुली जगह से वे केवल द्रव पदार्थ नली द्वारा लेते थे, उसी पर उनका गुजर-बसर होता था।

आश्रम में आहार को लेकर इतने प्रयोग चलते थे कि कोई गिनती नहीं। एक व्यक्ति ने बताया कि आश्रम का एक व्यक्ति बता रहा था, घास में बहुत विटामिन होता है। सौभाग्य से जिस समय यह खोज हुई उस दौरान गांधी जी आश्रम में नहीं थे। वरना गांधी रसोईघर बन्द करवा देते और हम सभी को चरने के लिए हरियाली पर छोड़ देते। आश्रम के विभिन्न लोगों के विभिन्न तरीके। गांधी नाम के पेड़ से सभी प्रभावित । ऐसी कौन सी ताकत उनमें थी कि उनकी ओर आदमी खिंचा चला जाता था? जैसे पतंगा दीये की ओर आता है उसी तरह ये लोग गांधी की ओर दौड़ते थे।

भारत में ही ऐसा नहीं हुआ, बाकी दुनिया में भी यही हुआ। दक्षिण अफ्रीका में 'मेकिंग ऑफ महात्मा' के फेज के दौरान विभिन्न व्यक्ति आते गए और गांधी जी के साथ जुड़ते गए। ये बंधन जिन्दगी भर लगातार मजबूत ही होते गए। जाति, भाषा, वर्ण, देश, रंग, लिंग कुछ भी उनके बीच नहीं आया। न गांधी ने इन सब चीजों को बीच में आने दिया।

दक्षिण अफ्रीका में गांधी ने कम बर्दाशत नहीं किया था। उन्हें पीटा गया। पग-पग पर उन्हें कुली बैरिस्टर कहकर उनका अपमान किया गया। फर्स्ट क्लास में यात्रा करने पर धक्का देकर प्लेटफॉर्म पर फेंक दिया गया। कोर्ट में यह कुली बैरिस्टर पगड़ी पहनकर आता है, इसलिए भी उनका अपमान किया गया। नाई उनके बाल नहीं काटता था इसलिए वे खुद अपने बाल काटने लगे। इस पर भी उनका मजाक उड़ाया गया। आपके बालों को किसी चूहे ने कुतर दिया है क्या? लोग कहते। होटल में उनके काले रंग के कारण उन्हें प्रवेश नहीं मिलता था। घोड़ा बग्घी में गोरे लोगों के साथ बैठने की जिद करता है, इसलिए उन्हें लात-घूँसों से पीटा गया।

दक्षिण अफ्रीका में एक बार गोरों के एक समूह ने उन पर आक्रमण किया। उसमें उन्हें बड़ी चोट पहुँची पर मारपीट, मानहानि यह सब सहते हुए भी उन्होंने कभी गोरे रंग के लोगों से द्वेष या उनका तिरस्कार नहीं किया।

इसी कारण हेनरी पोलाक, उनकी पत्नी मिली पोलाक, अल्बर्ट बेस्ट, हरमन केलनबौक, सोंज श्लेसिन, ए. डब्ल्यू. बेकर, क्वेकर पंथ के माइकल कोट्स, पुलिस इंस्पेक्टर रिचर्ड एलेक्जेंडर ये सभी लोग गांधी जी से प्रेम करते थे। गांधी पर सर्वप्रथम लिखे गए दोनों चरित्र गोरों ने ही लिखे हैं। रेवरेंट जोसफ डोक और हेनरी पोलाक, ये दोनों गोरे ही हैं।

यदि कोई व्यक्ति भलाई के बदले भलाई करता हो तो यह एक सौदा हुआ, चोर-डाकू भी ऐसा ही करते हैं। आदमियत या मनुष्यता, फायदे-नुकसान की भावना से घृणा करती है। यह वाक्य गांधी ने केवल बोला ही नहीं है, उसका एक-एक शब्द उन्होंने अपनी जिन्दगी को अर्पित किया है।

दक्षिण अफ्रीका में इस उपद्रवी मेहमान ने सबसे ज्यादा तकलीफ जनरल स्मट्स को दी। इस उपद्रवी आदमी का क्या किया जाए, यह स्मट्स की समझ से परे था। एक साधारण से व्यक्तित्व का हिन्दी वकील मेरा विरोध करता है और उस विरोध को मैं खत्म नहीं कर पाता। सशस्त्र लड़ाई का सामना कैसे करें यह स्मट्स को मालूम था पर गांधी ने जिस 'पैसिव रेसिस्टेंस' नाम के शस्त्र की खोज की, उसका मुकाबला कैसे करें यह उसे समझ में नहीं आ रहा था।

अपने हमेशा के छल-कपट से उन्होंने गांधी को खत्म करने की कोशिश की। पर सभी दाँव-पेंच उलटे ही पड़ते थे। किसी भी कष्ट, शारीरिक यातना, किसी भी तकलीफ सहने को तैयार इन लोगों को कैसे हैंडल करें, स्मट्स की समझ से परे था। स्मट्स के सेक्रेटरी ने गांधी से कहा कि मुझे तुम्हारे आदमी अच्छे नहीं लगते,

तुम्हें मदद करूँ ऐसा भी मुझे नहीं लगता, पर मैं क्या करूँ हमें जब मदद चाहिए होती है, आप हमें मदद करते हैं फिर हम आप पर हाथ कैसे उठा सकते हैं? ब्रिटिश आन्दोलनकारियों की तरह यदि आप हिंसक हो जाते तो हम आपको खत्म कर देते। पर आप लोग तो दुश्मन पर भी हिंसा नहीं करते। खुद सब सहते हैं और अन्त में विजयी होते हैं। नम्रता और समझदारी की अपनी खुद की चुनी हुई मर्यादा को आप निभाते हैं, इसलिए हम हतबल हैं। गांधी से लड़ते समय स्मट्स की अवस्था 'लव एंड हेट' जैसी हो गई थी। गांधी के प्रति स्मट्स के मन में आदर भी है और कौतुक भी। साथ ही गुस्सा और चिढ़ भी।

गांधी के सत्तर वर्ष पूरे हुए। राधाकृष्णन ने एक ग्रंथ का सम्पादन किया था। उसमें स्मट्स को एक लेख लिखना था जिसमें वे लिखते हैं, उस समय भी मेरे मन में गांधी के प्रति अत्यन्त आदर था। दुर्भाग्य कि ऐसे व्यक्ति से दुश्मनी करना मेरे हिस्से में आया। पर उनके उस समय के आन्दोलन मेरे लिए बड़े तकलीफदेह थे, यह मैं मानता हूँ। पर यही तकलीफदेह गांधी, भारत छोड़ो आन्दोलन के दौरान गिरफ्तार है। बाहर हिंसा हो रही है। इस हिंसा के लिए गांधी ही जिम्मेदार है और गांधी ने ही उन्हें भड़काया है, ऐसा अपप्रचार ब्रिटिश सरकार करती है। स्मट्स उस समय अपनी ही सरकार पर नाराज होते हैं और पत्रकार परिषद में कहते हैं, "महात्मा गांधी को उपद्रवी कहना मूर्खता है, वे महान हैं। उनकी गणना दुनिया के महापुरुषों में होगी।"

गांधी के समर्थकों और मित्रों का बहुत बड़ा परिवार है, इसमें दो मत नहीं। लेकिन अपने विरोधी को भी मित्र बनाने की कला भी उनमें असीम है। दक्षिण अफ्रीका में जब वे जेल में थे, स्मट्स के लिए उन्होंने सैंडल का एक जोड़ा बनाया और उन्हें भेंटस्वरूप दिया। इस पर स्मट्स कहता है, "इस महात्मा के बनाए हुए सैंडल्स में पैर रखने की काबिलियत मुझमें नहीं है।" इस तरह 'हेट एंड लव' का रिश्ता पूरी तरह प्रेम में बदल जाता है।

दक्षिण अफ्रीका के आन्दोलन में मीर आलम पठान को गांधी जी के बारे में कुछ गलतफहमी हो जाती है। वह उनकी जान लेने पर उतारू हो जाता है। गांधी जी अपने निर्णय के अनुसार स्वैच्छिक रजिस्ट्रेशन के लिए जाते हैं। मीर आलम और उसके साथी पठान गांधी जी पर प्राणघातक हमला करते हैं। गांधी बेहोश हो जाते हैं। वे मर चुके हैं, ऐसा समझकर पठानों की टोली वहाँ से भाग जाती है। गांधी होश में आते हैं और सबसे पहले मीर पठान के बारे में पूछताछ करते हैं। उसे

पुलिस ने पकड़ लिया गया है, यह जानकर वे उसे छोड़ देने की विनती करते हैं। हमला करने वालों के विरोध में कोई फरियाद रजिस्टर नहीं करते।

यही मीर आलम कुछ समय बाद अपनी गलती कबूल करता है और आन्दोलन में शामिल हो जाता है। एक सभा में गांधी जी पर हमला हो सकता है, ऐसी कुछ जानकारी मीर आलम को मिलती है। वह सभा में ही चिल्ला उठता है कि जो कोई भी गांधी जी पर हमला करेगा वह मेरे छुरे की बलि चढ़ेगा।

गांधी उसे पास बुलाते हैं और उसे समझाने की कोशिश करते हैं कि मुझे कोई कुछ नहीं करेगा। वह गांधी जी को कहता है कि आप तो फकीर बाबा हैं आपको कुछ समझ में नहीं आता। मैं इन्हें अच्छे से पहचानता हूँ। आप पर कोई हाथ उठाए यह मैं कदापि बर्दाश्त नहीं करूँगा। उन्हें मैं खत्म कर दूँगा।

गांधी जी की जान के पीछे पड़ा मीर आलम अब उन्हें बचाने के लिए जी-जान से लगा हुआ है। लोगों की पहचान करके उन्हें अपना बनाने में गांधी क्या जादू करते थे पता ही नहीं चलता। पर वह आदमी पूरी तरह उनका हो जाता था। दुश्मन को अपना दोस्त बनाना, विरोधियों को अपनी ओर कर लेना, इस सब में वे काफी तेज थे। हेनरी पोलाक को उन्होंने पाँच घंटों में ही अपना बना लिया। 2-3 बार महादेवभाई देसाई गांधी से मिले होंगे और पूरी तरह गांधी के हो गए।

सावरकर का दाहिना हाथ समझे जाने वाले वी.वी.एस. एय्यर इसी तरह गांधी से मिले और उनके कट्टर अनुयायी बन गए। काका साहब कालेलकर और गांधी जी की भेंट रवीन्द्रनाथ टैगोर के यहाँ हुई और काका साहब गांधी के हो गए।

हेनरी पोलाक की वागवधू मिली पोलाक जब दक्षिण अफ्रीका पहुँचती है तो उसे लेने के लिए स्टेशन पर हेनरी के साथ गांधी जी भी जाते हैं। उसे पहले ही क्षण लगता है जैसे गांधी की आँखों से वर्णनातीत प्रेम उमड़ रहा है। मिली ने गांधी के सन्दर्भ में 'मिस्टर गांधी द मैन' यह किताब लिखी। एक घटना उसने अपनी एक किताब में लिखी है जिसका कहीं और उल्लेख नहीं है।

एक सभा में गांधी मंच से उतरे और एक आदमी उन्हें एक ओर लेकर गया। कुछ दूरी तक वे बातें करते हुए चलते-चलते निकल गए। उसके बाद उस व्यक्ति ने गांधी के हाथ में एक पैकेट दिया और चला गया। मिली ने यह सब देखा और भाई (दक्षिण अफ्रीका में गांधी जी को सभी भाई कहते थे) से पूछताछ की कि यह व्यक्ति कौन था। भाई ने शान्तिपूर्वक जवाब दिया—वह मुझे मारने आया था। हमारी बातचीत के बाद उसने अपना विचार बदल दिया। मिली ने पूछा और वह पैकेट

किस चीज का है? वह उसका रिवॉल्वर है। मिली के दिल की धड़कन जैसे तेज हो गई। उसने भाई से कहा, आपने उसे पुलिस से पकड़वाया होता। भाई हँसकर बोले, फिर वह कोई दूसरा अवसर खोजता। अब उसका विचार बदला है तो उसके मित्र होने के अवसर ज्यादा हैं।

एक व्यक्ति गांधी जी को मारने आता है। वह उन्हें अलग ले जाता है। उसके पास रिवॉल्वर है। गांधी जी ने उससे क्या बात की होगी कि उसने अपना रिवॉल्वर उनके सुपुर्द कर दिया और गांधी-हत्या का विचार मन से निकाल दिया। ये सभी बातें बड़ी ही अतार्किक लगती हैं। इन सभी चीजों में लॉजिक कम है मैजिक ज्यादा है।

हरमन केलनबॉक और गांधी की दोस्ती का मतलब दो ध्रुवों पर रहने वाले दो व्यक्तियों की दोस्ती। गांधी वंशभेद नहीं मानते थे, उसके खिलाफ ही उनकी लड़ाई थी। केलनबॉक वंशभेद मानता था। गांधी बैरिस्टर और केलनबॉक आर्किटेक्ट। गांधी भारत के, वह जर्मन। गांधी हिन्दू, वह यहूदी, गांधी सादगी से रहने वाले तो केलनबॉक खर्चीला, ऐशोआराम का शौकीन। अपनी ऐश के लिए पैसे लुटाने वाला। गांधी जी के सम्पर्क में वह आया और बदलता चला गया। वह गांधी में रमने लगा और उतनी ही तेजी से उनके शुरू किए आन्दोलन में भी रमने लगा। गांधी जी की हर सभा में हाजिर रहता। कोर्ट केस हो, गांधी का जेल में जाने का दिन हो या जेल से आने का दिन हो, केलनबॉक गांधी के सम्पर्क में हमेशा रहता था। वह इतना बदल गया कि हँसते-हँसते कहता भी था—एक समय था जब मैं वर्ण-द्वेष से सराबोर था पर आज मैं कहीं मैले कपड़ों में हिन्दू बच्चे को रोता देखता हूँ तो प्रेम से उठा लेता हूँ।

गांधी जी के इसी जर्मन मित्र ने तोल्स्तोय आश्रम के लिए 1100 एकड़ जमीन खरीदी थी। गांधी जब जेल से छूटे उस दिन इसी ने गांधी जी को घर पहुँचाने के लिए नई कार खरीदी। गांधी जी उसमें नहीं बैठे और उस गाड़ी को उन्होंने लौटा देने के लिए कहा। गांधी जी के इस मित्र को दूरबीन का बड़ा शौक था। इस पर उनसे अक्सर बहस होती थी। एक बार दोनों जहाज से यात्रा कर रहे थे। वहीं बहस शुरू हो गई तो गांधी ने कहा—हम लोग इस बात पर हमेशा बहस करते रहें, क्या इससे अच्छा यह नहीं कि तुम इसे समुद्र में फेंक दो? केलनबॉक ने जवाब दिया, ठीक है, फेंक दीजिए। और गांधी जी ने सचमुच ही उस दूरबीन को निर्विकार होकर फेंक दिया। गांधी जी के आश्रम में हरमन केलनबॉक को हनुमान काका कहा जाता था। वह हनुमान और गांधी राम।

दक्षिण अफ्रीका हो या भारत, गांधी जहाँ भी गए वहाँ उन्होंने लोगों की एक पाँत खड़ी कर दी। चर्चिल को गांधी पर बड़ा ही गुस्सा था। गांधी को उसने नंगा फकीर कहा था पर उनकी पोती नामी शिल्पकार श्रीमती क्लेयर शेरीडन गांधी का पुतला श्रद्धापूर्वक तैयार करती है और कहती है कि आधुनिक युग में अनेकों नामी और कर्तृत्ववान नेता हो चुके पर गांधी जी उनमें मुझे सबसे महान लगते हैं। चर्चिल को इस तरह अपने ही घर से सौगात मिलती है।

ब्रिटिश साम्राज्य से गांधी की लड़ाई है और उस साम्राज्य का एक महत्त्वपूर्ण हिस्सा इंग्लैंड की शाही नौसेना है, जिसका एडमिरल है स्लेड। उसकी बेटी मेडेलीन स्लेड गांधी से आकर मिलती है। चर्चिल हमेशा इनके घर उठता-बैठता है। यह भी एक तरह से चर्चिल को घर से ही मिली सौगात है। अपनी अमीरी, सब ठाठ, अपना राजमहल सा का घर छोड़कर स्लेड गांधी के आश्रम में आने के लिए कठोर से कठोर परीक्षा देती है। यह सुनकर भी रोमांच होता है। सादगी से रहना, चरखे सीखना, घर के पलंगों-गद्दियों को छोड़कर दरी पर सोने की आदत डालना, गांधी के आश्रम में मांसाहार नहीं मिलेगा इसलिए खुशी से शाकाहारी खाना, इतनी कठोर तपस्या के बाद गांधी के इम्तहान में वह पास होती है और आश्रम में रहने लगती है। गांधी उसे सबसे पहला काम देते हैं, भंगी का। राजमहल छोड़कर आई ब्रिटिश एडमिरल की बेटी गांधी के आश्रम में, और गांधी के बताए अनुसार भंगी का काम करती है। वह भी बड़ी खुशी से बिना किसी हिचकिचाहट के। गांधी जी को यह ताकत कहाँ से प्राप्त हुई होगी और कैसे?

भारत में गांधी जी पर जब केस चलता है, उस समय कोर्ट का माहौल देखते ही बनता था। आरोपी कोर्ट में कठघरे में खड़ा है और अंग्रेज जज उस आरोपी को सर झुकाकर पूरे कोर्ट के सामने अभिवादन करते हैं। कोर्ट का वह दृश्य ऐसा होता है जैसे आरोपी, जज है और अंग्रेज जज, आरोपी है।

काम शुरू करने से पहले जज आरोपी से कहते हैं कि जिन लोगों के राजनैतिक विचार आपसे मेल नहीं खाते वे भी आपको आदर्श जीवन जीने वाले व्यक्ति के तौर पर, साधु-संतों वाला जीवन जीने वाले व्यक्ति के तौर पर देखते हैं। यह एक अंग्रेज जज कठघरे में खड़े आरोपी से कह रहा है।

छह वर्ष की जेल की सजा गांधी जी को दी जाती है। गांधी कोर्ट में एक आरोपी के रूप में आते हैं। फिर भी कोर्ट अभिवादन करते हुए खड़ा हो जाता है। उन्हें छह वर्ष की सजा मिलती है तो अब वह केवल आरोपी नहीं है, गुनहगार है।

इसके बावजूद जब कोर्ट उठता है और उस वक्त बाकी सारे लोग भी अभिवादन में खड़े होते हैं।

जिनके खिलाफ आप लड़ रहे हैं उन्हें भी आपके प्रति इतना आदर महसूस हो, यह असम्भव-सी बात लगती है पर गांधी जी के बारे में यह असम्भव भी सम्भव था। विरोधी कहते थे गांधी के पास लॉजिक नहीं है, मैजिक है। यह बात सच भी हो सकती है। क्या गांधी का काला जादू?

गांधी जी को ब्रिटिश साम्राज्य के अन्तर्गत आनेवाली कोर्ट में इस तरह का सम्मान मिलता है तो जेल में इससे अलग क्या मिल सकता है, भले ही वह जेल ब्रिटिशों की हो।

आगा खान पैलेस की जेल से गांधी छूटने वाले हैं। इसी जेल में बापू ने बा की मृत्यु भी देखी है। और महादेव भाई देसाई, जिनके बारे में गांधी जी सोचते थे कि वे मेरे मरने पर मेरी मृत देह को कन्धा देंगे वे भी जेल के अहाते में ही चिरविश्रांति ले रहे हैं। जेल का सुपरिंटेंडेंट गांधी के पास आता है और कहता है—कल सुबह आप बाहर चले जाएँगे, इसलिए मैं अभी आशीर्वाद लेने आपके पास आया हूँ। केटली सुबह की प्रार्थना के बाद 75 हजार रुपयों की थैली गांधी को अर्पण करता है, और कहता है कि कुछ ही दिनों में आप 75 वर्ष के हो जाएँगे। उस समय आपको अनेक थैलियाँ मिलेंगी पर मेरी यह भेंट रखें। यहाँ न तो कोई कैदी था न ही कोई जेलर। कैदी और जेलर के बीच की दीवार कब की खत्म हो गई थी। ये दीवार खत्म करने की ताकत गांधी ने कहाँ से पाई होगी? जेल के इंस्पेक्टर जनरल की पत्नी का अलग ही कहना है। वह कहती है—गांधी आप फिर जेल आ रहे हों तो मुझे खबर कर दें, मेरा पति छुट्टी पर चला जाएगा।

गांधी ने सारी दुनिया को जीता होगा। अपने दुश्मन के दिल में स्थान बना लिया। वंशभेद करने वाले जर्मन यहूदी हरमन को जीता। मीर कासिम जैसे व्यक्ति को अपना रखवाला बना लिया। अंग्रेज जज उनके सामने नतमस्तक हो गया पर अपने ही देश के हिन्दुत्ववादियों के मन का द्वेष और तिरस्कार वे नहीं हटा पाए। धर्मवीर डॉ. बालकृष्ण मुंजे हिन्दू महासभा के भीष्म पितामह थे। उन्होंने गोलमेज परिषद में दो बार हिन्दू महासभा का प्रतिनिधित्व किया था। वो बोअर युद्ध के समय मेडिकल ऑफिसर थे। युद्ध में जख्मी लोगों की सेवा की अपेक्षा उन्हें प्रत्यक्षतः युद्ध देखने की ज्यादा इच्छा थी। भारत से जब वे दक्षिण अफ्रीका पहुँचे तब डरबन में वकील रहे बैरिस्टर गांधी के यहाँ मेहमान के तौर पर रहे। उनका चरित्त बालशास्त्री

हरदास ने लिखा है। भारत से दक्षिण अफ्रीका पहुँचने पर और बोअर युद्ध खत्म होने के बाद भारत वापस लौटने से पहले, दोनों ही बार वे गांधी जी के घर पर थे।

बालशास्त्री हरदास लिखते हैं कि डॉ. मुंजे को गांधी जी का मुसलमान-प्रेम उस समय भी अच्छा नहीं लगा था। गांधी जी के घर पर एक मुस्लिम रसोइया था। वह वास्तव में मुसलमान भंगी था। वह गांधी जी के परिवार में परिवार के सदस्य की तरह रहता था। डॉ. साहब को यह बात बड़ी ही गन्दी लगी।

डॉ. साहब को किस बात का धक्का लगा? वह रसोइया मुस्लिम है, इसका या वह भंगी था, इसका? इस बात का पता नहीं चला। रसोइया भंगी है इसलिए वह अस्वच्छ होगा, इसकी जरा भी सम्भावना नहीं। गांधी जी स्वच्छता के मामले में बड़े ही मुस्तैद रहते थे। मुस्लिम भंगी मांसाहारी होगा इसलिए डॉ. को धक्का लगा इसकी भी सम्भावना न के बराबर है क्योंकि मुंजे खुद मांसाहारी मटन खाने के लिए विख्यात थे। वह मुस्लिम है शायद मुंजे पचा भी लेते पर वह भंगी है, यह बात वे नहीं पचा पाए होंगे।

डरबन के गांधी के घर की यह गन्दगी मुंजे बर्दाश्त कर भी लेते पर गांधी डरबन की यह गन्दगी भारतीय राजनीति में लाए। कांग्रेस के मंच से इस गन्दगी का प्रदर्शन खुलेआम करने लगे। नागपुर के उनके अपने स्थान पर 1920 में हुए कांग्रेस अधिवेशन में अस्पृश्यता निवारण का कार्यक्रम रखकर गांधी ने इस गन्दगी को हमेशा के लिए अधिकृत कर दिया था। जिसे सारी दुनिया चाहती थी वह गांधी हिन्दुत्ववादियों को उसके गन्देपन के कारण तिरस्कार योग्य लगेगा, यह आश्चर्य की बात नहीं है। और अन्त में उसका वध ही उन्होंने कर दिया, यह भी आश्चर्य की बात नहीं है।

हिन्दू-मुस्लिमों का गांधी विरोध

डॉ. मुंजे ने 1920 में कांग्रेस का अधिवेशन कोशिश करके नागपुर में बुलाया। इस अधिवेशन की जिम्मेदारी मुख्य रूप से खुद अपने ऊपर ली। भोजन की सारी व्यवस्था हेडगेवार ने सँभाली।

देखा जाए तो गांधी के भारतीय राजनीति में उदय से पूर्व हिन्दू महासभा और कांग्रेस के बीच की सीमारेखाएँ काफी धुँधली थीं। कई बार कांग्रेस और हिन्दू महासभा के अधिवेशन एक ही जगह पर एक ही समय होते थे। गांधी के आने के बाद परिस्थिति तेजी से बदली और मुंजे के दुर्भाग्य से नागपुर के अधिवेशन में ही बदली।

उस अधिवेशन के अध्यक्ष तिलक हों यह शायद नियति को मंजूर नहीं था, क्योंकि उसके पहले ही तिलक का निधन हो गया था। अधिवेशन के अध्यक्ष विजय राघवाचारी भाषण करने वाले थे। उनके भाषण से पहले गांधी ने आह्वान किया कि राघवाचारी जी का असहयोग के विरुद्ध भाषण हम शान्ति से सुन लें। उस भाषण के समय लोगों ने बहुत हुल्लड़बाजी की। गांधी के विरोध में कुछ भी सुनने की तैयारी लोगों की नहीं थी।

जिन्ना ने भाषण में महात्मा गांधी न कहकर मिस्टर गांधी शब्द का प्रयोग किया, इसलिए लोगों ने उन्हें बोलने ही नहीं दिया। उन्हें अपना भाषण जल्दी ही खत्म करना पड़ा। गांधी का इतना निर्विवाद प्रभाव अधिवेशन पर था। अब बताइए, क्या इस सब के लिए मुंजे ने नागपुर अधिवेशन की तैयारियाँ की थीं? इस अधिवेशन में जितनी भीड़ थी उतनी पहले कभी नहीं हुई थी? डॉ. मुंजे को डरबन (अफ्रीका) में गांधी के घर में जो घिनौनापन दिखाई दिया था, मुस्लिम भीड़ के रूप में वह यहाँ भी मौजूद था। महिलाओं की भीड़ ने इस घिनौनेपन को और बढ़ा दिया था। कांग्रेस के इस अधिवेशन में हिन्दू-मुस्लिम प्रश्नों के साथ ब्राह्मण-ब्राह्मणेतर और अस्पृश्यता आदि समस्याओं पर भी चर्चा हुई। कांग्रेस को केवल एक राजनैतिक

संस्था मानने वालों को तो यह बात बहुत ज्यादा चुभी होगी। पर उपाय क्या था? उन्होंने ही इस अधिवेशन की पूरी तैयारियाँ की थीं।

पुणे कांग्रेस के समय तिलक के अनुयायी श्रीधर दाते की धमकी से न्यायमूर्ति रानडे को सामाजिक परिषद कांग्रेस के मंडप के बाहर ले जानी पड़ी थी। गांधी के आशीर्वाद से वह सामाजिक परिषद वापस कांग्रेस के मंडप में खुले मन से विचरण कर रही थी। यह भी डॉ. मुंजे, डॉ. हेडगेवार और खापर्डे के मन तथा विचारों के खिलाफ था।

इसी अधिवेशन में एक करोड़ के तिलक स्वराज्य फंड की घोषणा गांधी ने की। गांधी-द्वेष से उद्वेलित हो चुके तिलक के अनुयायियों को तिलक के नाम से की गई गांधी जी की नेतागिरी जरा भी पसन्द नहीं आई।

1907 में डॉ. मुंजे को उस समय के कांग्रेस के सर्वेसर्वा और नरम दल के अग्रणी फिरोजशाह मेहता ने अपने बँगले से बाहर कर दिया था। उसी मुंजे ने नागपुर का कांग्रेस अधिवेशन सफल करके दिखा दिया। पर उसी अधिवेशन में उन्हीं के हिन्दुत्ववादी विचारों को निकाल बाहर करने की नौबत आ गई। अधिवेशन में तिलक अध्यक्ष हों इसके लिए उन्होंने सारी कोशिशें कीं। अधिवेशन तो हुआ पर तिलक के बिना। गांधी अचानक वहाँ पहुँचे और अधिवेशन में वे ही वे हो गए। इस तरह मेहनत करे मुर्गा और अंडे खाए फकीर जैसी स्थिति हो गई। नागपुर अधिवेशन का वर्णन करें तो मेहनत मुंजे हेडगेवार ने की और विचार गांधी के स्थापित हुए। मुंजे की विचारधारा अधिवेशन की बाउंड्री के बाहर रह गई।

नागपुर के अधिवेशन में हुई गड़बड़ अविस्मरणीय थी। कांग्रेस का मूल चेहरा ही इसमें बदल रहा है, इसके चिन्ह अधिवेशन काल में तीव्रता से महसूस हो रहे थे। कांग्रेस की वर्णीय-वर्गीय संवेदनाएँ जैसे शिथिल हो रही थीं। अठारहों जातियों-जमातियों के समूह उस अधिवेशन में आए थे। और आगे क्या होने वाला है, इस बात का एहसास दे रहे थे।

इस अधिवेशन के बाद ही जिन्ना कांग्रेस से अलग हो गए और हिन्दुत्ववादी भी मानसिक रूप से अलग हुए। वे जो अलग हुए तो राष्ट्रीय स्वयंसेवक संघ के नए रूप में ही सामने आए और यह भी नागपुर में ही हुआ। कैसा संयोग है!

जिन्ना की मुस्लिम लीग गांधी और कांग्रेस की कट्टर विरोधी। राष्ट्रीय स्वयंसेवक संघ भी गांधी और कांग्रेस का उतना ही विरोधी। गांधी के नेतृत्व में होने वाले स्वतंत्रता-संग्राम से जितना विरोध मुस्लिम लीग का था उतना ही विरोध

हिन्दू महासभा व राष्ट्रीय स्वयंसेवक संघ का था। 1942 की लड़ाई में गांधी के नेतृत्व में सामान्य जनता सहभागी थी तो मुस्लिम लीग और हिन्दू महासभा गले में गला डालकर सत्ता में सहभागी थे। गांधी हिन्दुओं का समर्थक है, ऐसा मुस्लिम लीग कहती थी। वहीं गांधी मुस्लिमों की ओर से है, ऐसा आरोप हिन्दुत्ववादी लगाते थे।

हिन्दुत्ववादी भारत-विभाजन के लिए गांधी को जिम्मेदार कहते हैं जबकि विभाजन का सही अर्थ में कोई जिम्मेदार है, तो विभाजन की माँग करने वाले और विभाजन करके पाकिस्तान का निर्माण करने वाले मोहम्मद अली जिन्ना हैं, पर हिन्दुत्ववादियों ने कभी उनकी आलोचना की हो ऐसा नहीं दिखता। जिन्ना ने 'डायरेक्ट एक्शन' का आदेश दिया। डायरेक्ट एक्शन से उनका मतलब क्या था यह हिन्दुत्ववादी नहीं जानते थे, ऐसी बात नहीं है। जिन्ना के इस आदेश के बाद बंगाल में अल्पसंख्यक हिन्दुओं का बड़े पैमाने पर कत्लेआम हुआ। हिन्दू स्त्रियों पर बलात्कार हुए। हिन्दुओं के घरों को जलाया गया। स्त्रियों पर बलात्कार और हिन्दुओं के जबरदस्ती धर्मांतरण के खिलाफ हिन्दुत्ववादी कहीं भी उठकर खड़े हुए, ऐसा कभी नहीं सुना। जिस जिन्ना ने डायरेक्ट एक्शन का आदेश दिया उसका खून पीने कोई हिन्दुत्ववादी आगे आया हो, ऐसा भी सुनने में नहीं आया। जिन्ना का वध करने की या उनकी हत्या करने की किसी ने कोशिश नहीं की। गांधी को खत्म करना जरूरी है, ऐसा माननेवालों को जिन्ना पर जरा भी गुस्सा नहीं आया। फिर नोआखाली में हिन्दुओं को सांत्वना देने, उनके पुनर्वास की कोशिश करने वाले, जान की बाजी लगाने वाले गांधी की जहरीली आलोचना करने और अन्त में उनको मारने का मन उनका क्यों हुआ!

पाकिस्तान बनने के लिए गांधी जिम्मेदार और हत्या भी गांधी की ही। और गांधी के कारण ही जिन्ना साम्प्रदायिक हुए ऐसा सोचकर सहानुभूति जिन्ना की तरफ। पाकिस्तान में होने वाले दंगे के दौरान कराची में मौजूद तिलक के पुतले की रक्षा जिन्ना ने कैसे की, यह बताते हुए हिन्दुत्ववादी थकते नहीं हैं। ऐसा क्यों? गंगाधर इंदुलकर ने राष्ट्रीय स्वयंसेवक संघ 'कल, आज और कल' नाम की किताब में एक कहानी बताई है।

डॉ. मुंजे के नाती मो. देशपांडे नौकरी कराची में नौकरी कर रहे थे। विभाजन के समय वे वहाँ अटक गए। मुंजे ने जिन्ना को व्यक्तिगत पत्र लिखा। जिन्ना का प्राइवेट सेक्रेटरी वहाँ पहुँचा जहाँ देशपांडे रह रहे थे और उन्हें सुविधापूर्वक भारत

पहुँचाया गया। लालकृष्ण आडवाणी भा.ज.पा. के सर्वेसर्वा थे। तब उन्होंने जिन्ना की तारीफ की थी। संघ ने उस समय हल्ला किया था। यह हल्ला सच था या झूठ यह नहीं पता या फिर केवल राजनीति से प्रेरित था। संघचालक सुदर्शन जब अपने पद से हटते हैं उस समय भी वे जिन्ना की तारीफ करते हैं। भारत सरकार के परराष्ट्रमंत्री जसवंत सिंह ने तो जिन्ना पर एक बड़ा सा ग्रंथ ही लिख डाला। हिन्दुत्ववादियों का गांधी द्वेष, पर जिन्ना के सम्बन्ध में उमड़ता प्रेम, आखिर मामला क्या है?

आजादी के आन्दोलन के पहले मुस्लिम लीग और हिन्दू महासभा दोनों संगठन ऊपर-ऊपर से परस्पर विरोधी होते हुए भी एक-दूसरे के लिए परिपूरक थे। प्राध्यापक फाटक, इन्होंने मुस्लिम लीग और हिन्दू महासभा की तुलना की। मुस्लिम लीग की औलाद-सी लगने वाली हिन्दू महासभा ने पाकिस्तान की कल्पना को ताकत देकर मदद की, उन्होंने ऐसा स्पष्ट किया है। हिन्दुओं के बारे में मुस्लिमों के मन में जो दरार है वह सच हो या झूठ पर हिन्दू महासभा उसे सच बनाने की फिराक में है। इससे भी आगे जाकर मुस्लिम लीग और हिन्दू महासभा की तुलना करते हुए वे कहते हैं, "हिन्दू महासभा आन्दोलन में शुद्धि व संगठन ये शब्द मुस्लिमों के तंजीम व तबलीग, इन शब्दों का तर्जुमा हैं।" इसलिए हिन्दू महासभा मुस्लिम लीग की परछाईं जैसी ही है।

हम पहले मुस्लिम हैं उसके बाद भारतीय, ऐसा मुस्लिम लीग वाले कहते थे। हिन्दू भी कैसे पीछे रहते। हिन्दू महासभा के लालचंद कहते हैं, हम पहले हिन्दू हैं तब भारतीय। ये दोनों विधान फाटक के उक्त कथन की पुष्टि ही करते हैं, कि हिन्दू महासभा मुस्लिम लीग की परछाईं है।

जिस द्विराष्ट्रवाद के हवाले से जिन्ना ने पाकिस्तान की माँग की वह हिन्दू राष्ट्रवाद सावरकर के 1937 के हिन्दू महासभा के अधिवेशन में हुए भाषण से गर्भित था ही। इस देश में हिन्दू राष्ट्र और मुस्लिम राष्ट्र, ऐसे दो राष्ट्र हैं, अगर एक बार इसे स्वीकृति दे दी जाए तो दो राष्ट्र हुए, विभाजन हुआ, इस पर इतना हल्ला?

वह भी गांधी के नाम पर? क्यों? ऊपर से इसके लिए जिम्मेदार गांधी हैं ऐसा झूठा आरोप लगाना। उन्हें दुख कोई होगा तो केवल इस बात का कि जिन्ना को मुस्लिम राष्ट्र बनाने में सफलता मिल गई, हिन्दुत्ववादियों को हिन्दू राष्ट्र बनाने में सफलता नहीं मिली। जिन्ना के पीछे मुख्य रूप से मुस्लिम खड़े थे लेकिन हिन्दू इन हिन्दुत्ववादियों के पीछे बिलकुल नहीं थे क्योंकि वे खड़े थे गांधी के पीछे। गांधी हिन्दूद्रोही है ऐसा हिन्दुत्ववादी चीख-चीखकर कह रहे थे।

फिर भी हिन्दू गांधी के ही पीछे क्यों थे? इसकी मीमांसा करने की जरूरत हिन्दुत्ववादियों को है। गांधी ने आजादी की लड़ाई में समता और बराबरी के तत्त्व डालने की शुरुआत की। हिन्दुत्ववादियों की मुख्य तकलीफ यही थी।

जिन पटेल का गुणगान हिन्दुत्ववादी कर रहे हैं उन्होंने उस समय लोकसभा में निवेदन किया था। हिन्दू महासभा का एक ग्रुप गांधी हत्या से सन्तुष्ट नहीं है, उसे नेहरू की भी हत्या करनी है। ऐसा अपने निवेदन में पटेल कहते हैं। उन्हें हिन्दू राज्य नहीं ब्राह्मण राज्य चाहिए,यह समझ सभी हिन्दुओं को थी। इसलिए गांधी जब तक जिन्दा थे और उनकी मृत्यु के बाद भी काफी वर्षों तक लोग हिन्दुत्ववादियों के पीछे नहीं गए ।

गांधी आजादी के आन्दोलन में 'बराबरी' का मूल्य लेकर आए। बहुजनों का समावेश कर उन्होंने अभिजन वर्ग के प्रभाव को क्षीण करने की कोशिश की। धर्म पर आधारित राष्ट्र का निर्माण करना एक मूर्खता है, यह बात आम लोगों के मन में डालने की कोशिश की।

उनका कहना कितना सही था। धर्म के आधार पर बने पाकिस्तान के दो टुकड़े हुए। केवल धर्म का सहारा लेकर राष्ट्र टिक जाता तो एक ही मुस्लिम धर्म का पाकिस्तान दो देशों में विभाजित क्यों होता? इसका जवाब हिन्दुत्ववादी नहीं देते। पर जवाब तो इन्हें देना होगा। जिन्ना के नेतृत्व में बने पाकिस्तान के अभी शायद और हिस्से होने की सम्भावना है।

गांधी के नेतृत्व में स्वतंत्र हुआ भारत आज भी अखंड है। देश अखंड है और लोकतंत्र टिका हुआ है। पाकिस्तान अधिकांश समय सेना के ही हाथों में रहा है। हमारे देश की सेना को ऐसी इच्छा कभी नहीं हुई कि हम देश को अपने कब्जे में कर लें। इसका श्रेय गांधी के आजादी के आन्दोलन को जाता है। उन्होंने सोच-समझकर लोकतांत्रिक मूल्यों को समाज में घुलने-मिलने दिया। आज सभी जातियों के लोग सभी क्षेत्रों में अधिकारपूर्वक सामने आ रहे हैं। इसका श्रेय भी आजादी की लड़ाई को जाता है जिसमें गांधी ने बड़े पैमाने पर आम लोगों को शामिल किया। इस देश का कोई इतिहास नहीं था, ऐसा नहीं कहा जा सकता। इतिहास था पर राजे-महाराजाओं का। इस देश के सामान्य लोगों को अगर किसी ने इतिहास दिया तो गांधी के नेतृत्व ने ही।

वास्तव में देखा जाए तो हिन्दू-मुस्लिम कट्टरपंथ कोई भिन्न-भिन्न बातें नहीं हैं। गुण-धर्म दोनों के एक ही हैं। विशिष्टवर्गीय-वर्णीय हित-सम्बन्धों की रक्षा करना।

उन पर जब खतरा दिखने लगता है तो मुस्लिम या हिन्दू कट्टरपंथियों, दोनों के लिए धर्म खतरे में पड़ जाता है।

जाति-धर्म का ओढ़ना ओढ़कर ये सभी धर्म अपने-अपने हित सम्बन्धों की रक्षा करते हैं। यह स्थिति तो शैतान के मुँह में बाइबल जैसी है। समय पड़ने पर धर्मग्रंथ भी सुविधानुसार काम आ जाते हैं।

1857 के विद्रोह के बारे में सावरकर ने स्वातंत्र्य-समर की बात कही। हिन्दू-मुस्लिम के एक साथ आने के लिए बादशाहों, राजाओं, नवाबों, मौलवियों और धर्मगुरुओं ने फतवे और आह्वान दिए हैं। इस लड़ाई में जनता के भी कुछ सवाल थे, उनकी आशा-आकांक्षाओं से किसी को मतलब नहीं था। ब्रिटिशों के कारण राजे-महाराजे, नवाबों के हित खतरे में थे इसलिए ये सब एक होकर ब्रिटिशों से लड़ते हैं। नाम और ऊपर का आवरण अपनी-अपनी सुविधानुसार। जाति, वर्ण, धर्म को ठंडे बस्ते में डाल दिया जाता है। झाँसी की रानी लक्ष्मीबाई हमारी अस्मिता का प्रतीक हैं। "मैं मेरी झाँसी नहीं दूँगी" ऐसा लक्ष्मीबाई कहती हैं। कोई उनसे झाँसी छीनने की कोशिश में है और उन्हें वह नहीं देनी है, यही उस संघर्ष की सीमा है।

तिलक के नेतृत्व में आजादी का आन्दोलन शुरू था। उसका तात्त्विक आधार स्पष्ट था। पेशवा के हाथों से ब्रिटिशों ने जो सत्ता ली उसे हमें (हमारी जाति को) वापस लेना है। इस आन्दोलन के लिए सामाजिक प्रश्न, सामाजिक समस्याएँ अछूत की तरह थीं। यह लड़ाई केवल राजनैतिक आजादी के लिए है, सामाजिक समस्याओं की गाँठ को बाद में छुड़ाते रहेंगे। एक बार सत्ता हमारे हाथ में आ जाए, भविष्य को आगे देख लेंगे। ऐसे कोई बाद में नहीं देखता, यह सामान्य लोगों को मालूम था। सामान्य जनता को जैसे ब्रिटिश राज्य से तकलीफ थी उसी तरह पहले के राज्यों का अनुभव भी उन्हें था।

फर्क बस अपने-पराए का था। अपने राजाओं की तुलना में पराए ब्रिटिशों ने समानता पर आधारित जो व्यवहार किया वह ज्यादा ठीक था। अपने राजाओं ने शिक्षा के सूरज को बन्द कमरे में रखा हुआ था। उस सूर्य की कुछ किरणें सामान्य लोगों के शरीर पर ब्रिटिश राज में ही पड़ी थीं। इसलिए सामाजिक आजादी की बात करने वाले उनका विरोध करते हैं जो पहले राजनैतिक आजादी लाने को कहते हैं।

गांधी लड़ाई शुरू करते हैं तो सारे मापदंड बदल देते हैं। आजादी किसके लिए और क्यों? कभी न पूछा गया यह सवाल वे पूछते हैं। इसी प्रश्न से वर्गीय और

वर्णीय हित-सम्बन्धों की असलियत खुलकर सामने आ जाती है। पहले राजनैतिक या पहले सामाजिक, इस भ्रम के गुब्बारे को भी गांधी फोड़ देता है।

ब्रिटिशों का विरोध करने वालों को अब गांधी से ज्यादा नजदीक ब्रिटिश लगने लगते हैं। आजादी के लिए लड़ने वालों के गरम दल की टोली की बन्दूक से ब्रिटिशों पर अन्तिम गोली 1918 में छूटती है। फिर उनके हितों को खतरे में डालने वाला गांधी उनका नम्बर एक दुश्मन बन जाता है। इसी कारण हिन्दुत्ववादियों का, मुस्लिम लीग का और ब्रिटिश साम्राज्यवादियों, सभी का नम्बर एक दुश्मन गांधी होता है। गांधी के दुश्मनों को गांधी जितनी जल्दी समझ में आता है उतने बेमालूम तरीके से उसके मित्रों को नहीं आता। इसी कारण गांधी का गेम होना तय था।

गांधी ने इस देश को एक धागे में पिरो दिया इसलिए आज देश अखंड है। इसके बावजूद गांधी को देश से तोड़ने के प्रयास निरन्तर चल रहे हैं। इन कोशिशों को सफलता भी मिलती दिख रही है। जिस क्षण देश गांधी से दूर हो जाएगा, देश टूट जाएगा, यह कटु सत्य है। देश को बचाना है तो गांधी भी देश से नहीं छूटना चाहिए। इसलिए हमें सब समस्याओं को नए सन्दर्भों में देखना जरूरी है।

चौखटों को तोड़नेवाला गांधी

भारतीय राजनीति में जिस समय गांधी का प्रवेश हुआ उस समय की बात करें तो गांधी का रूप थोड़ा पहेली जैसा लगता है। उनकी भाषा नरम पर परिणाम दाहक और गरम रहते थे। ऐसे आदमी को किस चौखट में बिठाएँ? चौखटों के बादशाहों के लिए वह सरदर्द था। 1917 के नवम्बर के पहले सप्ताह में गुजरात सभा के अध्यक्ष पद पर रहते हुए गांधी ने पहला झटका दिया था।

भारत की प्रत्येक राजनैतिक परिषद में शुरू में रखे जाने वाले राजा से वफादार रहने के प्रस्ताव के मजमून को उन्होंने फाड़ दिया। नरम दल का पहले से चला आता तरीका यही था। गरम दल के लोगों ने भी इस नियम को तोड़ा नहीं था। गांधी ने एक झटके में उसे तोड़ दिया। इस पर उन्हें क्या कहा जाए! अति गरम दल का आदमी? लेकिन उनके स्पष्टीकरण के बाद तो यह भी नहीं कहा जा सकता।

वे कहते हैं, "इंग्लैंड में भी वफादारी का ऐसा प्रस्ताव सभाओं में नहीं रखा जाता।" जब तक हम विद्रोह नहीं करते तब तक हम वफादार ही हैं, यही माना जाना चाहिए। इस बात में आवरण तो सीधा-सादा वफादारी का है। पर इसके अन्दर का अर्थ काफी दाहक और विद्रोही है। उनकी यह नीति इस देश के सर्वसामान्य लोगों को जितनी सहजता से समझ में आई, विद्वानों को उसे समझने में उतनी ही कठिनाई हुई। गांधी के ही गुजरात में एक कहावत है 'भण्या पण गण्या नहीं' मतलब पढ़ तो लिये पर समझदारी नहीं आई। पढ़े-लिखे लोगों की यही स्थिति गांधी के बारे में हुई है। कर्यानन्द से ज्यादा वे बहस के आनन्द को ही बुद्धिमत्ता समझते हैं।

गांधी चातुर्वर्ण्य को मानते थे, गांधी जातिवादी थे, इस तरह के आरोप गांधी जी पर लगाए जाते हैं। इन आरोपों को लगाने से पहले हमें यह देखना होगा कि फिर जातिवादी और मनुवादी लोग ही उनके प्राण लेने क्यों टूट पड़े।

आखिर कब तक हम गांधी पर वही-वही आरोप लगाते रहेंगे? अस्पृश्यता के प्रश्न पर भी गांधी की भाषा नरम है, फिर भी इस समस्या पर गांधी का काफी प्रभाव

पड़ा। मेरा एक मित्र था गांधी-विचार को मानने वाला। वह कोंकण गया और मरे हुए जानवरों की चमड़ी निकालने का, उसकी फिनिशिंग करके उससे जूता-चप्पल बनाने का काम करने का निश्चय उसने किया, क्योंकि ये गांधी जी के काम का एक हिस्सा था। उसने इसके लिए एक प्रशिक्षण शिविर का आयोजन किया। कहा कि जिन्हें मरे हुए जानवरों की चमड़ी छीलना हो, उसकी फिनिशिंग करके जूते-चप्पल बनाना सीखना हो, वे इस शिविर में आएँ। विभिन्न प्रचार माध्यमों द्वारा इसका प्रचार भी किया। कुल मिलाकर 42 शिविरार्थी आए। उनमें से केवल तीन ही जवान थे, बाकी **39** अपनी उम्र के सत्तर पार कर चुके बूढ़े थे। कभी कोंकण में यही काम उन्होंने गांधी के कहने पर किया था। ज्यादा अचरज की बात ये कि ये सब के सब चितपावन ब्राह्मण थे।

उन दिनों हमारे अधिकतर नेता ब्राह्मण थे। उनमें भी ज्यादा बैरिस्टर थे, कुछ डॉक्टर भी होंगे। डॉक्टर बनना उच्च वर्ण के लोगों के लिए सबसे अधिक मुश्किल है। आया हुआ बीमार आदमी किस जाति का होगा, उसकी छाँव पड़ने से भी मुझे छूत लग जाएगी। ऐसे में उसे हाथ लगाकर उसकी जाँच करना तो महापाप हो जाएगा। यह महापाप मेरे हाथों न हो और इससे बचना हो तो डॉक्टर न बनना ही एक उपाय है।

यह भावना जिस समय तीव्र थी उस समय उसी कोंकण क्षेत्र के चितपावन ब्राह्मण गांधी के प्रभाव में आकर चमार का काम सीखते हैं। ऐसी स्थिति में कितना हाहाकार हुआ होगा, इसकी कल्पना क्या हम कर सकते हैं? एक तो गांधी द्वारा किया गया कर्मसंकर ही महापाप है। चातुर्वर्ण्य जिस तरह से वर्णसंकर को नहीं मानता उसी तरह कर्मसंकर को भी नहीं मानता। कर्मसंकर भी निषिद्ध है। कर्मसंकर जिसने किया है वह अगर शूद्र है तो उसे देहदंड या मृत्यु की सजा है। शंबूक ने वेदों का अध्ययन किया इसलिए उसे सजा मिली। उसका वध किया गया। यही कर्मसंकर किसी ब्राह्मण ने किया हो तो? उसका वध कैसे कर सकते हैं? वध करने पर ब्रह्महत्या के पाप का भागी बनना होगा। लेकिन ऐसा कर्मसंकर ब्राह्मणों के हाथों अगर गांधी जैसा वैश्य करवाता है तो उसका वध किया जा सकता है। उससे ब्रह्महत्या का पाप लगने की सम्भावना नहीं है।

गांधी का समाज-परिवर्तन में क्या योगदान है, यह कोई पूछे तो गांधी की मनुवादियों द्वारा हत्या यही एकमात्र उसका जवाब है। गांधी की अस्पृश्यता निवारण का संसर्ग जिन्होंने आन्दोलन का निर्माण किया उन्हें ही होने की शुरुआत हो जाए

तो कितनी बड़ी क्रान्ति और हलचल समाज में हुई होगी इसकी कल्पना हम नहीं कर सकते।

महाराष्ट्र में गांधी का तीव्र विरोध किया ब्राह्मणों ने और गांधी को स्थापित करने के लिए क्लेश भी बर्दाश्त किए ब्राह्मणों ने ही। ब्राह्मणों ने गांधी-विचार पर चलने के कारण गालियाँ खाईं, अपमान बर्दाश्त किया, मार सही, यह हम कैसे भूल सकते हैं।

दुर्भाग्य से गांधी की हत्या एक ब्राह्मण ने ही की इसलिए ब्राह्मणों के योगदान को महत्त्वहीन समझना सुविधाजनक तो लगता है पर यह सच नहीं है। सुविधाजनक का मतलब सत्य, यही बात मूल रूप से गलत है।

गांधी जी खुद को सनातनी हिन्दू कहते थे पर सनातनी हिन्दू उन पर टूट पड़ते थे, यह बात हमें अच्छी तरह समझ लेनी चाहिए। विद्या वाचस्पति, आत्माराम शास्त्री ने अस्पृश्यता पर शास्त्रार्थ करने वाले पत्र गांधी को लिखे थे। उनके विचारानुसार अस्पृश्यों के शरीर में नाखून से लेकर शिखा तक अनाचार भरा हुआ है, यह उनका सिद्धान्त ही था। उनके पत्र का गांधी ने जवाब दिया था। अस्पृश्यों में दिखने वाले हर दुर्गुण के लिए उच्च वर्ण के कहलाने वाले हिन्दू ही जिम्मेदार हैं, ऐसा मेरा आत्मविश्वास है। उस पर शास्त्री ने कहा था यह तो उलटा न्याय है। गांधी का राज्य आया तो स्वधर्म पर कुठाराघात होगा, इसलिए हिन्दुओं को उनके प्रतिरोध के लिए तैयार रहना चाहिए।

इसका सीधा सुविधाजनक मतलब निकाला गया कि गांधी मुस्लिम धर्म पर फिदा हैं क्योंकि उनके कारण ब्राह्मणों पर कुठाराघात होगा, यह बोलना तो उन्हें भी कठिनाई में डाल देता। गांधी को अच्छी तरह पीटना हिन्दुत्ववादियों के लिए जरूरी हो गया था। इस तरह उन्होंने गांधी पर हिन्दूधर्म-द्वेषी, हिन्दूधर्मद्रोही का लेबल लगाया। और वे कैसे मुस्लिम-प्रेमी थे, इस बात को लोगों के दिमाग में डालने की कोशिश की। यह करना उनके लिए अपरिहार्य था।

ना.भा. खरे, ने कहा—गांधी औरंगजेब के अवतार थे। हिन्दुओं का सर्वनाश करने का औरंगजेब का उद्देश्य सफल नहीं हो पाया इसलिए उस कार्य को हिन्दू बनकर करना जरूरी था। यही सोचकर औरंगजेब ने गांधी का जन्म लिया। यानी मृत्यु के बाद औरंगजेब स्वर्ग गया, वहाँ उसने रिश्वत देकर धर्मांतरण कर लिया और भगवान ने भी धर्म को डुबाने के लिए धर्मांतर होने दिया, ऐसी अतार्किक चीज शास्त्री जी के शास्त्रार्थ वाले दिमाग को जरा भी नहीं खटकी!

ना. भा. खरे हिन्दू महासभा के नेता थे। उसी तरह सावरकर की हिन्दू महासभा के प्रभाव में आए गोडसे, आप्टे का गांधी-द्वेष कितना प्रखर था यह तो गांधी की हत्या से ही स्पष्ट हो जाता है। लेकिन उनके हिन्दू राष्ट्र दल में जाने वाले रा.प. नेने ने जो अपनी यादें बताई हैं उससे यह ज्यादा स्पष्ट होता है। गांधी पुणे गए थे, तभी रा.प. नेने उनकी प्रार्थना सभा में जाते हैं और प्रभावित होते हैं। यह बात नारायण आप्टे को पता चलती है। तब आप्टे कहता है—इस तरह से हम प्रभावित होने लगे तो हमारे कार्यकर्ता सावरकरवादी कैसे बनेंगे? मैं होता तो मुझे महात्मा को दो झापड़ मारने की इच्छा होती। अर्थात् भविष्य में उनकी द्वेषाग्नि इतनी अधिक बढ़ी कि वह केवल झापड़ मारने से ही खत्म होने वाली नहीं थी।

सावरकर के बन्धु 'बाबाराव' जिन्दगी भर गांधीविष का ही वमन करते रहे और उसी में गौरव महसूस करते रहे। बाबाराव सावरकर अफगानिस्तान के अमीर अमानुल्ला से गांधी का कनेक्शन जोड़ते हैं। गांधी और अमानुल्ला में गुप्त अनुबंध हुआ था और गांधी ने अमीर को भारत पर हमला करने के लिए आमंत्रित किया था। ऐसी बात वे बार-बार बोलते हैं।

'हिन्दू राष्ट्र पहले आज और कल' इस पुस्तक में वे अपना राग अलापते हैं। गांधी के असहयोग आन्दोलन का सम्बन्ध भी वे इस गुप्त अनुबंध से जोड़ते हैं।

चौरीचौरा की घटना में हिंसा होने के कारण गांधी ने बारदोली में नियोजित आन्दोलन को स्थगित कर दिया। इस घटना का सम्बन्ध भी वे अमीर से ही जोड़ते हैं। उनके अनुसार अमानुल्ला का आक्रमण होने पर ब्रिटिश सेना के मुस्लिम सैनिक लड़ाई में भाग न लेते, और गांधी के आदेशानुसार हिन्दू सैनिक और जनता भी तटस्थ रहने वाली थी। यह कहते हुए वे अनजाने में स्वीकार कर लेते हैं कि हिन्दू सैनिक व जनता गांधी के शब्दों को मानती है। हिन्दू महासभा, सावरकर, व हिन्दुत्ववादी कहलाने वाले लोगों को हिन्दू मान्यता नहीं देते। उनका कहना नहीं मानते। और गांधी हिन्दू-द्रोही हैं फिर भी सभी हिन्दू उनके शब्द को प्रमाण मानते हैं। ऐसी अप्रत्यक्ष स्वीकृति भी वे दे ही देते हैं। गांधी-द्वेष में जो आपा खो चुके हैं उनका हर जगह होश छूट जाना स्वाभाविक है।

तिलक का 1918 में 'अथनी' में जो भाषण हुआ और साथ ही सर सैयद अहमद का 1888 में लखनऊ में जो भाषण हुआ वह हमने पहले देखा है। दोनों भाषणों के शब्दों में कुछ फर्क हो तो भी आशय दोनों का बिलकुल समान है। 1930 में मुंबई में भव्य 'मुस्लिम परिषद' आयोजित की गई थी। उसमें बोलते हुए जिन्ना कहते हैं,

हम मि. गांधी के आन्दोलन में भाग लेने से इनकार करते हैं क्योंकि उनका उद्देश्य भारत को आजादी दिलाना नहीं, सात करोड़ मुसलमानों की गर्दन हिन्दू महासभा के नीचे दबाना है। और उधर 'हिन्दू महासभा' गांधी का अपमान करती है। उनकी जान लेने पर ही तुली हुई है। एक तरफ वे दावा करते हैं कि गांधी और गांधी की कांग्रेस हिन्दुओं का प्रतिनिधित्व नहीं करती, हिन्दू महासभा करती है। वहीं जिन्ना कहते हैं कि मुस्लिमों का प्रतिनिधित्व मुस्लिम लीग करती है। अगर ऐसा है तो आखिर गांधी के पीछे कौन है? और जिसके पीछे कोई नहीं उसके नाम पर इतने पत्थर फेंकने से फायदा?

खिलाफत आन्दोलन के समय ऐसी स्थिति आती है कि मुस्लिम भी गांधी के साथ आ जाते हैं। जिन्ना को तिलक राष्ट्रीय और मुस्लिमों का हित करनेवाले लगते हैं, पर गांधी को वे मुस्लिमों का दुश्मन मानते हैं।

लखनऊ करार के अन्तर्गत तिलक मुस्लिमों का 'स्वतंत्र मतदार संघ' बहाल करते हैं, पर तिलक को कोई मुस्लिमों का पक्ष लेने वाला नहीं कहता। हिन्दुत्ववादी ही नहीं जिन्ना भी तिलक की प्रशंसा करते हैं। और गांधी को दोनों गाली देते हैं। हिन्दू-मुस्लिम प्रश्नों के जानकार ब.ना. जोग, लखनऊ करार के सम्बन्ध में कहते हैं—मुस्लिम समाज को देश की मुख्यधारा में लाने के लिए तिलक ने कुछ नहीं किया। उलटे उस समाज को उसी तरह धर्मांध-स्वार्थान्ध रखकर लखनऊ करार किया।

इस करार के कारण मुस्लिमों की सौदा करने की आकांक्षा बढ़ गई और उनकी ऐसी इच्छा का प्रतिरोध करने की हिन्दुओं की इच्छा खत्म हुई। इस करार के कारण हिन्दुओं ने मुस्लिमों को भर-भर के दिया। मुस्लिम जो माँगें वह हमें देना चाहिए, ऐसी भावना हिन्दुओं के मन में लखनऊ करार ने पैदा कर दी, जिसके अगले 30 वर्षों में बड़े ही भयानक परिणाम हुए। यह करार इस देश के इतिहास की एक बड़ी दुर्घटना है। इस करार से हिन्दू-मुस्लिम एकता को तो ठेस पहुँची ही, स्वराज्य जल्दी आने की सम्भावना हुई हो ऐसा भी नहीं कहा जा सकता, पाकिस्तान बनने का रास्ता जरूर साफ हो गया।

यह तिलक की गलती नहीं थी, एक राजनैतिक अपरिहार्यता थी ऐसा हम कह सकते हैं। पर पाकिस्तान के निर्माण की जड़ें तो निश्चित ही पक्की हो गईं, इससे हम इनकार नहीं कर सकते। अगर ऐसा है तो गांधी को जिम्मेदार मानकर उन्हें हमेशा फाँसी पर क्यों लटकाया जाता है?

गांधी मुस्लिमों का पक्ष लेते हैं, पर जिन्ना 1924 के अजमेर भाषण में बोलते हैं—गांधी का व्यक्तित्व कितना भी शुद्ध हो तो भी धर्म की दृष्टि से वे मुझे किसी भी मुसलमान से कम स्तर के लगते हैं। वह मुसलमान चरित्रहीन हो फिर भी।

उसी वर्ष लखनऊ भाषण में वे यही विषय अलग स्वरूप में रखते हैं। हाँ, मेरे धर्म के अनुसार व्यभिचारी और पतित मुसलमान को भी मैं गांधी से बेहतर समझता हूँ। थोड़े-बहुत फर्क से हिन्दू महासभा भी यही बातें गांधी के लिए बोलती है।

जन्म पर आधारित श्रेष्ठता का अहंकार रखनेवाले संगठनों ने, गांधी का विरोध किया चाहे वे हिन्दू हों या मुस्लिम। जन्म के श्रेष्ठत्व को ही जिस गांधी ने खत्म करने की कोशिश की, उनके नाम से जितना विषवमन किया गया, उसका वर्णन नहीं किया जा सकता। गांधी ने धर्म को माना पर उनके धर्म का आधार किसी से द्वेष नहीं था। मनुष्य के अन्दर जो जानवर है उसे मनुष्य बनाने का प्रयास ही उनका धर्म था जबकि अन्य लोगों ने धर्म का उपयोग किया मनुष्य के अन्दर के पशु को जगाने के लिए।

हम संस्कृति की बात करते हैं। संस्कृति क्या होती है? आदमी के भीतर के पशुत्व को मानवता में संस्कारित करने की निरन्तर कोशिशों की एक शृंखला। गांधी ने यह कोशिश जिन्दगी भर की। पर संस्कृति के पीछे छुपी विकृतियों ने मौका मिलते ही उन पर हमला कर दिया।

खुद का संवाद खुद ही से

सच देखा जाए तो 'रात्र दिन आम्हा युद्धा चा प्रसंग अन्तर बाह्य जग व मन' (रात-दिन हमारा झगड़ा चलता रहता है। अन्दर-बाहर, दुनिया से व मन से भी)। तुकाराम का यह अभंग। यह अभंग गांधी ने जिन्दगी भर जिया। बाहर का संघर्ष करने वालों की और उसे जीने वालों की कोई कमी नहीं है। उसी तरह अन्दर के संघर्ष से जूझने वाले भी बहुत हैं। लेकिन लोगों के लिए दो अलग विषय हैं। उनकी युद्ध भूमि अलग है, उसी तरह योद्धा भी अलग हैं, ऐसी आम तौर पर मान्यता है। बाहर का युद्ध लड़ा जाता है राजनीति में और समाज में, और अन्दर का युद्ध अध्यात्म के क्षेत्र में। ऐसा सीधा-सा विभाजन किया गया है। गांधी ही एक ऐसा व्यक्ति है जो ये दोनों युद्ध एक ही समय में लड़ता है। ये दोनों क्षेत्र अलग हैं ऐसा वह मानता ही नहीं। ये दोनों विषय अविभाजित हैं।

पहले राजनैतिक आजादी या पहले सामाजिक आजादी। पहले या बाद में ऐसा कुछ होता भी है, यह वह नहीं मानता। उसी तरह अन्दर और बाहर, ऐसा कोई विभाजन भी उसने नहीं किया। व्यक्तिगत और सार्वजनिक के बँटवारे को भी मानने को वह तैयार नहीं।

करीब-करीब 20-22 वर्ष दक्षिण अफ्रीका का संघर्ष और करीब 30 वर्ष भारत का संघर्ष। इस तरह जिन्दगी का आधा शतक संघर्ष में गया। यह संघर्ष भी उस साम्राज्य के साथ जिसके बारे में कहा जाता है कि वहाँ कभी सूरज नहीं ढलता।

इस व्यक्ति को थकान नहीं हुई। और केवल यही संघर्ष नहीं था। इस व्यक्ति के पेट में भी अनेक संघर्ष थे। जाति-जाति का संघर्ष। हिन्दू-मुस्लिम संघर्ष। रूढ़ियाँ, परम्पराएँ, बुरी प्रथाएँ, इनके खिलाफ भी संघर्ष। ये संघर्ष कम-से-कम दिखते तो थे, पर इस व्यक्ति की खुद से भी लड़ाई लगातार चल रही थी। वह भी कम महत्त्व की नहीं थी।

दक्षिण अफ्रीका में जोहान्सबर्ग से डरबन 24 घंटों की यात्रा। हेनरी पोलाक यात्रा में पढ़ने के लिए रस्किन का 'अनटू दिस लास्ट' किताब देते हैं। इसके पहले भी इस किताब को लाखों लोगों ने पढ़ा है। उन्हें वह अच्छी भी लगी होगी। उस किताब पर बहुत चर्चाएँ भी हुई होंगी। पर गांधी उस किताब को पढ़ते हैं तो वह किताब उन्हें इतनी अच्छी लगती है कि वे इस किताब को अपने जीने का आधार बना लेते हैं।

कोई विचार अच्छा लगा इसलिए उसे जीने की कोशिश में लग जाना, यह केवल गांधी ही कर सकता है। सबके कल्याण में हमारा कल्याण। वकील हो या नाई हो, सबकी कीमत एक जैसी हांनी चाहिए। सीधा-सादा शरीर-श्रम वाला किसानी जीवन, यही असली जीवन है। यह उस किताब का सारतत्त्व था जिसे गांधी ने प्रत्यक्ष जीवन में उतारने की शुरुआत की। यात्रा में पढ़ने के लिए मिली इस किताब से जैसे उनकी जिन्दगी का नया सफर ही शुरू हो गया।

सभी के कल्याण में हमारा कल्याण है, यह सूत्र गांधी ने अपने आप में आत्मसात् कर लिया। वे समाज से एकरूप हो गए होंगे। इसी कारण वे कभी थके नहीं क्योंकि ऐसे में आप अलग कुछ नहीं कर रहे होते। जिस तरह साँस लेते हैं उतनी ही सहजता से समाज के लिए काम होता है। समाज कुछ अलग है और गांधी अलग, यह स्थिति ही खत्म हो चुकी होगी उनके लिए। आधी सदी की लड़ाई में गांधी कभी जीते होंगे तो कभी हारे होंगे, पर वे कभी थके नहीं? समाज में पूरी तरह अपने आप को विसर्जित करके ही उन्होंने समाज से तादात्म्य किया था।

1901 के अक्टूबर में दक्षिण अफ्रीका से भारत लौटने का निर्णय मोहनदास का हो चुका है। आवश्यकता पड़ने पर मैं वापस आ जाऊँगा ऐसा आश्वासन भी वे अपने सहकारियों को दे चुके हैं। उन्हें विदाई देने के लिए पार्टियों का आयोजन होता है। वस्तुएँ भेंट की जा रही हैं। लोग अमूल्य उपहार उन्हें दे रहे हैं। उसमें सोना, चाँदी, हीरे, जवाहरात सभी कुछ हैं। पर उनका खुद से ही खुद का युद्ध चल रहा है। भेंट की इन वस्तुओं को नकारें तो कैसे? नकारने का मतलब तो देने वालों की प्रेम-भावना को ही नकारना हो जाएगा। अपमान करना ठीक नहीं है, लेकिन स्वीकार करना भी कहाँ तक उचित है? सादगी को अगर जीवन-मूल्य स्वीकारा है तो इन सब वस्तुओं को स्वीकारना, खुद के पास रख लेना, उनका संग्रह करना अपने उसूलों को भंग करना होगा। यह तो खुद को ही धोखा देने जैसा हो जाएगा।

तीसरा पक्ष परिवार का है। जो सब उपहार हैं वे परिवार के भी हैं। कस्तूरबा को भी दिए गए हैं। उनके बच्चों को भी । उन सबका मालिक अकेले गांधी नहीं पूरा

परिवार है। हरिलाल, मणिलाल को तो वह सहजता से समझा देते हैं, पर कस्तूरबा को समझाना कठिन है।

मुझे यह बात स्वीकार नहीं। इतने प्रेम से दी गई चीजें हम नहीं नकारेंगे, कस्तूरबा पूरे संकल्प के साथ बोलती हैं।

"पर समाजसेवा के लिए उपहार आदि स्वीकारना अनैतिक है," गांधी ने कहा।

"मुझे ऐसा नहीं लगता।"

"तब तुम इन चीजों का क्या करोगी?"

"मैं ये वस्तुएँ अपनी बहुओं के लिए सँभालकर रखूँगी, कस्तूरबा कहती हैं। लेकिन बच्चे पहले ही समझा दिए गए होते हैं। वे गांधी की ओर से बोलते हैं—"हमें नहीं चाहिए ये भेंट की वस्तुएँ।"

कस्तूरबा उद्विग्न जैसी हो जाती हैं, अकेली पड़ जाती हैं, और आखिर विजय गांधी की होती है। खुद से लड़ना, खुद के परिवार से लड़ना आसान नहीं। गांधी ने यह लड़ाई निरन्तर की। अपरिग्रह, असंग्रह ये शब्द केवल बोलने के मंत्र उनके लिए नहीं थे। ये शब्द उनकी हड्डी, मांस और साँस में उतर गए थे। गांधी जी की बाहरी लड़ाई दिखाई देती है पर अन्दर की लगातार चलने वाली लड़ाई बड़ी ही उपेक्षित की गई।

गांधी की उम्र 77 वर्ष। देश को आजादी मिली है। श्रेय गांधी के नेतृत्व को है। पर आजादी का श्रेय लेना भी इसे मंजूर नहीं। यह व्यक्ति बंगाल के किसी दुर्गम गाँव में है और दंगे में पीड़ित लोगों के आँसू पोंछने में, उनकी वेदनाओं पर मरहम लगाने में व्यस्त है। स्वतंत्रता का उत्सव मनाया जा रहा है। उन्हें इस आनन्दोत्सव में भाग लेने का आग्रहपूर्वक निमंत्रण है। गांधी कहते हैं, जब हजारों देशवासी एक-दूसरे का कत्ल कर रहे हों तब कौन सा आनन्दोत्सव। जब यह बंगाल के गाँव में नंगे पैर चल रहा है तब आजादी पर गांधी की प्रतिक्रिया लेने दुनिया-भर के पत्रकार उनके पीछे लगे हैं। दिन-भर से उनके इर्द-गिर्द ही हैं। गांधी किसी को कुछ नहीं बोलते। बहुत सारे थककर वापस लौट जाते हैं पर बीबीसी का प्रतिनिधि पीछा नहीं छोड़ता। गांधी की प्रतिक्रिया लिये बिना मैं वापस नहीं जाऊँगा, उसका यही संकल्प है। गांधी अन्त में उसे कहते हैं, मुझे अंग्रेजी आती है, यह बात तुम भूल ही जाओ। अन्त में वह भी लौट जाता है।

जिन्दगी का आधा शतक संघर्ष करने के बाद, एक कड़वाहट, कट्टरता, कटुता आने की सम्भावना अधिक रहती है। आप अपना सब समाज के लिए कुर्बान करते

हैं पर आपके सहकारी, सहयोगी, साथी वैसे नहीं हैं। वे खुद को बचाकर चलते हैं। आप किसी पर विश्वास करते हैं, कल वह विश्वासघात करता है। कई बार हमारा अपमान होता है, हमारे अहं को ठेस पहुँचती है और हम जिसका भला कर रहे हैं कई बार उन्हीं के द्वारा।

आजादी के बाद के दंगों में ऐसा अपमान गांधी का बार-बार हुआ। दंगों को खत्म करने के लिए यहाँ जाएँ तो वे कहते थे वहाँ जाओ। वहाँ जाएँ, तो कुछ ने कहा हिमालय जाओ। इतने अपमान के बाद कोई निराश होकर बैठ जाता। कहता, जो करना है कर लो। मरो आपस में लड़कर। पर गांधी ऐसा नहीं करता। हिमालय जाओ, कहने वाले को वह बिना क्रोधित हुए शान्ति से कहता है—मेरा भगवान वहाँ है, अगर मुझे ऐसा लगता तो मैं हिमालय पर चला ही जाता, पर मेरा भगवान तो तुममें है। मैं इस भगवान को छोड़कर हिमालय कैसे जाऊँ? यह प्रवृत्ति उनमें कहाँ से और कैसे आती है?

ऐसे देखा जाए तो दंगों को खत्म करने वे दर-दर नहीं घूमते तो भी कोई हर्ज नहीं था पर उन्होंने तो खुद को समाज में विसर्जित कर लिया था। समाज के सुख-दुख से वे खुद को अलग नहीं कर सकते थे। यह उनकी बनावटी राजनैतिक तिकड़म नहीं, भीतर से आई हुई इच्छा है। अन्दर-बाहर की एकता की जो लड़ाई उन्होंने जिन्दगी भर लड़ी, यह उस लड़ाई से प्राप्त हुई थी। निरोग छोटा बच्चा कैसे हँसता है। गांधी जिन्दगी के अन्तिम क्षण तक वैसे ही हँस पाए। बच्चा हँसता है तो अन्दर-बाहर वह एक हो जाता है। उसके जीवन में छल-कपट नहीं होता पर जैसे-जैसे उम्र बढ़ती है उसके अन्दर और बाहर का अन्तर बढ़ता जाता है। छल-कपट शुरू हो जाता है। आम लोगों की तुलना में जो नामी लोग हैं उनमें यह निश्चित ही होता है। इसलिए खुद की छवि को बचाने में ही वे लगे रहते हैं। गांधी के बारे में ऐसा होते हुए हम नहीं देखते क्योंकि वे लोगों की नजर में बड़े हैं ऐसा नहीं है, वे अलौकिक हैं। कौन मुझसे कैसे बात करता है इसको ध्यान में रखकर किसी से बर्ताव करना, यह हुई आम बात। कोई प्रेम से बर्ताव करे तो उससे प्रेम से बात करो। कोई क्रोध, द्वेष, तिरस्कार कर रहा हो तो हम भी उसके साथ वैसा ही करें। यह हुई आम धारणा। पर कोई कैसे भी बर्ताव करे मैं आपसे प्रेम का ही बर्ताव करूँगा, यह बात गांधी की अलौकिक थी।

गांधी पर दक्षिण अफ्रीका में चार बार प्राणघातक हमले हुए। भारत में भी हुए पर कभी उन्होंने हमलावरों पर आपराधिक कार्रवाई नहीं की। उसके विपरीत कहा

कि उन्हें माफ कर दें। जब उन्हें आरोपी के रूप में कोर्ट में खड़ा किया जाता वे जज को कहते, "मुझे अधिक से अधिक सजा दें।" सजा कम करें या माफी माँगने का तो सवाल ही नहीं था। जो सजा मिली, उन्होंने खुशी-खुशी स्वीकारी और उसे पूरा किया। फिर भी हिन्दुत्ववादियों के विचार से वे डरपोक हैं, और जिन्होंने बार-बार माफी माँगी वे माफीवीर नहीं, वीर कहलाए।

उन पर प्राणघातक हमले किए गए लेकिन मृत्यु के डर से उन्होंने अपने काम को नहीं रोका। सुरक्षा के लिए उन्होंने बाहरी संरक्षण नहीं माँगा। 'मैं 125 वर्ष जीने वाला हूँ', वह ये कहते थे और 'आपको इतने वर्ष जीने ही कौन देगा', ऐसा खुलेआम पूछने वाले लोग भी मौजूद थे। फिर भी सुरक्षा दिए जाने की बात उठने पर हमेशा उन्होंने उसे नकार दिया।

गांधी के काम का विस्तार व उनकी गति देखकर लोग आश्चर्य में पड़ जाते थे। यह व्यक्ति पचास से ज्यादा वर्षों से अखंड रूप से काम कर रहा था। सभा, प्रार्थना सभा, जुलूस, यात्रा, पदयात्रा, जेल, आन्दोलन, उपवास, यह सब तो उनके जीवन का अभिन्न अंग था ही। आश्रम चलाना, विभिन्न रचनात्मक कामों के लिए संगठन तैयार करना, योग्य आदमियों को खोजना और उन्हें काम देना, इसके लिए जिस तरह की बुनाई की जरूरत है उसे भी उन्होंने जिन्दगी भर किया। उनके लिखे पत्रों की संख्या देखकर आँखें खुली रह जाती हैं। राजनैतिक नेता के रूप में उनकी प्रतिमा सबके मन पर अंकित है पर उनका पत्र-व्यवहार देखें तो कितने ही लोगों के परिवारों के बारे में आस्थापूर्वक पूछताछ करने वाला, एक स्नेही, वैरागी व्यक्ति, ऐसी प्रतिमा उनके मन में आने लगती है। उन्होंने जो अखबार चलाए उनके लिए भी उन्होंने इतना लिखा कि आश्चर्य होता है।

दक्षिण अफ्रीका में जब वे थे तब कई बार 40 मील जाकर दुकान से सामान खरीदा करते थे क्योंकि वहाँ वही दुकान सबसे नजदीक होती थी। एक बार तो वे एक ही दिन में 55 मील चले। बोअर और जुलु विद्रोह के समय स्वयंसेवक के रूप में एक बार वे जख्मी सैनिक को 40 मील तक ढोकर ले गए। अपनी उम्र के 44वें वर्ष में दक्षिण अफ्रीका के 5000 कर्मचारियों के साथ उन्होंने 8 दिनों में 160 मील तक मार्च किया। उम्र के 61वें वर्ष में 200 मील की दांडी यात्रा की। उम्र के 76वें वर्ष में नोआखाली में नंगे पैर घूमते रहे। करीब सवा तीन महीने तक गाँव-गाँव घूमते रहे। नोआखाली में नंगे पैर घूमते समय उनके विरोधी रास्ते पर पाखाना रख देते थे। पर अपना व्रत उन्होंने नहीं छोड़ा। 76 वर्ष की उम्र में भी वे

18 घंटे काम करते थे। कभी-कभी तो 21 घंटे तक। तो मन में सवाल उठता है कि जिन्दगी भर इतना कष्ट सहने के पीछे प्रेरणा क्या थी? खुद के लिए उन्होंने ये सब किया ऐसा तो नहीं दिखता। सत्ता-प्राप्ति एक प्रेरणा हो सकती थी पर गांधी के जीवन में वह भी दिखाई नहीं देता। इसके विपरीत आजादी मिलने के बाद सत्ता में तो उनका सहभाग नहीं ही है, वे समारोह में भी शामिल नहीं हुए। आजादी मिली, विभाजन हुआ, देश में भयंकर दंगे हुए, आदमी आदमी की जान लेने को टूट पड़ा। इस सब माहौल में विवेक बचा ही कहाँ था? यह आदमी ऐसे माहौल में विवेक जगाता है। अपनी जान लगाता है। मान-अपमान, गालियाँ, कष्ट सहते हुए उम्र के 76वें वर्ष में इस व्यक्ति को यह सब करने का मन क्यों हुआ होगा? लोग मरते तो इससे उसे क्या फर्क पड़ता?

सावरकर को तो फर्क नहीं पड़ा। नोआखाली में तो हिन्दुओं को ही मारा जा रहा था। हिन्दू स्त्रियों पर बलात्कार हो रहा था। सावरकर वहाँ इस तरह दौड़कर नहीं गए। बिहार में मुख्यतः मुस्लिम मारे गए, इसलिए वे वहाँ नहीं गए यह हम समझ सकते हैं। पर नोआखाली में सावरकर का जाने का मन क्यूँ नहीं हुआ? पर गांधी स्थिर नहीं रह पाता। आदमी की आदमीयत खतम हो जाए इसे खुली आँखों से देखना उसे मंजूर नहीं हुआ होगा। आदमी का विवेक ही खो जाए, इस स्थिति को वे कैसे देख सकते थे। फिर भी प्रश्न उठता है कि वे कौन सी प्रेरणाएँ थीं उनकी जो जिन्दगी-भर वे खुद को संकट में डालकर काम करते रहे।

गांधी बैरिस्टर थे, भविष्य में वे नेता भी हो गए। वे सम्पादक, लेखक, पत्रकार, मुद्रक, सब थे। सवाल उठता है वे क्या नहीं थे? श्रम की प्रतिष्ठा केवल बताने से नहीं होती। उसे प्रतिष्ठित करना हो तो वह खुद से ही शुरू करनी होती है। यही उनका विचार था। इसलिए वे भंगी हुए, लोहार, चमार, बढ़ई, नाई, धोबी, नौकर, रसोइया, डॉक्टर, परिचारक, शिक्षक, बुनकर, सब कुछ हुए। किसी भी काम में उन्होंने शर्म नहीं की। इसलिए वे दूसरों से भी यही अपेक्षा करते रहे। यह सब करते हुए उनके चेहरे की हँसी कभी कम नहीं हुई। मनुष्य से आत्मीयता, प्रेम, करुणा, अन्दर हो, तभी वह बाहर दिखाई देती है।

यह व्यक्ति बहुत दिलचस्प रहा होगा क्योंकि नीरस व्यक्ति के आसपास व्यक्तियों का जमघट होना और वहाँ टिकना सम्भव नहीं। उन्हें दुनिया-भर से अलग-अलग अवसरों पर लोग प्रेम से चीजें, उपहार आदि भेजा करते थे। एक बार क्रिसमस के अवसर पर सिगरेट का पैकेट उन्हें भेजा गया। गांधी तो कभी धूम्रपान करते नहीं थे।

उन्होंने हँसते हुए उस पैकेट को उठाकर एक तरफ रख दिया, और पास के लोगों से कहा—ये जवाहर के लिए रख दें। वह आएगा तब सिगरेट लेगा।

एक बात पर मुझे आश्चर्य होता है। गांधी पर इतने आरोप लगे उनके जवाब कांग्रेस को देने की जरूरत कभी क्यों नहीं पड़ी? गांधीवादियों ने भी इन आरोपों के जवाब नहीं दिए। अगर ऐसा होता तो ये आरोप उनके ऊपर इस तरह चस्पाँ नहीं हो पाते। आज अगर ये आरोप सच लगते हैं और गांधी के शरीर और व्यक्तित्व का हिस्सा हो गए हैं तो इसका कारण आखिर क्या होगा? गांधी का व्यक्तित्व इतना दिलचस्प होते हुए भी इतना अजीब-सा क्यों लगता है? उसकी ज्वलंतता जैसे बुझ गई हो। राष्ट्रपिता, महात्मा, अहिंसा का पुजारी, असंग्रह, अपरिग्रह, ब्रह्मचर्य इस तरह 11 व्रतों का पालन करने वाला गांधी। गांधी की प्रार्थना करते हुए रचनात्मक कामों के आवरण तले संस्थात्मक गांधीवादियों ने गांधी के संघर्ष का गला तो नहीं घोंट दिया? बहुजन के गांधी फिर एक बार अभिजनों की कालकोठरी में बन्द तो नहीं हो गए? श्रम की प्रतिष्ठा मानने वाले, श्रमिकों को प्रतिष्ठा मिले इसके लिए संघर्ष करने वाले गांधी अब बैठे-बैठे खाने वालों के गांधी बना दिए गए हैं। बड़े पैमाने पर वर्णसंकर और कर्मसंकर करने वाले गांधी हिन्दुत्ववादियों के द्वेष के पात्र हो गए। गांधीवादियों ने उन्हें घिस-घिसकर इतना मुलायम और चिकना बना दिया कि हिन्दुत्ववादी उन्हें सहजता से निगल लें। यह गांधी जी की परिणाममुखी क्रान्तिधर्मिता को संघ की समरसता में विलीन करने का कोई षड्यंत्र तो नहीं?

गांधी अभी जिन्दा है

दुनिया बदल गई है पर दुनिया में ऐसा कौन है जिसे प्रेम नहीं द्वेष चाहिए? कौन है जिसे खुद से झूठ बोलना अच्छा लगता है? मुझे विश्वास और ईमानदारी चाहिए, ऐसा कौन नहीं कहता? किसको बन्दूक की गोली से मरना अच्छा लगेगा? किसी को भी नहीं।

और असली पेंच यही तो है। मैं सारी दुनिया से द्वेष करूँगा पर मुझे सारी दुनिया से प्रेम चाहिए। मैं बेईमान रहूँगा पर दुनिया मेरे साथ ईमानदार रहे। मैं हिंसा करूँगा पर किसी की बन्दूक की गोली से मरना मुझे मंजूर नहीं। मेरे लिए अहिंसा जरूरी है। मैं बुरा व्यवहार करूँ, लोग मुझसे अच्छा व्यवहार ही करें यही हमारी अपेक्षा रहती है। ये मूल्य जब तक नहीं मरते तब तक गांधी नहीं मरता क्योंकि गांधी ने जिन्दगी-भर इन्हीं मूल्यों का प्रतिनिधित्व किया।

जैसा बोओगे वैसा पाओगे। यही प्रकृति का नियम है। टमाटर का बीज लगाएँ तो बैगन कैसे आ सकता है? प्रेम चाहिए तो प्रेम ही को बोना पड़ेगा। सत्य चाहिए तो सत्य को ही पकड़कर आगे चलना होगा।

हमें प्रेम चाहिए पर हम द्वेष को बोएँगे। अहिंसा चाहिए पर हिंसा के रास्ते से। इसी को गांधी ने साधन और साध्य कहा। उनका आग्रह है कि साध्य के अनुरूप साधन होना चाहिए। शुद्ध परिणाम की अपेक्षा हो तो शुद्ध साधनों का ही उपयोग होना चाहिए। धर्म-व्यवस्था में ये जो बातें हैं गांधी ने उन्हें राजनीति में उपयोग किया। उनका कहना था कि साधन और साध्य में सम्बन्ध नहीं, ऐसा कहने का कोई अर्थ नहीं।

यह उसी तरह से है जैसे हमें समुद्र तैरकर जाना है, पर हम तैरने के लिए बैलगाड़ी को पानी में डाल रहे हैं। उस गाड़ी के साथ हम खुद तल पर जा बैठेंगे। जैसा भगवान वैसी पूजा। साधन बीज है साध्य उसका वृक्ष। शैतान की भक्ति करेंगे तो ईश्वर-भजन का फल नहीं मिलेगा।

मुझे ईश्वर की भक्ति करनी है पर साधन शैतान हो तो क्या हर्ज है, यह एकदम अज्ञान है। जो बोओगे वही पाओगे, प्रकृति का नियम जब तक नहीं बदलता, गांधी नहीं मर सकता।

मैं स्कूल में था, तब यदि फिल्म देखना हो तो कई तरह की इजाजतें लेनी होती थीं। फिल्म देखने की इजाजत, उसके नाम की इजाजत, बाद में पिता से अर्थ-संकल्प पर मंजूरी। इतना होने के बाद थर्ड क्लास का टिकट निकालने के लिए कतार में लगकर बहादुरी दिखाना।

जब अन्दर पहुँचता था तो प्रेक्षक हल्ला-गुल्ला कर रहे होते थे। जवान लड़की दिखने पर तरह-तरह की टिप्पणियाँ, छेड़खानी, मजाक होता रहता था। पर फिल्म शुरू होने पर यह सब बन्द हो जाता था। फिल्म में यदि कोई लड़की से छेड़खानी कर रहा है, और नायक उसे मारता-पीटता है तो सारे लोग खुशी से सीटी बजाते थे।

फिल्म शुरू होने से पहले जो प्रेक्षक, यही सब कर रहा था, वही परदे पर हीरो जब छेड़खानी करने वाले को पीटता है तो ताली बजाता है। जो बात बुरी है उसे करने वाले को पीटना अच्छी बात है, बुरा काम करने वाले के मन में भी कहीं न कहीं यह बात बैठी है। ऐसे में अच्छाई कैसे मरेगी और अगर अच्छाई को मौत नहीं है तो समय कोई भी हो गांधी की मौत कैसे हो सकती है?

कुसुमाग्रज की एक कविता में एक प्रसंग है। कुछ महान पुरुष चबूतरे पर एकत्रित हैं और गप्प कर रहे हैं। एक कहता है मैं केवल उसी जाति का रह गया। दूसरा कहता है मेरा भी यही दुख है कि मैं पूरे समाज से लड़ा पर बचा केवल अपनी जाति तक ही। गांधी कहते हैं आपके पीछे कम-से-कम आपकी जाति हैं मेरे पीछे तो सरकारी दीवारें हैं। कुसुमाग्रज की यह भावना कइयों की हो सकती है।

देश की यह एक वास्तविकता है। सरकारी दीवार नहीं जाति की दीवार जरूरी होती है। गांधी के पीछे जाति की दीवार नहीं है, यह उनका वैभव है। पर इसी कारण देश उन्हें आरोपी के पिंजड़े में हमेशा खड़ा करता रहा। तरह-तरह के लांछन उन पर लगाए गए। तब सवाल उठता है कि जाति की दीवार उनके पीछे होती तो क्या लोग लांछन लगा सकते थे?

नाथूराम गांधी की हत्या करता है तो उसके हाथ की पिस्तौल, छूटने वाली गोली, गांधी के बूढ़े शरीर की बनी छलनी और खून में पड़ी उनकी देह किसी को दिखाई नहीं देती पर गोडसे का गोली मारने से पूर्व गांधी को किया वंदन दिखाई देता है। अगर ऐसा है तो नाथूराम के पीछे जो जाति की दीवार है, वही उसकी रक्षा

कर रही है। साधारण बुद्धि का नाथूराम इसी जाति की दीवार के कारण पंडित बना दिया जाता है और स्त्री-लंपट नारायण आप्टे, और स्त्री गंड रखने वाला नाथूराम देशभक्त बन जाता है। भ्रम की जड़ों पर दीवारें बनेंगी तो वे गिरेंगी भी। पर इन्हीं भ्रमों पर सत्ता के द्वारा यदि सीमेंट कंक्रीट लगा दिया जाए तो? आज यही हो रहा है।

गांधी सभी के थे। कुछ मुट्ठी-भर लोगों के हित खतरे में आ गए इसलिए वे उनसे द्वेष और तिरस्कार करते हैं। पर वे सभी के थे इसका मतलब क्या ये होता है कि वे किसी के नहीं थे? 'सभी के', यह शब्द तो निर्गुण निराकार है। उसकी तुलना में जाति का एक आकार है। गांधी ने जीवित रहते इस 'सभी' शब्द को आकार, अर्थ व चेतना दी।

पर गांधी के बाद 'सभी' शब्द खत्म होता गया। जाति मजबूत होती गई। इसलिए आरोप करने वाले सतेज और गांधी से प्रेम करने वाले निस्तेज होते गए। गांधी ने जिन्दगी-भर विवेक को जगाया। विवेक का यह स्वर जब खत्म होने लगता है तब धर्म और जाति की दीवारें और ज्यादा बोलती हैं।

इन दीवारों के जरिये नाथूराम अभी ज्यादा जोर से बोल रहा है इसमें कोई आश्चर्य नहीं।

गांधी का एक और दुर्भाग्य है। जिनके लिए उन्होंने अपना जीवन दिया उन्हें उस बात की समझ नहीं है, संवेदना नहीं है। ऐसी अवस्था में गांधी पर लगने वाले आरोप तो त्वरा से भरपूर होते हैं पर उनका प्रतिवाद उदासीन होता है।

गांधी ने सत्य को ही ईश्वर माना पर कई बार सुविधा ही सत्य बन जाती है और इस तरह सुविधा ही ईश्वर है ऐसा लगने लगता है।

तो भी गांधी मरता नहीं है क्योंकि जिनकी सुविधा ही सत्य है ऐसा मानने वालों के लिए भी सत्य ही सुविधा भी होती है। उनसे जो झूठ बोलता है वो उन्हें असुविधाजनक लगता है। खुद के लिए ही क्यों न हो, सच बोलने वाला उन्हें चाहिए ही चाहिए। विश्वासघात करने वाला नहीं, उनके प्रति ईमानदारी रखने वाला चाहिए और जब तक ऐसा रहेगा तब तक गांधी मरेगा नहीं।

✪✪✪